Yasemin Grißmann

Liebe auf den tausendsten Klick

Roman

W0415204

PIPER

Mehr über unsere Autorinnen, Autoren und Bücher:
www.piper.de

Wenn Ihnen dieser Roman gefallen hat, schreiben Sie uns unter Nennung des Titels »Liebe auf den tausendsten Klick« an empfehlungen@piper.de, und wir empfehlen Ihnen gerne vergleichbare Bücher.

Wir produzieren nachhaltig
www.piper.de

ISBN 978-3-492-50542-0
© Piper Verlag GmbH, München 2022
Redaktion: Diana Napolitano
Satz auf Grundlage eines CSS-Layouts
von digital publishing competence (München)
mit abavo vlow (Buchloe)
Covergestaltung: Alexa Kim »A&K Buchcover«
Covermotiv: robin_ph/depositphotos.com; pngtree
Printed in Germany

Yasemin Grißmann

Liebe auf den tausendsten Klick

Yasemin Grißmann wurde 1985 in der Nähe von Salzburg geboren und lebt jetzt mit ihrer Familie, zwei Katzen und vier Schlangen im wunderschönen Tirol. Wenn sie nicht gerade ihre vielen Ideen zu Papier bringt oder ihre Nase in ein Buch steckt, verbringt sie ihre Freizeit mit ihren beiden Söhnen am Fußballplatz oder in der Karatehalle, wo sie selbst auch regelmäßig unterrichtet.

Prolog

»Das ist nicht dein Ernst, Luca. Sag mir, dass hier eine versteckte Kamera ist und du mich nur verarschst.«

Lexi sieht mich so entsetzt an, als hätte ich eröffnet, in einen anderen Bundesstaat zu ziehen. Vermutlich wäre ihr das sogar lieber. Doch ich kann die Worte, die vor wenigen Minuten meinen Mund verlassen haben, nicht mehr zurücknehmen. Eigentlich wollte ich es ihr nicht auf diese Weise sagen. Dennoch bereue ich nicht, es endlich ausgesprochen zu haben.

»Du trennst dich von mir?«

»Ja.«

Ich fühle mich unwohl in meiner Haut, als ich ihr noch einmal bestätige, was ich ihr eben schon gesagt habe. Doch wer würde sich schon besonders gut dabei fühlen? Und selbst jetzt behalte ich noch einiges für mich, weil ich gewisse Dinge einfach nicht aussprechen kann. Weil ich auf ihre Freundin und Mitbewohnerin stehe. So. Jetzt ist es raus. Na ja, zumindest so halb. Ich steh auf Romy, besagte Freundin, und das schon eine Weile. Keine Ahnung, was das mit ihr ist oder ob daraus wirklich etwas Ernstes entstehen könnte, aber solange ich das nicht weiß, kann ich nicht mit Lexi zusammenbleiben. Es wäre einfach scheißunfair ihr gegenüber. Ihr das jetzt auch noch zu sagen, wäre richtig fies. Wie soll man so etwas Gemeines denn auch noch nett verpacken? Ich finde dich echt süß, Lexi. Aber deine Freundin finde ich geiler? Stattdessen sage ich das, was jeder anständige Kerl in so einer Situation sagen würde.

»Es tut mir leid.«

»Es tut dir leid? Ist das dein verdammter Ernst? Das ist alles, was du dazu zu sagen hast?«

Scheint so. Ich stecke meine Hände in die hinteren Hosentaschen meiner Jeans und finde auf einmal das Muster des Teppichbodens ziemlich interessant. Eigentlich bin ich nicht feige. Wage ich zumindest zu behaupten. Aber wenn man einer wütenden Lexi gegenübersteht, ist man besser dran, wenn man einfach still ist und sie ihren Frust loswerden lässt. Ich hätte auf Connor hören und sie in ein öffentliches Café einladen sollen. Nicht dass es sie davon abgehalten hätte mich anzubrüllen. Sie ist manchmal ein wenig dramatisch. Aber wenigstens hätte ich dann Zeugen, sollte sie doch noch auf die Idee kommen, mich umzubringen. Und dieses Szenario wird immer wahrscheinlicher, je mehr sie sich in die Sache reinsteigert. »Lexi, ich ...«

»Geht es hier um eine andere? Hast du mich etwa betrogen?«

Ich vermute, sie sieht mich an wie ein Stier, kurz bevor er dem Matador entgegenstürmt. Sicher wüsste ich es erst dann, wenn ich meinen Kopf ein bisschen anheben würde. Doch noch erscheint es mir ungefährlicher, weiterhin die Fasern ihres Teppichs zu zählen. Vielleicht sollte ich das Ganze ein wenig feinfühliger angehen, aber bei gewissen Dingen kann man sich die Feinfühligkeit sparen, weil die Sache an sich schon ein Schlag in den Magen ist. Aber jetzt, wo es erst mal raus ist, möchte ich auch keinen Rückzieher mehr machen. Sie darf mich hassen, ich würde es auch. Und dass sie mir gerade die perfekte Ausrede liefert, ohne ihr wirklich zu sagen, was hinter der Trennung steckt, war auch nicht Teil meines Planes. Vielleicht ist es besser, sie denkt ich hätte sie betrogen, als wenn sie wüsste, dass ich auf ihre Freundin abfahre. Und wenn es ihr hilft, lasse ich mich sogar von ihr durch das ganze Zimmer schubsen, denn dazu ist sie nun tatsächlich übergegangen.

»Du bist so ein Arsch, Luca!«

Ich weiß. Sie rempelt mich erneut, und die Frau hat echt Kraft. Sie stößt mich so heftig, dass ich mit der Hüfte gegen ihren Schreibtisch knalle und schnell einen Schritt zur Seite mache, um einen erneuten Zusammenstoß zu verhindern.

»Ich hasse dich.«

Auch das weiß ich. Immer wieder trommelt sie mit ihren Fäusten auf meine Brust ein, was dafür sorgt, dass ich meine Hände aus der Hosentasche ziehe, und sie ergeben in die Luft halte. Ich denke nicht, dass es gerade viel Sinn macht, sie umarmen oder ihre Hände in meine nehmen zu wollen. Und noch weniger schaffe ich es, sie jetzt aufzuhalten, wenn sie gerade dabei ist, ihren Frust an mir auszulassen. Ich habe es nicht anders verdient. Gern würde ich behaupten, ich lasse es zu wie ein Mann. Aber das wäre gelogen, denn gerade trifft sie mich an einer Stelle, die ziemlich schmerzt und mich dazu bringt, mir mit der flachen Hand über die Brust zu streifen. »Aua. Hey, jetzt komm mal runter.«

»Ich werde dir gleich dabei helfen, runterzukommen! Verschwinde. Los.«

»Jetzt lass uns doch vernünftig darüber reden ...«

»Nein. Ich will dich nicht mehr sehen. Verschwinde. Und bleib bloß weg von mir.«

»Lex, ich ...«

»HAU AB!«

Okay, das war eindeutig. Das Beste ist in so einem Fall immer der Rückzug. Wenn sie sich erst einmal beruhigt hat, werde ich es erneut versuchen. So kann ich das nicht stehen lassen. Dafür ist sie mir zu wichtig, verdammt noch mal. Vielleicht nicht mehr so, wie sie es sich gewünscht hätte, aber als Freundin allemal. »Es tut mir leid. Ich hoffe, wir können irgendwann noch einmal in Ruhe darüber sprechen.« Die einzige Antwort darauf ist ein Schuh, der nur knapp an meinem Kopf vorbeisegelt und dafür sorgt, dass ich fluchtartig die Wohnung verlasse.

Kapitel 1 – Romy

Seit ich vor drei Stunden nach Hause gekommen bin und Lexi heulend auf ihrem Bett vorgefunden habe, sitze ich neben ihr, versuche, sie zu trösten und gleichzeitig herauszufinden, was genau passiert ist. Aber bisher habe ich außer den Worten Luca und Arschloch nicht besonders viel aus ihr herausbekommen. Für den Anfang reicht mir das auch, um mir selbst nach und nach ein Bild über die Situation zu machen. Er hat sie betrogen. Dessen bin ich mir sicher. Und allein wegen dieser Tatsache hasse ich ihn auf der Stelle, obwohl ich ihn bisher echt gut leiden konnte.

Jetzt gerade möchte ich Luca den Hals umdrehen dafür, dass meine Freundin wegen ihm so aufgelöst ist. Er war immer schon jemand, der gern geflirtet hat. Das hat Lexi auch nie gestört. Sie hat das Ganze lockerer gesehen, als ich es jemals hätte können. Für sie war das immer nur Spaß. Er ist halt so. Das gehört zu ihm wie mein Blog zu mir oder Extrem-Shopping zu ihr. Ja, das mag sein. Aber alles hat seine Grenzen, und Luca hat seine nun definitiv überschritten.

»Ich hasse ihn.«

Ja, das habe ich heute schon des Öfteren gehört.

»Er ist so ein Arschloch.«

Er hat ihr Herz gebrochen, also nicke ich einfach. »Magst du mir erzählen, was passiert ist?«

Beruhigend streiche ich ihr immer wieder über den Rücken in der Hoffnung, sie so ein wenig unterstützen zu können. Es tut weh, sie so zu sehen. Aber nicht so weh, wie es Luca tun wird, wenn ich erst einmal mit ihm fertig bin.

»Etwas Furchtbares.« Völlig außer sich schlägt sie mit der Faust in ihr Kissen und schluchzt unkontrolliert auf. »Ich hätte das niemals von ihm erwartet.«

Plötzlich springt sie auf, und ich kann gerade noch so meinen Kopf zurückziehen, damit sie mir nicht aus Versehen meine Nase bricht.

»Was machst du denn da?«

Wie von der Tarantel gestochen rennt sie durch ihr Zimmer und sammelt alles ein, was vermutlich Luca gehört, Luca jemals berührt oder auch nur angesehen hat. Sie schnappt sich eine Kiste, in der wir eigentlich aussortierte Klamotten und diverse DVDs, die wir uns nie mehr ansehen werden, gesammelt haben, um sie auf den Flohmarkt zu bringen. Mit Schwung kippt sie den alten Inhalt raus, und wirft dafür Lucas Sachen wahllos hinein, während wilde Flüche und Verwünschungen ihren Mund verlassen. Doch plötzlich scheint sie es sich anders zu überlegen.

»Er kann sich seinen Krempel vom Rasen zusammensuchen.«

Als sie Anstalten macht, zum Fenster zu gehen, um Lucas Sachen einfach mit Schwung hinauszubefördern, springe ich vom Bett hoch und versuche, sie ihr abzunehmen. »Okay, du beruhigst dich jetzt erst mal, gibst mir das Zeug und erzählst mir endlich, was Luca so Grausames gemacht hat.«

Sie lässt alles einfach fallen: Lucas Boxer, ein paar seiner Shirts und auch einige Stifte, die er vermutlich irgendwann einmal in der Hand hatte, und noch so einiges andere, worauf ich jedoch keinen genaueren Blick werfen kann. Doch sie denkt gar nicht daran, sich zu beruhigen.

»Na, was denkst du denn, was er gemacht hat, Romy? Er hat mich betrogen.« Seufzend schüttelt sie den Kopf, schiebt den Kleiderhaufen vor sich einfach achtlos mit einem Fuß zur Seite und geht zum Fenster.

»Hat er das gesagt?«

Ihre Antwort besteht erst aus einem Nicken und einem abfälligen Schnauben, bevor sie fassungslos den Kopf schüttelt. »Ja. Ich habe ihn gefragt und ernsthaft gehofft, dass er es nicht getan hat. Aber er hat es nicht abgestritten, Romy. «

Lexi steht da wie ein Häufchen Elend. Die Hände am Fenstersims abgestützt, lässt sie den Kopf hängen und sieht so verletzt aus, wie ich sie noch nie zuvor zu sehen bekommen habe. Es tut weh, das mitzuerleben, aber als beste Freundin werde ich das auf jeden Fall mit ihr durchstehen. Ganz egal, wie lange es dauern wird.

»Ich dachte wirklich, zwischen euch wäre alles in Ordnung. Gestern wart ihr sogar noch im Kino. Ich ...« Ich weiß nicht, was ich dazu noch sagen soll. Ich bin nicht gut darin, jemanden mit Worten zu trösten. Das war ich noch nie. Seien wir ehrlich, niemand will in so einer Situation hören, dass alles wieder gut werden wird. Denn ob es das wird, kann man einfach nicht wissen. Schon gar nicht, wenn man nicht beteiligt ist. Mein Talent besteht eher darin, die Menschen anderweitig abzulenken. Sei es durch kleine Ausflüge, Geschenke oder damit, dass ich mit meiner Tollpatschigkeit die Aufmerksamkeit aller sehr effektiv auf mich lenke. Ich würde sogar für Lexi vor der ganzen Uni vor einen Baum rennen, wenn es ihr dabei helfen würde, an etwas anderes als ihren Kummer zu denken.

»Tja, das dachte ich auch. Aber offenbar hat ihm etwas gefehlt, und er hat beschlossen, dass er es sich woanders holt.«

Lexi ist kein Mensch, der leicht anfängt zu weinen. Generell zeigt sie nicht so gern ihre verletzliche Seite und versteckt ihre Trauer lieber hinter einer Mauer aus Wut. Wenn sie aber einmal damit anfängt, so, wie sie es jetzt gerade tut, dann ist sie wirklich verletzt.

»Okay, weißt du was?«

Lexi dreht sich zu mir um und hebt als Zeichen dafür, dass ich weitersprechen soll, lediglich eine Augenbraue. Mit dem

Hintern an die Fensterbank gelehnt, die Arme locker vor der Brust verschränkt, wirkt sie nicht so, als würde sie gerade irgendeinen anderen Gedanken im Kopf haben, als den, Luca leiden zu lassen. Ich möchte mir ehrlich gesagt nicht einmal vorstellen, welche Foltermethoden sie sich gerade in ihrem Kopf zurechtlegt.

»Ich gehe los und besorge uns ganz viel Eis und Cookies. Damit verstecken wir uns heute hier und sehen uns einen Disney-Film nach dem anderen an.«

Bei ihrem Gesichtsausdruck rudere ich sofort zurück.

»Horror. Wir können uns auch einen Horrorstreifen ansehen, wenn dir das lieber ist.«

Ich werde danach zwar nie mehr schlafen können, aber hey, was macht man nicht alles für seine Freundin?

»Können wir Conjuring sehen?«

Sie strahlt plötzlich, als hätte ich ihr gerade gebeichtet, dass ich eine gute Fee bin und ihr drei Wünsche erfülle. Wobei das schon fast hinkommt. Immerhin besorge ich ihr Eis und sterbe ihr zuliebe heute Nacht an Herzversagen, weil sie sich unbedingt einen ekelhaften Geisterstreifen ansehen möchte.

»Wenn du das willst?«

Meine Stimme wird am Ende ein bisschen höher, und ich bin sicher, sie kann deutlich meine Hoffnung heraushören, dass sie doch noch Nein sagen könnte. Tut sie natürlich nicht. Ich beiße mir ja jetzt schon auf die Innenseite meiner Wange, weil ich bereits weiß, dass ich die ein oder andere Einlage für mein Höschen benötigen werde. Außerdem brauche ich einen Baseballschläger, Pfefferspray und ...

»Oh und wie ich das will.«

Lexis Stimme reißt mich aus meinen Überlegungen, und ich bin einfach nur erleichtert, dass sie wenigstens für ein paar Sekunden aufgehört hat zu weinen.

»Gut, dann wird es der Film.«

»Wir müssen danach sofort den zweiten Teil sehen. Soweit ich weiß, haben wir beide morgen erst am Nachmittag Vorlesungen. Oh, das wird ein Spaß. Ich bin für die Getränke zuständig.«

Aufgeregt klatscht sie in die Hände, schiebt die Sachen von Luca erneut mit dem Fuß zur Seite und fängt an, das Zimmer aufzuräumen. Unser Zimmer. Immerhin teilen wir uns dieses Studentenzimmer.

Unser Zimmer ist im Grunde ziemlich schlicht. Außer zwei Betten, zwei Kommoden, zwei Schreibtischen, einem Bücherregal und einem Fernseher an der Wand befindet sich hier drin nicht mehr viel. Oh, doch. Wir haben auch noch einen etwas größeren Kleiderschrank, der auf einer Seite des Raumes genau zwischen unseren Schreibtischen steht. Genau genommen hat Lexi den damals von zu Hause mitgebracht, weil ihre unzähligen Klamotten sonst keinen Platz gefunden hätten. Ich darf ihn netterweise mitbenutzen, brauche allerdings niemals so viel Platz wie sie und darf mir auch ihre Klamotten borgen. Nicht dass ich das bereits getan hätte, immerhin sind wir beide ziemlich unterschiedlich, was das betrifft. Während sie sehr auf Marken achtet und darauf, immer top gestylt zu sein, reichen mir Jeans und Tank Tops. Und Hoodies. Ich habe eine Schwäche für Hoodies, die man allerdings in ihrem Schrank niemals finden würde. Aber die Geste selbst weiß ich zu schätzen. Während ihre Zimmerseite ziemlich schlicht gehalten ist, hängen auf meiner Seite unzählige Fotos und Postkarten kreuz und quer mit einer Schnur an die Wand rund um mein Bett gespannt. Außerdem stapeln sich um mein Bett herum, auf dem Schreibtisch und an jeder freien Stelle meiner Seite des Zimmers jede Menge Bücher, die im Regal keinen Platz mehr haben. Ich muss wohl nicht extra erwähnen, dass ich der Chaot in unserer Beziehung bin.

»Lass das Zimmer so, wie es ist. Komm schon, wir besorgen die Sachen gemeinsam.« So kann ich auch sichergehen, dass sie auf andere Gedanken kommt. »Na los. Hopp hopp.« Lachend hänge ich mir meine Tasche um die Schultern und schnappe mir ihr Handgelenk, um sie endlich nach draußen zu befördern.

»Wir nehmen am besten gleich von allem die doppelte Menge mit.« Als Lexi mich wieder traurig ansieht, versuche ich sofort, das Ruder noch herumzureißen und sie nicht erneut an die gerade erst erfolgte Trennung zu erinnern.

»Ich kriege bestimmt bald meine Tage, und da kann man nie genug Süßes im Haus haben!«

Als sie lacht, bin ich erleichtert und ziehe sie mit zu dem kleinen Supermarkt in der Nähe unseres Wohnheimes.

Etwa eine Stunde später sitzen wir zusammen auf meinem Bett, und ich bereue bereits jetzt, Ja zu diesem Film gesagt zu haben.

»Oh fuck. Kinder? Ein Geisterkind? Wieso warnst du mich denn nicht vor, dass Kinder da drinnen vorkommen?«

Zusammen mit der XXL-Packung Vanilleeis mit Cookie-Stücken, und von uns hinzugefügten Streuseln und Schokokaramellsauce, verstecke ich mich ganz mutig unter meiner pinken Kuscheldecke und werfe nur hin und wieder einen Blick durch die dazugehörigen Deckenärmel auf den Fernseher, während Lexi neben mir lacht.

»Oh mein Gott ...«

Ich kneife meine Augen zusammen und schiebe mir einen Löffel Eis in den Mund, was gar nicht so einfach ist, wenn man nicht sieht, wohin man den Löffel hält. Ursprünglich für meine beste Freundin gedacht, befürchte ich, dass ich morgen mit Bauchschmerzen aufwachen werde, weil ich die ganze Packung allein esse.

»Du bist so ein Feigling, Romy.«

Als ich die Augen doch noch einen Spalt öffne, um das Eis sicher an seinen Zielort zu bringen, fällt mir auf, dass Lexi gleichzeitig die Augen verdreht und sich dennoch ein leichtes Schmunzeln auf ihren Lippen ausbreitet. Jepp, da hat sie recht. Und ich habe noch nie ein Geheimnis daraus gemacht. Dass sie sich über mich lustig macht, macht diesen Film leider nicht weniger bedrohlich für mich, aber ich bin froh zu sehen, dass es ihr gerade ein bisschen besser geht. Das war mir die Angst und vermutlich auch der Zuckerschock mehr als wert.

»Oh, jetzt wird es spannend. Du musst hinsehen.«

Kurzerhand schiebt sie sich mit unter meine Decke und sorgt dafür, dass ich vollen Ausblick auf die Szene vor uns habe. Ich kann nicht verhindern, dass ich leicht aufschreie und mir beinahe das Eis vom Bett fällt, als ich mich blitzschnell zu einer Kugel zusammenrolle, und meinen Kopf in Lexis Bauch drücke.

»Sag mir, wenn es vorbei ist. Ich kann mir das nicht ansehen.«

»Pass du lieber auf das Eis auf.« Kichernd schnappt sie sich die Packung, macht es sich bequem und löffelt das Eis bis zur Hälfte leer, während ich mir summend die Ohren zuhalte, weil ich die Filmgeräusche nicht länger ertrage.

»Du wirst heute in meinem Bett schlafen. Ganz egal, wie eng das wird. Ich schlafe sicher nicht allein.« Und ich meine das genau so. Vor allem, als sie mich auch noch dazu zwingt, den zweiten Teil gleich im Anschluss anzusehen …

Kapitel 2 – Luca

Als ich gestern heldenhaft aus Lexis Wohnung geflüchtet bin, habe ich Connor sofort eine Nachricht geschrieben, mit den Worten »Ich habe es ihr gesagt!«.

Er wusste natürlich sofort, was Sache ist, war jedoch überrascht, dass ich das nun doch so schnell durchgezogen habe. In meinen Augen ist es sinnlos, die Beziehung noch mehr in die Länge zu ziehen, wenn ich doch schon genau weiß, dass sie zumindest von meiner Seite aus einfach beendet ist.

Da Connor mitten in einem Date steckte, und die Sache zumindest für mich kein Notfall war, der den Abbruch dieser Verabredung gerechtfertigt hätte, vereinbarten wir ein Treffen für heute Nachmittag in unserem Stammrestaurant.

Der Phoenix-Grill, unser Stammdiner, befindet sich genau auf dem Campus der University of South Carolina und wird von allen Studenten gern besucht. Connor und ich treffen uns hier immer, um zu lernen. Und alle Gespräche, die wir führen und die wirklich wichtig für uns sind, finden auch hier statt. Die Einrichtung ist typisch amerikanisch. Bereits beim Betreten weht mir der Duft von gebratenem Fleisch entgegen und lässt mir das Wasser im Mund zusammenlaufen. Mit etwas Glück ist Connor schon da und hat für uns beide bestellt.

Morgens kriege ich nie mehr als einen Kaffee runter, und dementsprechend ausgehungert bin ich dann am Nachmittag. Zielstrebig gehe ich durch den Laden zu unserem Stammtisch in der hintersten Ecke, an dem wir jedes Mal sitzen, solange sonst noch keiner die Idee hatte, sich dorthin zu pflanzen. Connor wartet bereits auf mich.

»Wurde auch Zeit. Du musst mir alles erzählen.«

»Ja, Prinzessin«, erwidere ich grinsend, bevor ich meine Faust gegen seine stoße und mich ihm gegenüber auf den Stuhl fallen lasse. Connor ist mein bester Freund, seit er mich im Kindergarten von der Schaukel geschubst und dann selbst über eben diese gestolpert und neben mir auf dem Boden gelandet ist. Er weiß nicht einmal mehr, wieso er mich runtergeworfen hat, aber damals haben wir uns beide verdattert angesehen und dann angefangen zu lachen. Seitdem sind wir unzertrennlich. Wir kommen beide aus derselben Gegend, unsere Eltern verstehen sich auch gut, und er kennt das Gefühl, das man in sich trägt, wenn der eigene Vater möchte, man solle in seine Fußstapfen treten. Im Gegensatz zu meinem jedoch darf Connor immerhin frei wählen, was er studiert, und bekommt durchgehend Unterstützung von zu Hause.

Mein Vater hingegen ... sagen wir so: Unser Verhältnis ist super. Allerdings hat er gewisse Erwartungen an seinen einzigen Sohn und wünscht sich natürlich auch, dass diese erfüllt werden. Also studiere ich Betriebswirtschaftslehre, um seine Firma eines Tages zu übernehmen, durfte aber in der Wahl der Nebenfächer frei entscheiden. Nicht dass ich später viel mit Kunst oder so anfangen kann, wenn ich erst einmal die Leitung übernehme, aber wenigstens habe ich ein Hobby, oder?

»Du liebst deine Prinzessin, Kumpel.«

Oh, und wir teilen denselben Humor.

»Und jetzt erzähl mal. Alles noch dran an dir und dort, wo es hingehört?«

Forschend mustert er einen Moment lang mein Gesicht, bevor er gespielt meinen ganzen Körper mit seinen Augen scannt, sich zurücksetzt und sich seine Brille wieder höher auf die Nase schiebt. »Ich habe bereits bestellt, also fang an zu erzählen. Wie lange müssen wir uns nun vor Lexi verstecken?«

Als genau in diesem Moment unser Essen gebracht wird, lehne ich mich entspannt zurück. Cheeseburger mit Pommes und Cola für mich, und ein vegetarischer Burger ebenfalls mit Pommes und Cola für Connor.

»Hi, ihr zwei«, sagt Sarah, die hier hin und wieder aushilft. Sie ist eine Freundin von Owen, dem Besitzer und gleichzeitig Koch des Diners und springt meistens ein, wenn einer seiner Stammkellner kurzfristig ausfällt. »Lasst euch eure Burger schmecken. Wenn ihr etwas braucht, ruft einfach nach mir.«

Ich warte, bis sie sich dem nächsten Tisch zuwendet, bevor ich anfange zu erzählen, was sich gestern in Lexis Zimmer abgespielt hat. Kein einziges Wort, das zwischen Lexi und mir gefallen ist, lasse ich aus, und ich beschönige auch nichts. Vor Connor habe ich keine Geheimnisse. Hatte ich noch nie. »Ich verstehe sie ja. Aber was hätte ich denn machen sollen? So tun als sei nichts und ihr vorspielen, es wäre alles heile Welt? Sorry, aber das kriege ich nicht hin.«

Es tut gut, endlich alles ausgesprochen zu haben. Connor hat manchmal einen neutraleren Blick auf die Dinge. Und er ist fair.

»Nein. Nein, natürlich nicht. Aber trotzdem hast du ihr nichts von Romy erzählt?«

»Nein. Ich habe es nicht übers Herz gebracht. Und was, wenn Romy ohnehin nichts von mir wissen will und die Sache beendet ist, bevor sie überhaupt angefangen hat? Dann habe ich Lexi umsonst noch mehr verletzt als ohnehin schon.«

Ich wäre am Boden zerstört, würde Romy mich nicht einmal wahrnehmen. Ich weiß nicht, was dieses Mädchen mit mir gemacht hat, aber mein Herz verlangt nach ihrer Nähe.

Connor nimmt seinen Burger in die Hand, beißt ab und beobachtet mich nachdenklich kauend. Auch ich nehme einen großen Bissen von meinem und starre zurück.

»Ich bin ja auf deiner Seite, Mann, aber ich bin der Meinung, du hättest ihr alles sagen sollen. Irgendwann wird sie es sowieso erfahren. Und es wäre eindeutig besser gewesen, wenn du derjenige gewesen wärst, der ihr das sagt.«

Schulterzuckend isst er in Ruhe weiter und gibt mir die Zeit, die ich manchmal brauche, um mir zu überlegen, wie ich die Worte, die in meinem Kopf herumschwirren, auch verständlich wiedergeben kann. Normalerweise fällt es mir nicht schwer, zu sagen, was ich denke. Aber in Situationen, die ich nicht oft erlebe und die mich überfordern, eben doch. »Ich weiß. Du hast ja recht.«

Ein wenig geknickt lege ich meinen Burger wieder ab und zucke leicht mit den Schultern. Ich hasse es, wenn er recht hat. Es ist faszinierend, dass ein Kerl wie Connor, der selbst keine Beziehungen führt, immer so zielsicher den Nagel auf den Kopf trifft, wenn es um mich und meine Beziehungen geht.

»Ich kläre das. Auch wenn ich noch nicht weiß, wann.«

Mittlerweile ist es hier drin ziemlich voll geworden, und ich mache mich wieder über mein Essen her. Eine Weile ist es still zwischen uns. Was aber nicht schlimm ist, da wir beide auch mal schweigen können, ohne uns dabei blöd vorzukommen.

»Irgendwie habe ich ein ungutes Gefühl bei der ganzen Sache, Mann«, sagt Connor plötzlich zwischen zwei Bissen. »Ich sehe uns schon an den Wochenenden zu Hause hocken, mit mehreren Packungen Eis für unsere Weichteile, weil du es geschafft hast, gleich zwei Frauen gegen uns aufzubringen.«

Trotz dieser nicht gerade berauschenden Vorstellung müssen wir beide lachen. Connor ist bekannt dafür, dass er sich immer alle möglichen Szenarien in seinem Kopf ausmalt, nur um für alles gerüstet zu sein. Er fühlt sich dann sicherer, weniger angreifbar. Und er informiert mich natürlich auch jedes Mal über die »Was-wäre-Wenns« in meinem Leben. Manchmal nervt mich das. Ich will nicht immer wissen, was als Nächstes passieren könnte.

»Oder ich kriege keine Dates mehr ab, weil sich niemand mit dem »besten-Freund-des-Kerls-der-sich-von-seiner-Freundin-trennt-weil-er-deren-Freundin-will« einlassen möchte.«

Die Tatsache scheint Connor trotz seiner Worte jedoch wenig zu jucken, denn er isst ungerührt weiter und wackelt lediglich mit den Augenbrauen in meine Richtung.

»Oh, Prinzessin, wenn dir die Dates ausgehen, bin ich immer an deiner Seite.«

Ich weiß noch, wie es dazu gekommen ist, dass ich ihm diesen Spitznamen verpasst habe. Wir waren zehn. Ein Kerl aus der Klasse über uns machte ständig abfällige Bemerkungen darüber, dass Connor auf Kerle stehen würde, und man ihm nicht zu nahekommen sollte, weil er ansteckend sei. Ich weiß nicht mehr, welche Wörter genau gefallen sind, aber ich kann mich noch daran erinnern, wie weh es mir selbst getan hat, dabei zuzusehen, wie mein bester Freund behandelt wurde. Connor wusste damals aber schon definitiv, dass er auf Mädchen stand, hat sich aber nie die Mühe gemacht, das Ganze richtigzustellen. Es war ihm einfach egal, was die Leute dachten. Also ging ich auf ihn zu, nannte ihn Prinzessin und habe ihm einfach einen Kuss auf die Lippen gedrückt. Schlagartig wurden sie alle ruhig. Ich würde gern behaupten, dass ich der beliebteste Junge auf der Schule war, und deswegen alle respektierten, was ich getan habe. Aber in Wirklichkeit ist mein Vater beinahe schon ekelhaft reich, und alle hatten nur Angst vor Problemen, die das mit sich bringen könnte. Nicht dass mein Vater sich jemals in solche Dinge eingemischt hätte. Aber wenn es um meinen besten Freund geht, nutze ich auch diesen Trumpf. Und seitdem ist er meine Prinzessin, und ich denke nicht, dass sich das jemals ändern wird.

»Idiot. Du wirst noch an meine Worte denken.« Lachend wirft er mit Pommes nach mir und hebt drohend seinen Zeigefinger. »Und ich werde in der ersten Reihe sitzen, und das Spektakel beobachten.«

»Du wirst das Spektakel mit mir durchstehen, mein Freund.« Weil Connor, ganz egal wie sehr er sich vielleicht anfangs gegen etwas sträubt, dann dennoch an meiner Seite ist. Und das immer.

»Bring das in Ordnung, Luca. Ich meine es ernst. Ich stehe hinter dir und deinen Entscheidungen, und das weißt du. Aber je länger du wartest, umso schlimmer wird es. Sie haben beide die Wahrheit verdient.«

Ich weiß. »Bald, okay? Gib mir noch ein paar Tage Zeit. Dann werde ich die Sache regeln. Romy und ich haben eine Vorlesung zusammen. Ich … vielleicht ergibt sich da eine Möglichkeit, mit ihr zu sprechen.«

Danach werde ich erneut das Gespräch mit Lexi suchen und versuchen, meine Sicht der Dinge zu erklären.

Nach einem langen Moment des Schweigens, in dem wir uns beide in die Augen sehen und sonst nicht viel dazu sagen, weil Worte nicht nötig sind, nickt Connor nur und isst auch noch den Rest seines Burgers.

»Das Essen geht auf dich.«

»Geht klar, Prinzessin.«

Kapitel 3 – Romy

Die letzten zwei Tage waren ein ständiges Auf und Ab bei Lexi und mir. Sie hat viel geweint, geflucht und alle Schimpfwörter, die sie jemals gehört hat, für Luca verwendet. Natürlich nur in der Zuflucht unseres Zimmers, aber immerhin. Ich hatte beinahe schon das Bedürfnis, mir meine Ohren auszuwaschen.

Völlig übermüdet, weil es sich zusammen in einem Zimmer leider nicht vermeiden lässt dabei zuzuhören, wie Lexi sich nachts die Augen ausweint, umklammere ich mit einer Hand den Riemen meiner Umhängetasche, während ich in der anderen einen Iced Café Mocha mit doppelt Sahne von Starbucks halte. Ohne Kaffee bin ich einfach nicht überlebensfähig.

Heute ist ein sonniger Tag, und die Tatsache würde mich mehr begeistern, müsste ich nicht gleich zwei Stunden in der Vorlesung sitzen. Mathe. Ich hasse Mathe. Ich werde nie verstehen, wie man irgendwelche Gleichungen stellt, oder Brüche löst oder wie auch immer das alles heißt. Allein der Gedanke an Infinitesimalrechnungen sorgen bei mir bereits für Brechreiz. Es ist ätzend, aber leider ein notwendiges Übel.

Wie immer suche ich mir einen Platz in der hintersten Reihe, stelle meinen Kaffeebecher auf den kleinen Tisch und eine Zeitschrift, die ich mir heute Morgen noch schnell beim Kiosk geholt habe, daneben, bevor ich meine Tasche neben mir auf den Boden gleiten lasse und auf meinen Stuhl falle.

An meinem Kaffee nippend, blättere ich sie in aller Ruhe durch, als ich eine Bewegung neben mir wahrnehme, gefolgt von einem lauten Poltern.

»Hallo!«

Oh nein. Ich habe für eine Sekunde nicht daran gedacht, dass er auch diesen Kurs besucht. Und schon gar nicht habe ich damit gerechnet, dass er sich ausgerechnet heute dazu entschließt, sich neben mich auf den freien Platz zu setzen. Ich schwanke noch zwischen Ignorieren und ihm gehörig den Marsch blasen, als er mir die Entscheidung abnimmt, indem er mich noch einmal anspricht.

»Was liest du da?«

»Ich versuche herauszufinden, wie man Verräter wie dich unschädlich macht, ohne dafür ins Gefängnis zu müssen.« Nur kurz werfe ich ihm einen Blick zu, von dem ich hoffe, dass er deutlich macht, wie wenig ich an einem Gespräch mit ihm interessiert bin, bevor ich meine Zeitschrift energischer umblättere.

»Okay, du sprichst also nicht mehr mit mir.«

»Was hat mich verraten?«, murmle ich nicht gerade begeistert darüber, dass ich immer noch Worte für diesen Kerl finde, die er in meinen Augen nicht mehr wert ist.

»Oh, lass mich überlegen – die Tatsache, dass du deine Zeitschrift gerade so misshandelst, wie du es vermutlich mit mir tun möchtest. Oder die Tatsache, dass du mich als Verräter bezeichnest. Ich kann mich natürlich auch täuschen. Was weiß ich denn schon.«

Ich verdrehe die Augen, schiebe meine Zeitschrift zur Seite, stütze einen Arm auf den Tisch und wende mich ihm zu. »Spar dir deinen Sarkasmus, Luca.«

»Wäre es dir lieber, ich würde auf Ironie umschwenken? Ich ...«

»Sei einfach still. Was du getan hast, war scheiße.«

»Hm, was habe ich denn getan?«

Plötzlich wirkt Luca ernster als noch vor wenigen Minuten, und ich kann nicht fassen, dass er sich so dermaßen dumm stellt. »Du hast Lexi betrogen. Du hast sie verarscht und gedemütigt. Ich dachte, du liebst sie.« In meinen Büchern könnte ich jetzt lesen, dass irgendetwas in seinen Augen aufflackert, was mich an der Wahrheit dieser Aussagen zweifeln lässt. Wir sind aber nicht in einem meiner Bücher, und alles, was ich sehe, sind ein paar braune Augen, die mich einfach nur ansehen.

»Mhm.«

»Was ist los mit dir, Luca?«

Sein Schnauben macht mich für einen Moment so wütend, dass ich kurz davor bin, ihm etwas gegen den Kopf zu knallen. Da wir aber leider in einem vollen Hörsaal sitzen, und in wenigen Minuten die Vorlesung beginnt, ist es wohl besser, genau das nicht zu tun.

»Ich habe sie auch geliebt. Aber wie man sieht, bin ich an meine Grenzen gestoßen. Romy, ich …«

Wen will er hier eigentlich verarschen? Ausgerechnet er erzählt mir etwas von Grenzen. Von Grenzen, die er offenbar selbst nicht so wichtig genommen hat.

»Du bist ein Arschloch, Luca. Lexi kann froh sein, dass sie dich los ist«, unterbreche ich ihn. Lucas verletzter Blick trifft mich irgendwie. Ich bin immer noch der Meinung, dass nicht er das Opfer in dem ganzen Szenario ist. Seine nächsten Worte, die schon weniger freundlich klingen als noch vor wenigen Minuten, bringen meine Ansicht jedoch kurzzeitig gehörig ins Wanken.

»Du weißt, dass ich nie ein schlechtes Wort über sie verlieren würde, aber manchmal muss man auch beide Seiten sehen.«

Er wendet sich dem Professor zu, der soeben den Hörsaal betreten hat. Luca wirkt angepisst, und das nicht nur, weil er sich zurücklehnt und die Arme vor der Brust verschränkt.

Sondern auch, weil seine Augenbrauen einknicken und er die Lippen fest aufeinanderpresst.

Schnell hole ich Stift und Block aus meiner Tasche und fange an, alles zu notieren, was mir auch nur halbwegs wichtig erscheint. Allerdings schweifen meine Gedanken immer wieder zu dem ab, was Luca eben gesagt hat. Er hat nicht unrecht. Man sollte immer beide Seiten sehen. Aber ich vertraue Lexi. Und wenn Luca sie mit einer anderen betrogen hat, dann ist das in meinen Augen nicht zu entschuldigen, ganz egal, welche Begründung er dafür hat. Klar würde er mir gegenüber nicht zugeben, dass er Mist gebaut hat. Dafür kennen wir uns nicht gut genug. Meinetwegen kann er geknickt sein. Oder sauer oder was weiß ich. Es juckt mich nicht, auch wenn wir ein paar Kurse zusammen haben. Die hatten wir auch schon vorher, und mehr als ein kurzes Gespräch kam da auch nie zustande. Obwohl ich gestehen muss, dass ich gar nicht weiß, warum wir uns kaum unterhalten haben. Luca ist intelligent. So viel habe ich bereits mitbekommen. Und charmant kann er auch sein, wenn er es will. Dass er gut aussieht, sollte mir nicht auffallen, tut es aber doch. Mir ist bewusst, dass ich nur so zu ihm bin, weil ich auf der Seite meiner Freundin stehe. Und jemanden zu betrügen ist absolut unterste Schublade. Ich werde es wohl aushalten, ohne zu viel mit ihm zu sprechen. Oder ohne zu oft daran zu denken, wie gern ich ihm gerade die Augen auskratzen würde.

»Ich kann dich denken hören, Romy. Außerdem starrst du mich an.«

Oh, verdammt, das mache ich wirklich, und es ist mir noch nicht einmal aufgefallen. Er selbst sieht stur nach vorn und scheint sich offenbar auf die Vorlesung zu konzentrieren.

»Wenn du weißt, dass ich dich anstarre, dann hast du mich offenbar auch angestarrt«, erwidere ich, was lediglich dafür sorgt, dass sein Mundwinkel leicht zuckt, ansonsten aber sagt er nichts weiter dazu.

»Du starrst immer noch.«

Jetzt lacht er auch noch leise, während ich meinen Kopf schnell nach vorn drehe und dem Professor zuhöre. Na ja, ich sehe ihn zumindest an, ohne genau zu wissen, wovon er gerade spricht. Na und, dann habe ich ihn eben angestarrt.

Die letzten Minuten ziehen sich wie Kaugummi, und anstatt mich auf den Unterricht zu konzentrieren, male ich Muster in meinen Block und lasse meinen Blick durch den Hörsaal schweifen. Ich bin offenbar nicht die Einzige, der der Durchblick fehlt. Vielleicht täusche ich mich aber auch, und der Kerl zwei Reihen weiter vorn kennt sich so gut aus, dass er nicht extra noch aufpassen muss. Denn er hat sein Handy in der Hand und sieht sich YouTube-Katzenvideos an. Ein Mädchen vor ihm lackiert sich die Fingernägel, während ihre Freundin neben ihr damit beschäftigt ist, Origami-Herzen zu falten. Seufzend lehne ich mich zurück und lasse meinen Nacken kreisen, bevor ich einen Schluck aus meinem Becher nehme. Ich rufe mir noch einmal in Erinnerung, wie ich Lexi vor einigen Tagen vorgefunden habe. Total aufgelöst und fertig, weil Luca sich von ihr getrennt hat.

Luca wirkt dagegen nicht so, als würde er leiden. Aber so ist es doch meistens. Einer ist immer erleichterter über eine Trennung als sein Gegenpart. Ein Blick auf die Uhr verrät mir, dass ich es bald geschafft habe und nun zwei Freistunden für mich anstehen. Zumindest von der Uni. Für mich heißt es jetzt ab in den Kaffeewagen vor dem Campus, in dem ich viermal die Woche ein paar Stunden arbeite, um mir ein bisschen was dazuzuverdienen. Eine Minute vor Unterrichtsende packe ich meine Sachen in meine Tasche und schlürfe auch noch den letzten Rest aus meinem Becher.

»Romy, ich ...«

»Vergiss es, Luca. Ich finde es scheiße, was du gemacht hast. Und ich werde immer auf Lexis Seite stehen.«

Als um uns herum Trubel aufkommt, stehe ich ebenfalls auf und hänge mir meine Tasche über die Schultern, während mich Luca einen Moment nachdenklich mustert, dann aber den Kopf schüttelt und ebenfalls aufsteht, um zu verschwinden.

Gut so. Er wird auch noch merken, was er angerichtet hat. Anscheinend überlegt er es sich aber doch noch einmal anders, denn er dreht sich wieder um, kommt auf mich zu und bleibt so dicht vor mir stehen, dass ich seine Wärme spüren kann. Gepaart mit seinem Duft, den ich öfter an Lexi wahrgenommen habe, eine ziemlich heiße Mischung. Das muss ich zugeben. Schluckend lege ich meinen Kopf in den Nacken und sehe zu ihm hoch.

»Es ehrt dich, dass du deiner Freundin zur Seite stehst. Nur hör auf, dich an einer Sache festzubeißen, von der du keine Ahnung hast, Romy. Du weiß nichts. Absolut gar nichts darüber, was zwischen ihr und mir vorgefallen ist. Und du bist zu stur, um das einzusehen.«

»Ich bin nicht ...«

»Doch. Das bist du. Weil du Angst hast, Romy. Du hast Angst davor falschzuliegen. Wäre wohl ziemlich mies, wenn du plötzlich feststellen müsstest, dass ich nicht der totale Arsch in dieser Geschichte bin. Ich wünsche Lexi nichts Schlechtes, aber ich würde mir wünschen, dass du deine Augen aufmachst und nicht nur das siehst, was sie dich sehen lässt!«

Noch einen Moment lang sieht er mich durchdringend an, während ich versuche, die passende Erwiderung zu finden. Doch mein Kopf ist wie leergefegt, weil ich nicht damit gerechnet habe, dass er solche Dinge zu mir sagt. Dass er mich dazu bringen könnte, einen Augenblick lang alles anzuzweifeln, woran ich die letzten Tage festgehalten habe. Luca dreht sich einfach um und geht, während ich mehrere Augenpaare auf mir spüre. Unsere kleine Diskussion ist wohl an einigen nicht spurlos vorbeigegangen, aber darauf kann ich jetzt keine Rücksicht nehmen. Lucas Worte schwirren durch meinen Kopf. Was ist, wenn er recht hat? Aber das kann nicht sein, oder? Ich meine, Lexi und ich sind Freundinnen. Wieso sollte sie mich wegen so etwas belügen? Das ist unmöglich. Wütend wegen seiner Worte und weil er mich dazu bringt, mehr über ihn nachzudenken, als mir lieb ist, stürme ich aus dem Hörsaal. Die Arbeit wird mich hoffentlich genug ablenken.

Kapitel 4 – Luca

»Statistiken zufolge kann man …«

Ich kriege nicht mehr mit, was George sagen wollte, weil Chris ihm nicht gerade sanft mit der flachen Hand auf den Hinterkopf knallt.

»Aua, hey. Was soll das?«

»Ich hab dir doch gesagt, deine Statistiken bleiben heute zu Hause!«

George reibt sich ein wenig grummelnd die schmerzende Stelle, bevor er Chris, ganz erwachsen, die Zunge rausstreckt.

»Statistiken können durchaus wi…«

»Halt den Mund. Komm schon. Ich flehe dich an, sei einfach still.«

Chris lacht los, und George steigt nach ein paar Minuten pikiert in seine Richtung starrend, mit ein.

»Wo wir gerade von still sein sprechen …« Chris sieht mit erhobenen Augenbrauen in meine Richtung.

»Hat Lexi dir heute freiwillig Ausgang gewährt oder was hast du ihr versprochen, damit du mit uns mitgehen kannst?«

Wir sind auf dem Weg zu unserem Männerabend. Einmal im Monat nehmen wir vier uns Zeit und unternehmen was. Jedes Mal wird der Abend von jemand anderem aus der Gruppe geplant. Und dieses Treffen wird nur abgesagt, wenn einer schwer krank oder in den Vorbereitungen für eine wichtige Prüfung steckt. Dates mit Mädchen zählen nicht als triftiger Grund zum Absagen. Weswegen der Kommentar über Lexi auch nicht ernst zu nehmen ist. Dieses Mal hat Chris entschieden, wohin es geht, uns allerdings noch nicht in seine Pläne eingeweiht. »Du hast leicht reden, oder hat Zoe dich einfach so gehen lassen?«

Wie üblich ist es Connor, der mir Rückendeckung gibt, und Chris auf seine – nennen wir es On-off-Freundin – anspricht. Die beiden sind nie zusammen. Im Grunde haben sie einfach nur Sex und treffen sich, wenn sonst keiner Zeit hat. Eine Lösung, die für beide eine lange Zeit echt gut funktioniert hat. Doch seit einiger Zeit fängt Zoe immer mehr an zu klammern und es ist nur eine Frage der Zeit, bis Chris die Reißleine ziehen wird.

»Keineswegs. Aber die Aussicht auf einen Abend morgen mit mir allein hat sie milde gestimmt«, sagt Chris grinsend, bevor er seine Aufmerksamkeit wieder auf mich lenkt. »Aber zurück zu Lexi. Was hast du ihr angeboten? Schuhe? Ein Dinner in einem schicken Restaurant? Oder ...« Sein Grinsen wird so dreckig, dass man kein Genie sein muss, um zu wissen, was genau er meint.

»Schluss jetzt. Es ist doch scheißegal, wieso ich hier bin. Erfreue dich einfach an meiner Anwesenheit, Kumpel, und verrate uns doch, wohin es geht?«

Ich weiß, dass ich ihnen irgendwann die Wahrheit sagen muss. Das werde ich auch noch. Aber noch bin ich nicht bereit, darüber zu sprechen. Nicht bevor ich mich selbst noch nicht in der Situation zurechtgefunden habe. Immer noch schwirrt das Gespräch von Romy und mir während der Vorlesung gestern durch meine Gedanken. Zum Glück scheint Chris zu verstehen, dass ich nicht darüber sprechen will, und breitet theatralisch die Arme aus.

»Wir gehen in ein Escape Game!« Beifallheischend sieht er uns allen einzeln in die Augen. Während Connor und ich bereits ein wenig nervös sind, denkt George vermutlich zu viel darüber nach, was auf uns zukommen könnte, und wie wir in den verschiedensten Situationen handeln müssen.

Chris hingegen scheint größenwahnsinnig geworden zu sein, und denkt offenbar wirklich, dass wir als Champions daraus hervorgehen werden. Immerhin sind wir durch die ganzen Spieleabende zu Hause bestens darauf vorbereitet. Seine Worte. Nicht unsere. Wir werden sehen. Ich selbst glaube nicht daran, weil ich bereits zu Hause die einfachsten Lösungen nicht als solche angesehen habe. In Wirklichkeit haben wir alle zu kompliziert über die Lösung nachgedacht und die einzig Logische dabei übersehen. Na, das kann ja was werden.

Als wir das Gebäude, in dem das Game stattfindet, betreten, kommt gleich eine Mitarbeiterin auf uns zu, die uns in schneller Abfolge den Ablauf erklärt.

»Ihr bekommt ein Walkie-Talkie und könnt damit Kontakt zu uns aufnehmen, solltet ihr einen Tipp brauchen, wie ihr weiterkommt. Aber versucht zuerst, selbst eine Lösung zu finden. Des Weiteren beobachten wir euch und werden immer mal wieder Tipps durch die Lautsprecher einwerfen, wenn wir merken, die Zeit wird knapp oder ihr hängt fest. Alles so weit verstanden? Ja? Dann folgt mir.«

Sie drückt George das Walkie-Talkie in die Hand, der es sich mithilfe der daran befestigten Schnur um den Hals hängt und seine Finger drum klammert, als müsste er nur fest genug zudrücken, um diesen Raum auch wieder verlassen zu können.

Auf dem Weg zu unserem Escape Game rattert sie noch ein paar Informationen herunter. Ehrlich gesagt setze ich meine ganze Hoffnung dabei auf George, der alle Informationen, selbst wenn es nur um eine simple Speisekarte in einem Diner geht, in sich aufsaugt wie ein Schwamm. Meine Nervosität steigt ins Unermessliche, und ich bin zu sehr darauf konzentriert, keinen der Jungs aus den Augen zu verlieren, als mir diese Regeln genauer anzuhören.

»So, da wären wir. Rein mit euch, und ganz viel Spaß.«

Nur Sekunden später finden wir uns in einem kleinen, schmalen Gang wieder, wo gerade eben hinter uns die Tür geschlossen wird, und vor uns ein Gitter ist. Ansonsten befindet sich hier drinnen nichts anderes außer einer Lampe.

»Sollen wir uns durch die Gitter durchleuchten oder wie stellen die sich das vor?«

Ein wenig ratlos stehen wir zu viert vor der Lampe, die an ein weiteres kleines Gitter angekettet ist, und uns die Möglichkeit nimmt, den kompletten Raum zu durchleuchten.

»Da ist irgendetwas.«

Ich würde ja gern behaupten, dass ich grundsätzlich bei so was cool bleibe und mich nichts so schnell aus der Ruhe bringen kann. Aber die bittere Wahrheit ist, dass ich wahnsinnig Schiss habe. Und ich weiß noch nicht einmal wovor genau. Derjenige von uns, der den Abend plant, weiß als Einziger, was uns wirklich erwarten wird. So kam es schon vor, dass wir uns auf einem Rummelplatz mitten in einer Schlange zur Achterbahn wiedergefunden haben. George hat Höhenangst. Ich muss ja wohl nicht erwähnen, wie wenig erfreut er darauf reagiert hat.

Außerdem erfahren wir erst jetzt das Thema dieses Escape Games: Kinderheim. Oh, Shit. Das Kinderlachen, das durch die Räume wabert, beschert mir eine unangenehme Gänsehaut. Und ich weigere mich, auch nur einen Schritt nach vorn zu gehen. Stattdessen drücke ich mich gegen die Wand und überlege krampfhaft, wie uns diese bescheuerte Lampe helfen könnte. Chris ist es schließlich, der sich dem Gitter nähert, sich hinkniet und wagemutig seine Hand durchsteckt.

»Das sind Schienen.«

George ist sofort bei ihm und wirft ebenfalls einen Blick in den schwach beleuchteten Raum und denkt angestrengt nach.

»Die müssen durch irgendeinen Mechanismus ausgelöst werden und das, was sie transportieren, ist auch das, was wir brauchen, um diesen Flur zu verlassen.«

»Ich habe keinen Schimmer, wovon ihr sprecht, aber tut mir einen Gefallen und lasst uns das hier schnell beenden.«

Connor nickt mir hektisch entgegen und signalisiert mir so seine Zustimmung. Die nächsten paar Minuten verbringen wir damit, jeden Winkel des Raumes abzutasten, und George davon abzuhalten durch das Walkie-Talkie nach Hilfe zu rufen. Das wird doch wohl allein machbar sein. Wir sind kurz davor, aufzugeben, als Connor die Lampe entnervt in seine Halterung pfeffert, sie umkippt und der Lichtstrahl genau in den anderen Raum auf ein besonders gruseliges Gemälde fällt. Mit einem Rascheln und Scheppern werden die Schienen tatsächlich aktiviert, und das Ding, auf dem ein Schlüssel befestigt ist, wie wir nach genauerem Hinsehen feststellen, kracht gegen das Gitter und sorgt dafür, dass Connor und ich uns in den Armen liegen und uns so nahe sind wie niemals zuvor.

»Hey, ihr Turteltäubchen, kommt endlich.«

Wenn es nach uns ginge, würden wir wohl beide lieber durch die Wand nach draußen rennen, als auch nur einen Schritt in den nächsten Raum zu machen. Es geht aber leider nicht nach uns, also folgen wir Chris und George unsicher und lassen unseren Blick über jeden Winkel schweifen in der Hoffnung, bereits zu Beginn schon einen Hinweis auf den nächsten Raum zu finden. Die nächsten zwanzig Minuten verbringen wir in einer Art Kinderzimmer, aus deren Wände Skelette fallen, wir unter Stockbetten kriechen und Puzzles auf dem Boden bauen müssen. Es dauert, aber wir finden endlich erneut einen Hinweis und einen Schlüssel, mit dem wir in den nächsten Raum kommen. Ein Kaminzimmer inklusive Schaukelstuhl. Natürlich steht der nicht still, sondern schaukelt leicht vor und zurück. Auch hier gilt es natürlich wieder, Rätsel zu lösen, allerdings ist es schon schwieriger als in den anderen Räumen, und das will schon was heißen.

»Ich glaube, wir müssen durch das Wandgemälde«, verkündet uns Chris im Brustton der Überzeugung.

»Und wie sollen wir da durchkommen?«, antwortet George wenig begeistert von dieser Idee.

»Vermutlich müssen wir ein Rätsel lösen.« Connor lacht über seinen eigenen Witz, während wir drei lediglich die Augen verdrehen und weitersuchen.

Es ist nicht das Gemälde. Es ist auch nicht der Schreibtisch, der im selben Raum steht und dessen Schubladen man nicht öffnen kann. Nachdem wir endlich das Rätsel gelöst haben, öffnet sich erneut etwas. Und zwar im Kamin. Wir müssen durch eine Öffnung im Kamin in einen anderen Raum kriechen. Das wäre ja nicht wirklich ein Problem. Was jedoch gerade zum Problem wird, ist die völlige Dunkelheit, die sich plötzlich im Raum ausbreitet, und die ekelhaften Gruselgeräusche, die durch den Raum schwirren. Ein richtig unheimliches Flüstern, gefolgt von einem sich nähernden Lachen.

»Alter, wenn du dich noch mal so in meine Arme wirfst, dann wirst du mich heiraten, klar?«

Ich zische die Worte in Connors Haare, weil ich in dieser Finsternis nicht sehen kann, wo sein Ohr oder andere Körperteile von ihm sind. »Neuer Plan. Wir heiraten so oder so, und ich bleibe gleich in deinen Armen. Deal?«

»Deal!«

George und Chris kriechen, den Geräuschen nach zu urteilen, bereits durch den Durchgang.

»Wir sollten ihnen nachgehen.«

»Denkst du? Ich finde, wir stehen hier ganz gut«, murmelt Connor, löst sich aber dann doch seufzend von mir, schnappt sich mein Handgelenk und zieht mich mit in die Richtung, in die er den Kamin vermutet.

»Eigentlich sollte doch wieder mal das Licht angehen, oder?«

»Eigentlich sollten wir bald hiermit fertig sein.«

Als Connor Anstalten macht, sich zu bücken und vor mir durch den Kamin zu kriechen, zerre ich ihn an der Hand zurück und gehe selbst in die Knie.

»Das kannst du vergessen. Ich geh da nicht zuletzt durch.«

»Ey. Und so was schimpft sich bester Freund. Wirft mich den Geistern zum Fraß vor.«

»Soweit ich weiß, essen Geister nichts. Also keine Sorge.«

»Wenn ich mir keine Sorgen machen muss, dann du ja wohl auch nicht, und du kannst hinter mir durchkriechen.«

Wo er recht hat ... Und trotzdem läuft es mir kalt den Nacken runter bei dem Gedanken daran, dass irgendetwas hinter mir auftauchen könnte. Chris scheint jedoch die Geduld mit uns zu verlieren. »Mädels, ihr macht mich fertig. Bewegt eure Ärsche hierher, uns rennt die Zeit davon.«

Jemand, ich vermute mal, dass es Chris ist, packt mich und Connor an den Händen, was uns beide ein nicht gerade männliches Quietschen entlockt. Mit Ach und Krach schaffen wir es nun doch noch in den nächsten Raum, in dessen Mitte nur eine einzige Säule steht. Eine Säule mit verschiedenen Symbolen, die sich auch auf den Wänden wiederfinden.

George ist bereits dabei, alles akribisch zu mustern und abzutasten, während Chris auf die Symbole starrt, die ebenso auf dem Boden eingeritzt sind. Connor geht auf eine Wandseite zu, in dessen Mitte eine kleine Einbuchtung ist. Als er sich wieder zu uns umdreht, hat er einen Beutel in der Hand, in dem sich vier Holzscheiben befinden. Ebenfalls jeweils mit einem der Symbole versehen. An der gegenüberliegenden Wand befinden sich ebenfalls diese Symbole, jedoch nicht nur an der Oberfläche, sondern eingelassen in Vertiefungen. Jede Vertiefung mit einem der Zeichen versehen.

Da uns das ganze logisch erscheint, schnappt sich jeder von uns eine Scheibe und steckt sie in die Öffnung mit dem dazu passenden Symbol. Natürlich haben wir kein Glück. Das wäre auch zu leicht gewesen.

»Ich glaube, wir brauchen einen Tipp. Keine Ahnung, was wir damit anstellen soll.«

In die Luft starrend, als wäre dort die Lösung für das Ganze, hält Chris seine Scheibe in die Höhe und dreht sie in seinen Fingern.

»Oh. Dann kann ich endlich das hier benutzen.« Breit grinsend, und als wäre das das Beste an diesem Abend, drückt George einen Knopf auf dem Walkie-Talkie. »Wir brauchen Hilfe. Wir haben keinen blassen Schimmer, was wir hier drinnen machen sollen!«

Als er den Finger vom Knopf nimmt, knackt es über unseren Köpfen und wir hören nur ein paar Worte: »Manchmal muss man mit Schwung an die Sache herangehen.«

Mit Schwung? Die anderen wirken immer noch genauso ratlos, wie ich es bin.

»Sollen wir uns drehen? Sollen wir dieses Kinderspiel spielen, wo sie sich an den Händen halten und sich im Kreis drehen oder was genau müssen wir jetzt tun?«

Connor schiebt sich die Brille wieder höher auf die Nase, während Chris mit den Augen rollt und geräuschvoll schnaubt.

»Whoa, Leute. Ich glaube, ich hab's. Geht mal auf die Seite. Los, macht schon.«

Synchron machen wir alle zwei Schritte zurück, als George anfängt, an der Säule zu ruckeln und sie dann mit viel Schwung zu drehen. Gleichzeitig fliegen mehrere runde Holzteile aus der Säule raus, und wir ducken uns gerade noch so davor weg.

»Wir müssen die einsammeln. Die gehören in die Symbole da vorn an der Wand, wenn ich mich nicht irre.«

Wir tasten den ganzen Boden danach ab, bis wir wirklich sicher sind, sie alle zu haben. Es sind insgesamt vier Stück. Auf jedem davon ist erneut dieses Symbol eingebrannt, das auch auf der Wand zu finden ist. »Das hatten wir doch eben schon«, murmelt Connor, packt aber dann seine Scheibe dorthin, wo er zuvor schon sein Glück versucht hat, während wir uns ihm anschließen. Schnell machen wir einen Schritt zurück, als ein Donnergrollen erklingt.

»Heilige Scheiße, wollen die uns jetzt lebendig begraben? Stürzt das Ding etwa ein?«

Connors Stimme klingt unnatürlich hoch, und ich kann nicht behaupten, dass meine männlicher klingen würde, würde ich jetzt den Mund öffnen.

Hier stürzt zum Glück nichts ein, und wir werden auch nicht begraben. Stattdessen öffnet sich am anderen Ende des Raumes eine Tür, und die Mitarbeiterin vom Anfang steht breit grinsend im Rahmen.

»Gratuliere, ihr habt es geschafft, und euch bleiben sogar noch fünf Minuten!«

Jubelnd klatschen wir ab, sehen aber nach einem erneuten Krachen im hinteren Teil des Raumes schnell zu, dass wir Land gewinnen.

Lachend stolpern wir nach draußen, und Chris lässt es sich natürlich nicht nehmen, Connor und mich wegen unserer nicht gerade männlichen Leistung da drinnen aufzuziehen. »Wenn wir so etwas wieder machen, packen wir auf jeden Fall frische Höschen für unsere beiden Ladys ein, was meinst du, George?«

»Ich halte das für eine gute Idee. In Pink? Mit Glitzer? Was wohl Lexi davon halten würde, wenn sie wüsste, was für ein Schisser ihr Freund wirklich ist?«

Connor und ich werfen uns einen kurzen Blick zu, bevor wir jeweils einen der beiden in den Schwitzkasten nehmen, und sie so die nächsten paar Minuten durch die Stadt zerren.

»Gar nichts würde sie sagen.«

Sie würde diese Tatsache vermutlich noch lautstark bestätigen, wenn man bedenkt, wie wir auseinandergegangen sind.

»Sie wäre zu sehr abgelenkt von meinem pinken Glitzerhöschen, du Idiot.«

Lachend wanken wir durch die Straßen, und es erleichtert mich ungemein, gerade nicht darüber nachdenken zu müssen, was die Trennung noch für Konsequenzen nach sich ziehen könnte. Morgen ist auch noch ein Tag.

»Das war genial. Absolut kein Vergleich zu den Kartenspielen zu Hause.«

Connor ist ein Mensch, der sich ziemlich leicht von Dingen beeindrucken lassen kann. Wenn ihm etwas gefällt, beschäftigt er sich intensiv damit, und ich bin mir gerade ziemlich sicher, dass er im Kopf bereits die anderen Räume durchgeht, die wir in den Prospekten, die wir mitgenommen haben, nachlesen konnten. So, wie ich ihn kenne, tendiert er zu dem Raum mit dem Namen »Die Kunst des Klauens«.

»Okay, Jungs.« Ich klatsche einmal in die Hände, um mir ihre volle Aufmerksamkeit zu sichern. »Ich bin dafür, dass wir noch etwas trinken gehen. Die Drinks gehen auf mich.«

Nachdem das beschlossen wurde, müssen wir uns nur noch einig werden, wohin wir gehen. Aber das machen wir auf unsere übliche Art und Weise, und zwar indem wir einem von uns die Augen zuhalten, ihn quer durch die Stadt schleifen und erst stehen bleiben, wenn er ein lautes »Stopp« ausruft. Und dort gehen wir auch etwas trinken, ganz egal, wie heruntergekommen der Laden auch sein mag.

Kapitel 5 – Romy

Die Trennung von Luca und Lexi ist ungefähr eine Woche her, und sie hat sich noch immer nicht damit abgefunden. Jede Nacht weint sie sich in den Schlaf. Tagsüber tut sie so, als würde sie das alles nicht verletzen. Doch da ist sie auch abgelenkt. Sie geht mehr shoppen als sonst. Trifft sich mit Freunden und versucht, nicht zu viel über Lucas Worte nachzudenken. Zwischendurch wollte sie Luca auch anrufen oder ihm schreiben. Ich saß währenddessen gespannt auf meinem Bett und habe sie beobachtet, weil ich wissen wollte, wie das Gespräch endet. Aber dann hat sie es doch nicht getan, sondern wütend das Handy auf die Seite geworfen und mich angezickt, wie ich ihr ihrer Meinung nach das Handy hätte abnehmen sollen, damit sie eben nicht bei ihm anruft. Woher sollte ich das denn bitte wissen? Warum sollte ich so was tun? Ich bin der Meinung, die beiden sollten reden. Egal, wie scheiße ich Lucas Verhalten finde.

Aktuell machen wir die Ablenkungsphase durch. Sie weigert sich, über ihn zu sprechen. Egal mit wem. Und ich akzeptiere das. Was soll ich auch sonst tun? Sie ans Bett fesseln und zwingen darüber zu reden? Nein, sicher nicht. Zumal ich echt wahnsinnig erleichtert darüber bin, dass sie endlich vor ein paar Tagen aufgehört hat, ständig zu weinen.

»Wer zur Hölle braucht so viel Deko?«

Lexi ist gerade im Begriff, das Zimmer zu verlassen, weil sie sich mit ein paar ihrer Kommilitonen zum Brunchen trifft, als sie auf eine meiner neuen Tulpen tritt und sie stirnrunzelnd hochhebt. Sie ist pink und aus Plastik, und ich benutze sie für die unzähligen Buchfotos auf meinem Blog.

Ich achte für gewöhnlich penibel darauf, die Sachen ordentlich zu verstauen, damit sie niemandem im Weg liegen, aber an Tagen wie heute, an denen ich dabei bin, einen Schwung neuer Bilder zu schießen, verteilt sich die Deko auf dem gesamten Fußboden.

»Schaufensterdekorateure. Raumausstatter. Buchblogger. Menschen, die einfach unglaublich darauf abfahren …« Ich leiere meine übliche Antwort auf diese Frage runter, ohne sie dabei anzusehen. Gerade bin ich nämlich tatsächlich dabei, eine neue Reihe, die ich vor Kurzem beendet habe, schön in Szene zu setzen.

»Klugscheißer. Aber ich meine es ernst. Wieso braucht man diese Dinger in verschiedenen Farben?« Sie hält ein pinkes Ahornblatt in die Höhe, welches ich tatsächlich in sämtlichen Farbtönen besitze.

»Weil nicht jedes Cover die gleiche Farbe hat. Ich kann schlecht ein Blatt in dieser Farbe mit einem roten Cover mischen«, murmle ich, während ich hier und da etwas an meinem Bildmotiv ändere und mehrere Fotos davon mache. Ich liebe meinen Blog, und die Arbeit daran beruhigt mich unglaublich. Und auch wenn Lexi scheinbar kein Verständnis dafür hat, hilft sie mir dennoch immer, wenn ich jemanden brauche, der mir die Bücher bringt, die Lampe hält und mir gut zuredet.

»Na gut, ist ein Argument. Sicher, dass du nicht doch mitkommen willst?«

»Ja, ganz sicher. Ich habe später noch eine Vorlesung.«

Außerdem sind Lexis Freundinnen alle mehr so … wie sie eben. Etwas wohlhabender. Klingt jetzt furchtbar negativ. Aber für mich ist es schwer, zwischen den ganzen Guccis und Pradas zu sitzen und so zu tun, als würde ich in deren Welt gehören, obwohl ich in Wirklichkeit nicht einmal den Unterschied zwischen »einfach nur alt« und »Vintage« verstehe. Obwohl ich zugeben muss, dass sie immer freundlich sind zu mir. Es ist einfach meine eigene Einstellung, die dafür sorgt, dass ich mich bei ihnen nicht so ganz wohl fühle.

»Schade. Aber wir sehen uns heute Abend.«

Sie legt das Blatt neben mir ab, drückt mir noch einen kurzen Kuss auf den Scheitel und verschwindet dann zu ihrem Treffen, während ich versuche, mein Bild fertigzustellen.

Ich probiere mehrere Motive. Stelle die Bücher hin. Lege sie aufeinander. Fotografiere nur den Buchrücken und dann auch wieder nur Teile des Covers. An manchen Tagen klappt es echt gut, und ich bin mehr als zufrieden mit meinen Bildern. An anderen Tagen würde ich am liebsten alles aus dem Fenster werfen, den Blog löschen und nie mehr wieder lesen. Und heute ist so ein Tag. Deswegen beschließe ich, es vorerst gut sein zu lassen. Es ist sinnlos, sich zu zwingen. Außerdem muss ich langsam mal in die Gänge kommen. Ich muss noch duschen und mich umziehen, bevor meine Vorlesung beginnt. Und meine Motivation suchen. Die lässt in letzter Zeit ziemlich zu wünschen übrig und würde sich lieber auf die Bahamas verziehen, um Cocktails zu schlürfen.

Leider ist meine Motivation jedoch genau so pleite wie ich, also muss sie bei mir bleiben. Ob sie will oder nicht. So schnell wie möglich räume ich meine Deko in die verschiedenen Schuhschachteln, die ich mir mal von Lexi gemopst, habe, als diese im Begriff war sie zu entsorgen. Sie haben genau die richtige Größe für meine Zwecke, und ich kann vorne Bilder oder Beschriftungen der darin befindlichen Deko anbringen. Ich habe die Dinger in meinem Teil des Schrankes aufeinandergestapelt, und es ist echt cool nur hinsehen zu müssen und gleich zu wissen, welchen Karton ich davon brauche. Das erspart mir das ständige Durchwühlen von Kisten, bis ich das, was ich tatsächlich suche, dann am Ende doch in der letzten Schachtel finde. Als alles wieder dort ist, wo es hingehört, inklusive meiner Bücher im Regal, hüpfe ich schnell unter die Dusche, und nur zwanzig Minuten später rausche ich bereits aus dem Zimmer.

»Ist der Platz hier noch frei?«

Der Hörsaal für kreatives Schreiben ist beinahe bis zum letzten Platz besetzt, und das ist für diese Tageszeit ein wahres Wunder. Nach dem Mittagessen ziehen es die meisten vor, sich für ein Mittagsschläfchen hinzulegen, anstatt das zu tun, wofür sie eigentlich hierhergekommen sind. Studieren.

»Tu dir keinen Zwang an.« Ich achte nicht so sehr darauf, wer sich da nun neben mich setzt, zumindest so lange nicht, bis die Person mich anspricht.

»Hi, ich bin Meghan.«

»Romina. Aber alle nennen mich Romy.«

Ihr Händedruck ist kräftig, und ihr Blick alles andere als schüchtern. Sie lässt mich grinsend los und setzt sich dann auf den Stuhl neben mir.

»Bist du neu hier?«

»Jepp. Heute ist mein erster Tag. Ich komme aus Savannah. Und habe eigentlich dort studiert. Und ... na ja, jetzt bin ich hier und schon riesig gespannt darauf, was mich erwartet.«

»Du hast die Uni gewechselt?«

»Jepp!«

»Darf ich fragen, warum?« Neugierig lege ich den Kopf schief.

»Mein Dad wurde hierher versetzt. Da sind meine Mom und ich natürlich mitgekommen.«

Meghan lächelt leicht und dreht sich mehr in meine Richtung. »Studierst du auch kreatives Schreiben?«

»Ja, ich habe vor, später in einem Verlag zu arbeiten oder etwas mit Social Media zu machen. Und du?«

Meghan legt nachdenklich den Kopf leicht schief. »Ich weiß noch nicht, wohin ich mal will. Aber ich schreibe gern.

Und wenn es das ist, was ich hier machen kann, umso besser.« Sie zuckt lapidar mit den Schultern.

»Wenn du gern schreibst, bist du hier genau richtig.« Ich schenke ihr ein kurzes Lächeln, bevor sie anfängt, ihre Unterlagen auf dem kleinen Tisch vor sich auszubreiten.

»Was genau brauchen wir denn jetzt?«

»Du brauchst nur einen Block und einen Stift hier. Kreatives Schreiben, schon vergessen? Pack den Rest weg, lehn dich zurück, und entspann dich. Willst du Schokolade?«

Weil ich heute bereits nach dem Aufwachen einen irren Heißhunger auf Süßes hatte, habe ich mir heute noch ein paar Schokoriegel eingepackt, die ich jetzt aus meiner Tasche krame und auf meinen Tisch lege.

»Karamell, Nuss, Traube, Cookies ...«

Beherzt greift sie nach der Schokolade mit Traube. »Mein Lieblingsriegel. Danke!« Meghan entfernt die Folie und beißt beherzt in die Schokolade, was sie mir sofort sympathisch macht.

»Sehr gern.«

Die nächsten knapp zwei Stunden verbringen wir mit dem Schreiben eines Aufsatzes über unsere Leidenschaften und wie wir diese in unseren Alltag einbringen können. Für mich war klar, dass ich über meinen Buchblog schreiben werde. Das ist etwas, das mir sehr am Herzen liegt, und das einzige Hobby, für das ich gern auch mehr Geld ausgebe. Dieses Thema geht mir so leicht von der Hand, dass ich locker ein ganzes Buch damit füllen könnte. Nur leider reicht die Zeit während der Vorlesung nicht.

Meghan und ich sitzen nach dem Unterricht noch eine Weile zusammen, unterhalten uns über Bücher und auch sonst alles Mögliche. Wie wir beide schnell feststellen, liegen wir auf einer Wellenlänge und Meghan hat sich sogar meinen Blog genauer angesehen, nachdem ich ihr erzählt habe, was das Thema meines Aufsatzes ist.

»Sollte ich jemals ein Buch schreiben, bist du die erste Bloggerin, der ich es anvertrauen werde. Deine Fotos sind der Wahnsinn, Romy.« Noch immer scrollt sie mit meinem Handy durch meinen Account und betrachtet jedes Bild einzeln. »Ich speichere dir meine Nummer ein, ich darf doch, oder?«

Sie wartet meine Antwort gar nicht erst ab, sondern setzt ihr Vorhaben gleich in die Tat um, bevor sie sich selbst mit meinem Telefon anruft. »So, jetzt haben wir Nummern ausgetauscht und können in Kontakt bleiben. Aber ich muss los. Hören wir uns?«

Lachend nicke ich, speichere die Nummer schnell unter ihrem Namen ein und winke ihr noch hinterher, als sie sich beschwingt zu ihrer nächsten Vorlesung aufmacht.

Kapitel 6 – Luca

»Da bist du ja endlich. Du bist zu spät, Luca!«

»Auch hallo, Dad.«

Keine Ahnung, wie mein Dad es immer schafft, gleichzeitig entschuldigend und pikiert auszusehen. Aber er kann es.

»Natürlich. Hallo. Und jetzt komm rein. Die Gäste müssten jeden Moment da sein!«

Die Gäste sind immer einer seiner Geschäftspartner mit deren Frauen. Mom selbst hasst solche Dinner, spielt aber Dad zuliebe mit. Immerhin geht es um seinen Job. Dad ist Investmentfondsmanager und hat sich damit schon vor Jahren einen Namen gemacht. Ich verstehe die Notwendigkeit dieser regelmäßigen Treffen, ich verstehe nur nicht, wieso ich jedes Mal dabei sein muss. Na gut, ich werde irgendwann seine Firma übernehmen, und natürlich ist es da von Vorteil, bereits jetzt Beziehungen zu knüpfen. Aber doch nicht jedes Wochenende. Zumal es noch Jahre dauern wird, bis ich selbst der Boss bin. Anfangs werde ich wie jeder andere auch, als Praktikant einsteigen und mich hocharbeiten müssen. Vorausgesetzt, ich schaffe meinen Abschluss. Dass ich als Sohn eine Sonderbehandlung bekomme, ist für meinen Dad undenkbar. Er will, dass ich alles von Anfang an lerne, um die Firma später mal ordentlich leiten zu können.

Dieser Abend wird, wie jedes andere Geschäftsessen auch: furchtbar lang, langweilig und wahnsinnig anstrengend.

»Wenn noch nicht einmal die Gäste da sind, bin ich auch noch nicht zu spät.«

Ein amüsiertes Schmunzeln erscheint auf Dads Gesicht. »Du bist noch nicht in der Position, in der man auf dich wartet.«

Ich folge ihm durch die Eingangshalle bis ins Esszimmer, wo bereits alles für sechs Personen gedeckt ist. Warte ... was? Sechs?

»Dad? Wer genau kommt heute?«

Oh Gott. Ich hoffe nicht Jones, der sterbenslangweilige Sohn von Mister Darnell. Ich habe den Kerl einige Male auf Firmenfeiern gesehen, und ich wusste nie, worüber ich mit ihm sprechen soll. Jedes Mal, wenn ich auch nur den Mund aufgemacht habe, hat er bereits sein Gesicht zu einer affektierten Fratze verzogen und mich angesehen, als wäre ich unter seiner Würde. Und sollte er heute hier auftauchen, muss ich mich wohl oder übel vom Dach stürzen.

»Das wird eine Überraschung, mein Sohn.«

Dads Überraschungen sind, um es gelinde auszudrücken, jedes Mal eine Katastrophe. Ich erinnere mich immer noch mit Schrecken an meinen elften Geburtstag zurück, als er einen Clown für meine Party engagiert hat, weil er der Meinung war, ich würde mich darüber freuen. Ich war elf! ELF. Viel zu alt für einen Clown und noch dazu viel zu feige. Ich habe mir vor Angst in die Hosen gemacht, und meine Freunde wollten alle frühzeitig meine Party verlassen. Nur Connor ist geblieben, obwohl seine Angst genau so groß war wie meine.

Oder damals, als ich sechs war. Dad dachte, es sei cool von ihm, wenn er mir das Schwimmen beibringt. War es auch. Oder wäre es gewesen, wenn er mich nicht einfach mit Schwung ins tiefe Wasser geworfen und gewartet hätte, bis ich mich panisch mit Armen und Beinen rudernd wieder an die Oberfläche zurückgekämpft habe. Immerhin hat ihm das sein Dad auch schon so beigebracht.

So viel also zum Thema Dad und seine Überraschungen.

»Luca!«

Meine Mutter sieht aus wie aus dem Ei gepellt. Wie immer. Selbst wenn sie einmal mit einer Jogginghose zu Hause herumlaufen würde, was so gut wie nie vorkommt, würde sie niemals einer einzigen Haarsträhne erlauben, sich nicht kunstvoll um ihren Kopf zu drapieren. Keine Ahnung, wie sie das schafft, aber ich wünschte, meine Haare wären so zähmbar wie ihre. Die meiste Zeit sehe ich aus, wie gerade erst frisch aus dem Bett gestürzt. Selbst eine große Menge Gel, und ich habe es mehrmals versucht, kann diesen chaotischen Haufen auf meinem Kopf nicht zähmen.

»Hey, Mom.«

Zum Glück ist sie nicht so, wie man es sonst von Frauen reicher Männer erwarten würde. Sie hatte noch nie ein Problem damit, mich in eine feste Umarmung zu ziehen und mein Gesicht abzuknutschen, als hätte sie mich ein Jahr lang nicht mehr zu Gesicht bekommen. Ich muss nur aufpassen, dass ihr Lippenstift nicht an meiner Wange kleben bleibt. Das ist mir schon einmal passiert, und niemand hat mich darauf hingewiesen, was dazu geführt hat, dass ich mehrere Stunden damit durch die Gegend gelaufen bin. Ziemlich uncool.

»Du hast abgenommen. Du kriegst heute eine doppelte Portion.«

Ich habe nicht abgenommen, aber eine doppelte Portion würde ich nie ausschlagen.

Ich will sie gerade fragen, wie es ihr geht, als es bereits an der Tür klingelt und Mutter mich sofort wieder raus durch die Eingangshalle scheucht. »Wirfst du mich etwa schon wieder raus? Ist das etwa die Überraschung, von der Dad gesprochen hat? Ich bin doch gerade erst gekommen.«

So klein und zierlich meine Mama auch ist, so viel Kraft besitzt sie auch, wenn es darum geht, ihren eigenen Sohn durch die Gegend zu schieben.

»Benimm dich, Luca. Mach uns ja keine Schande.«

»Schande? Was ...«

Oh nein. Mein fassungsloser Blick trifft auf den meines Vaters, und ich würde ihn am liebsten fragen, was zur Hölle sie sich dabei eigentlich denken. Nur der nötige Respekt meinen Eltern gegenüber, und die Tatsache das wir nicht mehr allein sind, hält mich davon ab genau das zu tun.

Dads Geschäftspartner ist nicht nur mit seiner Frau gekommen. Nein, sie haben ihre Tochter mitgebracht, die von Dad vorhin auch noch als Überraschung bezeichnet wurde. Das ist es tatsächlich. Ich ahne bereits, was sie vorhaben. Sie versuchen schon seit einiger Zeit, mich zu verkuppeln. Besonders hartnäckig ist vor allem Mom dabei, seit ich mich von Lexi getrennt habe. Sie war untröstlich, weil sie dachte, wir beide würden irgendwann heiraten und Kinder bekommen. Hübsche Kinder, denen sie noch hübschere Kleider anziehen und ganz viele Süßigkeiten in den kleinen Schnabel stopfen könnte.

»Luca? Du kennst doch noch Ben und seine bezaubernde Frau Karen?«

Ich schüttle Ben die Hand und nehme auch die von Karen entgegen, die sie mir aber lediglich schlapp in meine Hand legt. Dad würde ihr jetzt einen Handkuss geben, aber ich denke ja noch nicht einmal im Traum daran, das zu tun. Bei allem, was mir heilig ist, aber nein. Einfach nur nein. Deswegen drücke ich nur leicht zu, nicke und lasse sie dann wieder los, während Mom sich bereits um deren Tochter kümmert.

»Charlotte, du siehst toll aus. Komm rein. Luca wird dich zu deinem Platz bringen.«

Wird Luca das? Jepp, er wird. Schließlich steckt in mir ein kleiner Gentleman. Innerlich die Augen rollend, lächle ich Charlotte leicht an, als ich ihr die Hand reiche.

»Hi, Charlotte. Ich bin Luca.«

Sie lacht leise, als sie meine Hand ergreift und sie leicht schüttelt. »Das habe ich mir schon fast gedacht. Schön dich kennenzulernen, Luca.«

Ihre Stimme klingt ein wenig resigniert, beinahe schon gelangweilt. So, als würde sie dieses Szenario genauso oft mitmachen wie ich. Irgendwie kratzt es an meinem Ego, dass sie nicht einmal eine Spur Neugierde in ihrer Stimme mitschwingen lässt. Scheiß Doppelmoral.

»Freut mich ebenfalls, deine Bekanntschaft zu machen.«

Ich nehme ihr die Jacke ab und halte ihr meinen Arm entgegen. Untergehakt führe ich sie durch den Flur in unser Esszimmer. Nachdem ich ihr den Stuhl zurechtgerückt und mich wie von meiner Mom gewünscht neben ihr niederlasse, hole ich unter dem Tisch mein Handy hervor und sende eine Nachricht an Connor.

Luca: Meine Eltern haben hier ein Blind Date für mich arrangiert.

Connor: Hahahahahaha ...

Luca: Alter. Das ist Ernst. Ich weiß nicht, wie ich aus dieser Nummer wieder raus soll.

Connor: Entspann dich Kumpel. Es gibt Schlimmeres, als mit einer hübschen Frau ein gutes Essen zu genießen.

Luca: Möchtest du mit mir tauschen?

Connor: Leider keine Zeit. Lerntreffen. Halt mich auf dem Laufenden, ich bin erreichbar.

Seufzend schiebe ich mein Handy wieder in meine Hosentasche, beobachte unsere Eltern, die sich bereits auf ihren Plätzen niedergelassen haben und betrachte meine Sitznachbarin nun ein wenig genauer. Sie hat blondes, schulterlanges Haar. Connor würde das vermutlich als platinblond bezeichnen, und ich weiß weder, woher er solche Dinge immer weiß, noch wieso ich mir ausgerechnet das gemerkt habe. Rot lackierte Fingernägel und zierliche Gesichtszüge. Ebenso zierlich wie ihr Körperbau. Kurz und knapp: nicht mein Typ. Da stellt sich mir die Frage, wie gut mich meine Eltern tatsächlich kennen oder ob sie einfach nur der Meinung sind, dass es nicht auf die Optik ankommt. Prinzipiell haben sie damit nicht unrecht, allerdings weicht Charlottes Optik doch sehr von den Frauen ab, die ich mir selbst zu einem Date einladen würde. Aber sie wirkt nett und sieht mich entwaffnend an.

»Also, Charly … was machst du, wenn deine Eltern dich nicht gerade zu solchen Treffen mitnehmen?«

Bei dieser Anrede rümpft sie ein wenig ihre Nase und trommelt leicht mit den Fingern auf den Tisch. Sie zuckt die Schultern und schenkt mir dann ein schmales Lächeln, das in völligem Kontrast zu dem steht, das sie mir im Eingangsbereich entgegengebracht hat.

»Meine Eltern nehmen mich oft auf solche Treffen mit. Und nur selten ist jemand so nett wie du.« Sie lacht leise und zieht eine Grimasse, die mich schmunzeln lässt. »Ehrlich gesagt nerven mich solche Treffen, aber meinen Eltern zuliebe …« Sie zuckt kurz mit den Schultern, bevor sie mich wieder anlächelt. »Ansonsten studiere ich Betriebswirtschaftslehre und wenn ich frei habe, geh ich unheimlich gern auf Partys. Und was machst du?«

Eigentlich wirkt sie gerade ziemlich nett. Vielleicht wird der Abend ja doch nicht so schlimm, wie anfangs angenommen.

»Ich studiere auch Betriebswirtschaftslehre und mache gern Sport mit meinem besten Freund. Und manchmal helfe ich abends im Kino aus, wenn Not am Mann ist. Was aktuell nicht häufig der Fall ist.«

Ihr Stirnrunzeln vertieft sich, und ich kann mir nicht erklären warum. Sie geht doch bestimmt auch gern ins Kino, oder?

»Warum?«

»Warum was?«

»Warum hast du einen Nebenjob? Deine Eltern bezahlen dir doch dein Studium, oder?«

Ja, das tun sie. Aber warum will kaum einer verstehen, dass ich meine Freizeit dennoch selbst finanzieren will? Ich bin meinen Eltern wahnsinnig dankbar für ihre Unterstützung, was meine Ausbildung betrifft, aber wenn ich eine Frau zu einem Date ausführe, dann mit meinem Geld und nicht mit dem meines Vaters.

»Tun sie. Aber ich möchte gern ein wenig unabhängig sein können.«

Sie betrachtet mich für einen kurzen Augenblick skeptisch und nickt dann bedächtig. Ich bin froh, als die Haushälterin und Köchin meiner Eltern endlich das Essen bringt, und mir verschwörerisch zuzwinkert. Antonia ist Gold wert. Sie versorgt Connor und mich immer mit Keksen, wenn wir beide in einer anstrengenden Lernphase sind. Entweder verwöhnt sie uns dann hier, oder sie bringt Connor und mir eine Dose voll in die WG, wenn sie ohnehin unterwegs ist, um Erledigungen zu tätigen. Und auch sonst hat sie immer ein offenes Ohr für mich, ganz egal, worum es geht. Als Vorspeise gibt es eine Avocado-Bruschetta, über die ich mich sofort hermache.

»Hast du keinen Hunger?«

Charlotte hat lediglich die Salatblätter gegessen, die zur Deko am Tellerrand lagen. »Ich bin auf Diät!« Sie lacht wieder und wirkt damit so sympathisch.

»Ernsthaft?«

Ich lasse meinen Blick erneut über ihren Körper gleiten und komme auch dieses Mal zu dem Entschluss, dass sie nicht abnehmen muss. Im Gegenteil. Ein paar Kilo mehr würden ihr nicht schaden. Wie bei Romy. Romy hat genau die richtigen Kurven. Ich stelle mir vor, wie ich ihre Hüften packe, wenn ich sie küsse und ... okay. Falscher Zeitpunkt.

»Luca.«

Ich sehe sofort zu meinem Dad, der mich nun in ein Gespräch über mein Studium verwickelt. Ich habe schon die Hoffnung, dass es mich von weiteren unliebsamen Diätunterhaltungen abhalten würde, da fangen die beiden Männer schon wieder ein neues Thema an, während unsere Mütter sich über irgendeinen Designer unterhalten, von dem ich mir sicher bin, dass er auch gerade Diät hält und Kleidung für Barbiepuppen macht.

»Ich mag Harper und Mason!«

Meine Eltern. Sie mag meine Eltern. Ich kann mich nicht daran erinnern, dass meine Eltern jemals von ihr gesprochen hätten. Ich muss aber auch zugeben, dass ich nicht bei jeder Dinnerparty anwesend bin, zu denen meine Eltern eingeladen werden.

»Sie sind cool, ja. Deine Eltern auch, schätze ich.«

Als mein Teller leer ist und ich bereits mit dem Gedanken spiele, auch noch Charlys Teller zu leeren, wird der Tisch von Antonia abgeräumt und die Hauptspeise serviert: Entrecôte-Braten mit Bratkartoffeln und Paprikagemüse.

»Daddy arbeitet viel. Und Mom ist viel in ihrem Club beschäftigt. Wenn ich nicht in der Uni bin, bin ich auf Partys oder mache Wochenendausflüge mit meinen Mädels.«

Dass ihr Vater viel arbeitet, ist mir bekannt. Meiner macht es ebenso. Und besagter Club ist genau derselbe Club, in dem meine Mutter ihre freie Zeit verbringt und diverse Wohltätigkeitsveranstaltungen plant, Tee trinkt und sich mit ihren Freundinnen über alles Mögliche unterhält. Charly ist in meinem Alter, wieso geht sie nicht arbeiten, anstatt ihre freie Zeit nur mit Partys zu verbringen? Ich meine, es ist ihre Entscheidung, und sie wirkt zufrieden damit, wie ihre Tage ablaufen. Aber ich mag es lieber, wenn sie selbstständiger sind und sich nicht nur auf Mummy und Daddy verlassen. Ich weiß auch, dass meine Eltern für mich da wären, sollte ich jemals Hilfe brauchen. Jederzeit. Dennoch verlasse ich mich nicht ausschließlich darauf.

Connor: Na, wie läuft es? Hat sie dich schon gefressen?

Ich wusste doch, dass Connor sich nicht auf sein Lerntreffen konzentrieren kann, weil seine Neugier zu groß ist.

Luca: Nein, sie ist auf Diät.

Connor: Diät? Ist das ansteckend?

Connor schafft es in jeder Situation, mich zum Lachen zu bringen.

Luca: Du musst mich hier rausholen. Ich flehe dich an.

Connor: Und wie soll ich das anstellen? Soll ich mir ein Bein brechen?

Luca: JA. Ein bester Freund tut so was.

Connor: Du hast sie doch nicht mehr alle.

Luca: Komm schon.

Connor: Wenn du es geschickt anstellst, wirst DU heute vielleicht noch das Glück haben zu kommen.

Er ist so ein Idiot. Ich liebe ihn, aber er könnte sich ruhig ein bisschen mehr in unsere Bromance einbringen. Und was macht er? Zeigt seine Unterstützung, indem er mir dumme Sprüche schickt. Schmunzelnd schicke ich ihm einen Mittelfinger-Emoji.

»Luca?«

»Hm?« Ich hebe den Kopf und lasse mein Handy sinken, als Mom mich anspricht.

»Du könntest Charlotte doch die Rosenbüsche im Garten zeigen.«

Noch vor dem Dessert? Vermutlich hoffen sie, Charly wird mein Dessert, und ich mache ihnen lauter kleine Enkelkinder. Ich will schon Nein sagen, aber aller Augen sind auf mich gerichtet, und der Gentleman in mir bringt kein Nein über die Lippen. Es sind nur Rosenbüsche. Und Charly ist nett. Leise seufzend stecke ich mein Handy wieder weg, ohne Connor auf die letzte Nachricht zu antworten und stehe dann auf, um mit ihr in den Garten zu gehen.

»Nach dir.«

Ich gehe zusammen mit ihr wieder raus in den Flur, will bereits den Weg zum Ausgang einschlagen, da stoppt sie mich, indem sie ihre Hand kurz auf meinen Oberarm legt. »Warte einen Moment, ich muss mich noch frisch machen.«

Ich zeige ihr schnell unser Gästebad und stelle mich dann gegenüber an die Wand, um auf sie zu warten. Währenddessen antworte ich Connor doch noch.

Luca: Ich muss ihr die Rosenbüsche zeigen.

Connor: Das wird ja immer besser. Nächstes Mal bestehe ich darauf, dass ich mit eingeladen werde. Oder du filmst das Ganze wenigstens.

Luca: Du bist ein kleiner Penner.

Connor: Ich bin deine Prinzessin, vergiss das nicht. Aber hey, gib ihr eine Chance. Du sollst sie ja nicht gleich heiraten.

Luca: Ich gebe ihr eine Chance. Sie ist ziemlich okay. Und heiraten werde ich auch nicht so schnell, keine Sorge. Bis später.

»So, ich wäre so weit.« Charly hängt sich wieder an meinen Arm und schleift mich beinahe aus der Tür hinaus. Ich hoffe nur, sie verwechselt uns nicht mit der Schöne und dem Biest, sondern sucht ebenso wie ich einfach ein bisschen Abstand.

Draußen angekommen sieht sie sich erst einmal staunend um, bevor sie sich auf eine Holzbank setzt, die meine Eltern schon da stehen haben, seit ich ein Kind war. »So sehr ich meine Eltern liebe, aber Gespräche über die Firma langweilen mich!«

Ohne etwas zu sagen setze ich mich neben sie, strecke meine Beine aus und überkreuze meine Knöchel, bevor ich mich mit dem Rücken an die Bank zurücklehne und meine Arme vor der Brust verschränke.

»Was findest du denn spannend? Außer Partys?« Neugierig drehe ich mich ein wenig seitlich in ihre Richtung. Dass sie gern auf Partys geht, hat sie mir immerhin beim Essen bereits verraten.

»Ich gehe gerne in Museen.«

»Ach, echt? Ist das nicht langweilig?«

»Nein, warum denn? Wenn man sich ein bisschen für Kunst interessiert, kann es durchaus spannend sein.« Sie zuckt leicht die Schultern und setzt sich ein wenig bequemer hin. »Ich bin jetzt keine Kunstkennerin, aber ich mag die Vorstellung davon, dass jeder Künstler einen Teil von sich selbst in seinen Werken zeigt. Und ich betrachte die Bilder gern und frage mich, was er sich dabei gedacht hat. Klingt jetzt blöd, oder?«

»Nein, finde ich nicht. Eigentlich klingt es nachvollziehbar.« Nachdenklich lege ich den Kopf ein wenig schief. Vielleicht interessiert sie sich für Kunst mehr als für die Rosenbüsche. »Was hältst du davon, wenn ich dir das Arbeitszimmer meines Dads zeige? Es ist voller Gemälde, die du in aller Ruhe analysieren kannst.«

Und wir könnten den Gesprächen unserer Eltern noch ein wenig länger fernbleiben. Denn auch mich langweilen sie. So wie Charlys Augen aufleuchten, scheine ich mit dieser Idee genau ins Schwarze getroffen zu haben. Also stehe ich auf und halte ihr meine Hand entgegen, die sie auch ohne zu zögern ergreift.

»Sehr viel halte ich davon.«

Ohne von unseren Eltern bemerkt zu werden, ziehe ich sie durch den Eingangsbereich bis hoch in den oberen Stock. Die Dates, die meine Eltern oft für mich organisieren, sind mir meistens ein Dorn im Auge. Aber mit Charly im Arbeitszimmer meines Vaters zu stehen und wirklich jedes einzelne seiner Bilder durchzugehen, macht mehr Spaß, als ich anfangs angenommen habe.

Kapitel 7 – Romy

Ich bin nervös. Heute fange ich einen neuen Job im Phoenix Grill an. Den habe ich meinem alten Boss zu verdanken, der kurzerhand beschlossen hat, seinen Kaffeewagen, der bis vor Kurzem noch auf dem Campusgelände stand und für den ich gearbeitet habe, zusammenzupacken und mit seiner Familie eine Weltreise zu machen. Irgendwie schade, auch wenn ich ihm die Zeit mit seiner Frau und seinen Kindern gönne. Aber ich habe gern dort gearbeitet und mich mit den anderen Studenten unterhalten, wenn die sich ihre tägliche Dosis Vitamin K abgeholt haben.

Nichtsdestotrotz fängt in einer Stunde meine Schicht an, und ich muss heute noch lachen, wenn ich an das Vorstellungsgespräch zurückdenke, das Owen mit mir geführt hat. Nicht nur, dass ich etwa zehn Minuten zu spät vor seine Füße gestolpert bin, ich stand auch nur mit einem Schuh da, weil der zweite mir eben bei diesem Flugversuch vom Fuß geschleudert wurde. Und die Fragen, die er mir gestellt hat! Ich meine, mir ist schon klar, dass man solche Dinge wissen möchte, bevor man jemanden einstellt. Allerdings war mir nicht klar, dass ich die Antworten, die es eigentlich nur in meinem Kopf geben sollte, auch laut aussprechen werde.

Warum willst du diesen Job?

Von wollen kann keine Rede sein, aber ich brauche ihn, weil ich sonst kein Geld verdiene und hungern muss.

Kurzes peinliches Schweigen auf beiden Seiten, und ich sah schon meine Felle davonschwimmen, bevor sich ein leichtes Schmunzeln auf Owens Lippen bemerkbar gemacht hat.

»Hast du denn Erfahrungen im Service?«, fragte er mich etwas skeptisch.

»Na ja, ich gehe manchmal auch Essen. Und dort habe ich das ein oder andere Mal gesehen, wie die Kellnerinnen das machen. So schwer kann das nicht sein, oder? «, erwiderte ich zuversichtlich.

Durch meine Arbeit im Kaffeewagen kenne ich mich mit dem Kassensystem aus. Ich weiß, wie man abkassiert und Bestellungen aufnimmt. Das sind doch schon einmal gute Voraussetzungen für diesen Job, oder? Ich gebe zu, ich bin nicht unbedingt mit Feinfühligkeit oder besonders eleganter Erziehung gesegnet. Meistens sage ich, was mir durch den Kopf geht. Und ich kenne mich nicht mit den gängigen Benimmregeln aus. Und weiß schon gar nicht, welches Glas zu welchem Getränk gehört. Meiner Meinung nach sind das alles Dinge, die man nicht wissen muss, um überleben zu können.

Und genau aus dem Grund habe ich mich in einem Grill und nicht in einem Fünf-Sterne-Restaurant der Oberklasse beworben. Gott bewahre, dass ich mich in eine weiße Bluse zwänge, und bereits nach wenigen Sekunden Flecken darauf hinterlasse, weil ich dort zwangsläufig Make-up auftragen müsste, und ich davon auch so keinen blassen Schimmer habe. Nicht dass ich schlampig durch die Gegend renne. Nein, auf keinen Fall. Aber meine Haare sind von Natur aus lockig und egal was ich damit mache, sie fallen mir störrisch ins Gesicht. Deswegen habe ich sie für die Arbeit dann ohnehin zusammengebunden, und es ist dabei ganz egal, ob ich Haarspray dafür benutze oder nicht.

Also mache ich mich jetzt auf den Weg zur Arbeit. Mit meinem eigenen Gesicht. Meinen eigenen, eher billigen Klamotten mit Rissen in den Jeans und einem Dutt auf dem Kopf, den hoffentlich kein Vogel mit einem Nest verwechselt. Und selbst wenn, dann habe ich heute wenigstens schon eine gute Tat vollbracht.

»Hey, da bist du ja. Hier, zieh die an, und dann walte deines Amtes. Abby wird dir alles zeigen, aber da uns heute jemand krank wurde, wird das eher ein spannendes Unterfangen.«

Ich habe noch nicht einmal beide Beine im Diner, da wird mir von Owen bereits eine Schürze in die Hand gedrückt. Okay, Schürze umbinden, kriege ich hin. Abby kennenlernen, dafür wird wohl die nächsten Stunden noch genug Zeit sein und wohin ich welches Essen bringen muss ...

»Hey, Owen nimmt sich sonst mehr Zeit, aber irgendwie scheint er heute besonders gut gelaunt zu sein.«

Ich kann Abbys Sarkasmus förmlich riechen, als sie mir die Hand gibt.

»Das habe ich gehört«, ruft Owen ihr entgegen.

»Solltest du ja auch.«

Ein wenig verwundert lausche ich dem Schlagabtausch zwischen Owen und Abby und blinzle dann, als sie mich loslässt und hinter die Theke rennt. Schnell sehe ich zu, dass ich ihr nachkomme. Abby ist klein, und ja das sage ich mit meinen 1,60. Blond und ein wenig fülliger. Und ihre Augen strahlen unglaublich fröhlich. Irgendwie fühlt man sich dadurch gleich wohl in ihrer Nähe, selbst wenn man sie noch nicht kennt.

»Du bist also die Glückliche, die sich gegen die anderen Bewerber durchgesetzt hat. Willkommen im Team.«

Es beruhigt mich, dass sie mich beim Sprechen nicht ansieht, sondern weiterarbeitet, als wäre ich bereits seit Jahren hier angestellt und wüsste, was sie da gerade macht. Gibt mir nicht ganz so sehr das Gefühl, ein kleiner Stümper zu sein.

»Danke. Von Durchsetzen kann keine Rede sein. Wenn ich ehrlich bin, habe ich eher mit einer Absage gerechnet.«

Abby grinst mich kurz an, bevor sie mir ein Tablett mit Gläsern in die Hand drückt. Heiliger! Sollte das nicht eigentlich ein besonderer Moment sein? Von wegen, meine allererste Bestellung, die ich allein ausführen darf? »Das ist für den Tisch dort hinten am Fenster. Die zwei Damen nehmen das Soda mit Zitronenscheibe und die beiden Kerle die Cola. Los. Das schaffst du schon.«

»Wenn ich stolpere, lass mich einfach liegen und in Ruhe sterben. Falls du ganz nett bist, sorg auch dafür, dass niemand allzu laut lacht. Stört sonst nur meine Totenwache.«

Ich mache den ersten vorsichtigen Schritt, zucke aber zusammen, als Abby anfängt, lauthals zu lachen.

»Du bist witzig. Dich mag ich.«

Sie klopft mir nur noch einmal auf die Schulter, bevor ich mich verdattert in Bewegung setze. Witzig. Das denken die Menschen immer. Sie glauben, ich bin ein Spaßvogel mit einer gehörigen Portion Humor. In Wirklichkeit meine ich die Dinge genau so, wie ich sie sage. Zumindest meistens. Meine Hände zittern leicht, als ich auf den Tisch zugehe.

»Na endlich. Die Bedienung.«

»Ich heiße Romy. Und ja, ich bringe euch eure Getränke.«

»Ist das auch frisches Quellwasser oder aus der PET Flasche?«

Diese Frage ... es tut mir leid, aber ich kann nicht widerstehen. »Frisch natürlich. Ich bin extra im Morgengrauen bei den ersten Sonnenstrahlen des Tages mit einem Zapfhahn aus Gold auf den Berg geklettert und habe das Wasser aus dem Felsen gebohrt.«

»Wirklich jetzt?«

Das ... hat sie nicht echt gefragt, oder? Ich schüttle leicht den Kopf, verteile die restlichen Gläser und lächle sie freundlich an. Ich will mir nicht bereits am ersten Tag Ärger mit dem Boss einhandeln.

»Nein. Das war ein Witz, tut mir leid. Und es ist aus einer Glasflasche.« Ich nicke ihnen noch einmal zu, während sie mich ziemlich skeptisch beäugen, bevor sie dazu übergehen mich zu ignorieren.

»Also, Romy ...« Abby empfängt mich lachend wieder hinter dem Tresen und scheint dieses kleine Schauspiel mitbekommen zu haben. »Ich glaube, das wird lustig mit uns.«

Wie lustig es wird, stellt sich die nächsten Stunden heraus. Owen hatte recht damit, dass es spannend werden wird. Mir fehlt eindeutig die langsame Einschulung. Aber andererseits ist es auch ganz gut so. Learning by doing. Nach und nach füllt sich das Diner mit unzähligen Studenten. Sie kommen entweder zu zweit oder in großen Gruppen. Aber eines haben sie alle gemeinsam: Sie haben Hunger und Durst.

Bereits nach einer Stunde habe ich Schmerzen in Armen und Beinen vom ständigen Hin-und-her-Laufen und dem Tragen der Tabletts. Nach einer weiteren Stunde ist mir so heiß, dass die Vorstellung, nur in einer Schürze weiterzubedienen, ziemlich verlockend ist. Und wieder eine Stunde später spüre ich meine Beine nicht mehr und kann es kaum erwarten, Feierabend zu machen.

»Feierabend.« Abby lehnt am Tresen, ein Glas Wasser in der Hand, zumindest hoffe ich, es ist nur Wasser, und grinst mir breit entgegen. Die Schürze hat sie bereits abgelegt.

»Oh, Mann ... ja.«

»Gar nicht mal so übel für deinen ersten Tag. Das wird schon. In wenigen Tagen bist du Profi!«

Ihr Wort in Gottes Ohren. Meine Füße bringen mich um. »Ich hoffe, du behältst recht. Aber jetzt brauche ich nur eine heiße Dusche und mein Bett.«

Schnell sehe ich zu, dass ich die Schürze loswerde und mir meine Tasche schnappe. Abby erklärt mir noch ein paar Dinge, die das Abkassieren betreffen. Zeigt mir meine Trinkgeldkasse, von der ich nicht geahnt habe, dass ich eine haben werde, und schickt mich nach Hause, ohne dass ich mich von Owen verabschieden könnte.

Eigentlich so gar nicht meine Art. Doch nachdem ich gehört habe, wie er in der Küche seinen Beikoch angeblafft hat, wollte ich nicht in sein Visier geraten und habe mich nur von Abby verabschiedet. Selbst wenn sie mir versichert hat, dass er das nur macht, weil er gerade ziemlich unter Druck steht. Hunde, die bellen, beißen nicht, meinte sie noch. Und auch sie war es, die mich in den Feierabend entlassen hat, weil meine Ablöse sich ohnehin verspäten würde.

Na ja, bevor ich einschlafe, habe ich eben auf sie gehört, und meinen geschundenen Körper die ganze Strecke bis nach Hause geschleift. Beinahe wäre ich auf dem Boden gekrochen, die Versuchung war da. Aber immerhin will man sich ja nicht völlig die Blöße geben, sollte einer meiner Studienkollegen um diese Zeit noch unterwegs sein. Kaum betrete ich unser Zimmer, sacke ich erst mal erschöpft in mich zusammen und lege mich flach auf den Boden. Die Ruhe hier ist ein starker Kontrast zu dem ständigen Stimmengewirr im Diner. Einen Moment bleibe ich still liegen und genieße das Gefühl der aufkommenden Entspannung. Natürlich hätte ich mich auch gleich ins Bett legen können, allerdings wäre ich dann so schnell nicht mehr aufgestanden. Und ohne eine ausgiebige Dusche ins Bett zu gehen ist keine Option. Hoffentlich kommt Lexi jetzt nichts ins Zimmer gestürzt und trampelt mich mit ihren Absatzschuhen noch mehr in den Boden, weil sie mich nicht sieht. Wobei mein Körper nicht noch mehr schmerzen könnte als ohnehin schon. Gleich stehst du auf, Romy. Du wirst dich unter die Dusche schleppen. Die heiße Dusche. Dann werden sich deine Muskeln entspannen und nicht mehr so wehtun. Ich atme noch einmal tief durch und rapple mich dann hoch. Danach kann ich schlafen. Endlich.

Kapitel 8 – Luca

Es ist voll. Es ist laut, und es riecht unangenehm nach Rauch und Schweiß. Und nach anderem Undefinierbarem. Ich glaube, ich möchte gar nicht so genau herausfinden, was das ist.

»Hey, da hinten sind Chris und George.«

Connor lotst mich durch die Menge, als würde es ihm absolut nichts ausmachen, dass sich Menschen, die er nicht kennt, beinahe schon an ihm reiben. Connor lässt sich nicht so leicht ablenken, und wenn er sich erst mal auf ein Ziel fokussiert hat, sorgt er auch dafür, dass er dieses erreicht. In unserem Fall sind das heute Chris und George. Die Jungs sind allerdings nicht allein. Zoe, Chris' On-off-Freundin ist dabei, und auch George ist im Gespräch mit einem Mädchen. Ich kenne sie allerdings nur flüchtig und weiß auch nur, dass George und sie hin und wieder einen Kaffee trinken gehen.

Offenbar hat Chris schon ein wenig was getrunken, denn er tanzt mit Zoe. Etwas, was er nüchtern nie machen würde. Er behauptet, weil er nicht tanzen kann, ich sage, das liegt daran, dass er denkt, er sei zu cool dafür.

»Luca, hier.« Connor zieht mich auf einen freien Barhocker und stellt mir das erste Getränk des Abends vor die Nase.

»Na, sieh mal einer an ...«

Ich hebe meinen Kopf und sehe plötzlich in die Augen von Romy. Ich hätte mir denken können, dass sie heute auch hier ist.

»Hey …«

Romy ist eindeutig immer noch sauer wegen der Sache mit Lexi. Oder wegen unserem Gespräch in der Vorlesung. Vielleicht auch wegen beidem. Sie mustert mich nur einen Moment lang, bevor sie sich wegdreht und ihre Freundin, mit der sie offenbar heute hier ist, wieder in ein Gespräch verwickelt.

Ich kann Connors Blick auf mir spüren, als ich den ersten Becher in einem Zug austrinke. Noch ehe ich darum bitten kann, steht bereits ein Zweiter vor mir, den ich auch schnell leere. Es geht mir gehörig gegen den Strich, dass Romy wütend auf mich ist, wegen einer Sache, die mich und ihre Freundin betrifft. Wegen einer Sache, von der sie absolut keine Ahnung hat.

»Hey Alter, was ist denn mit dir los?« Chris lässt sich auf den Barhocker gegenüber von mir fallen und sieht mich erstaunt an.

»Seit wann betrinkst du dich?«

Als Antwort kippe ich noch einen Becher runter. Was trinke ich da überhaupt? »Connor? Was ist das?«

»Appletini!«

Was? Ich hebe den Becher an und beäuge die grüne Flüssigkeit darin. »Seit wann trinke ich so was? Aber hey, das schmeckt gut.«

Chris und George fangen an zu lachen, schnappen sich dann aber selbst ein Bier und vertiefen sich dann wieder in die Gespräche mit ihren Mädchen.

»Rede mit ihr.«

Ich sehe meinem besten Freund nachdenklich in die Augen, schlucke kurz und schüttle den Kopf.

»Sie würde mir ja doch nicht zuhören.«

»Versuch es doch mal. Ich glaube, sie würde einlenken, wenn sie deine Seite gehört hätte.«

»Glaub mir, ich habe es versucht. Aber sie war damit beschäftigt, bei ihrer Meinung zu bleiben und hat mich kaum zu Wort kommen lassen.«

Außerdem will ich ja gar nicht, dass sie nur einlenkt. Ich möchte, dass sie mich auch mag und sie mit mir reden will, einfach weil sie selbst auch Interesse an mir hat.

»Und du hast versprochen, nichts zu sagen. Keine Alleingänge.« Wieder sehe ich ihn eindringlich an, bis er einmal kurz nickt und seinen Becher dann in die Hand nimmt.

Diese Sache mit Romy ist etwas, was ich mir nicht ausgesucht habe. Es war nie geplant, dass ich mich ausgerechnet in die Freundin meiner Freundin verliebe. Anfangs war da auch nie von Verliebtsein die Rede. Ich mochte sie. Ich fand sie cool und irgendwie auch niedlich. Und es ist ja auch nicht so, dass wir uns besonders oft getroffen oder etwas zu dritt unternommen hätten. Aber jedes Mal, wenn ich sie dann doch einmal gesehen habe, war da irgendetwas, was dafür gesorgt hat, dass ich gern in ihrer Nähe sein möchte. Und jetzt haben wir das Dilemma. Ich weiß noch, als ich vor ungefähr zwei Wochen nachts plötzlich wach wurde, nachdem ich den Abend zuvor mit Lexi im Kino war. Ich bin sofort zu Connor ins Zimmer gestürmt, habe mich zu ihm aufs Bett gehockt und ihn so lange angestarrt, bis er endlich die Augen aufgemacht hat. Als er dann endlich wach genug war, um mir wenigstens zuzuhören, habe ich ihm gesagt, dass ich mich von Lexi trennen will. Und zwar sofort und ohne weiteren Aufschub und dass ich Romy natürlich nicht sagen werde, was ich empfinde. Connor hat mich gerade noch so davon abgehalten, in meiner Euphorie nur in Unterwäsche das Haus zu verlassen. Alles andere ist Geschichte, und jetzt sitze ich hier, die Frau, die ich will, vor meiner Nase und doch unerreichbar für mich, während ich mir einen Appletini nach dem anderen reinziehe.

»Luca! Hey!«

Zwei Arme schlingen sich um meinen Hals, und eine Stimme, die ich nur allzu gut kenne, quietscht mir ins Ohr, während die Frau, zu der sie gehört, sich auf meinen Schoß pflanzt. Was eine beachtliche Leistung ist, wenn man bedenkt, dass ich nur auf einem Hocker sitze und schon leicht schwanke. »Du hast gar nicht erzählt, dass du heute auch hier bist. Und dann ausgerechnet noch am Strebertisch.«

Libby, mit der ich einmal was hatte, und die seitdem auf eine Wiederholung hofft, wirft einen verächtlichen Blick auf Romy und ihre Freundin, die uns beiden keinerlei Beachtung schenken.

»Was hast du gegen Streber?«

»Nichts, solange sie mich damit nicht anstecken.«

Sanft, aber bestimmt schiebe ich sie von mir runter, denn wenn man es genau nimmt, ist auch mein bester Freund das, was sie als Streber bezeichnet. Libby scheint das jedoch nicht zu stören, denn sie spricht einfach munter weiter.

»Du weißt schon, die Sorte Mädchen, die nur lernen und sich in ihrer Freizeit mit ihrem Blog beschäftigen. Und den hat sie wirklich. Einen Buchblog. Romys Bookworld.«

Sie spricht das Wort so abfällig aus, dass ich im ersten Moment wirklich darüber nachdenken muss, ob das nicht doch etwas Ansteckendes ist. Oder liegt das am Alkohol? Ich beäuge meinen halb leeren Becher, bevor ich noch etwas trinke und die Stirn runzle.

»Ich habe auch einen Block zu Hause?«

Dafür kassiere ich von Connor einen Klaps auf den Hinterkopf, der mich den Kopf einziehen lässt.

»Doch kein Schreibblock. Ein Blog. Internet? Facebook-Seite? Instagram? Na?«

»Ja klar. Ich weiß schon. War nur ein Witz.«

Ich lalle ein bisschen und grinse wohl ein wenig zu dämlich, denn Libby hängt sich noch mehr an meinen Hals als ohnehin schon. Vermutlich deutet sie mein Grinsen als Einladung für ... ja für was? Oh. Ja, ich weiß schon.

»Connor? Ich habe eine Idee.« Stimmt gar nicht. Ich habe keine Idee. Ich habe nur die Idee einer Idee und gerade keine Ahnung davon, wie ich Libby höflich beibringen kann, dass da heute nichts laufen wird.

»Komm mit, Prinzessin. Wir suchen uns jetzt ein ruhigeres Plätzchen.«

»Ruhiges Plätzchen klingt ganz nach meinem Geschmack. Die Sache mit deiner Idee macht mir allerdings ein wenig Angst.«

Seit wann klingt Connors Stimme denn so hell? Hell? Wie klingt hell denn? Wie klingt dunkel? Oh, das ist nicht Connor, sondern Libby.

»Hi. Suchst du was?« Frage ich Libby ein wenig lallend und weiß gar nicht mehr, wie sie es so nah an mich herangeschafft hat. Seit wann sitzt sie auf meinem Schoß?

»Ja, dich. Lass uns tanzen.«

Überrumpelt lasse ich mich von ihr auf die Tanzfläche zerren und lege meine Arme automatisch um ihren Körper, um sie näher an mich zu ziehen. Tanzen? Na gut, tanzen. Immerhin haben wir hier Musik und eine Tanzfläche. Außerdem ist das eine Party. Auf Partys tanzt man. Mir ist entfallen, was ich eigentlich machen wollte. Libby hingegen scheint genau zu wissen, was sie will. Ihre Finger kratzen fest über die Haut an meinem Rücken.

Eigentlich bin ich dafür sehr empfänglich, aber gerade denkt mein Kopf angestrengt darüber nach, was ich vorhin noch wollte. Ich wollte etwas mit Connor besprechen. Ich wollte ... oh fuck, ja, ich weiß es wieder. Es ging um Romy. Ich muss mit Romy reden. Ich muss sie mit heimnehmen und ihr erklären, dass ich kein Idiot bin. Wobei mich genau das zu einem Idioten machen würde. Ich kann sie nicht einfach mitnehmen. Wie soll ich sie denn dazu bringen, mir zu folgen? Soll ich ihr meine Briefmarkensammlung zeigen? Moment. Ich habe keine Briefmarkensammlung. Und ich muss ja gar nicht mit Romy sprechen. Zumindest nicht sofort. Zuerst wartet doch Connor noch auf mich. Oh, ich weiß es wieder.

»Libby? Es tut mir leid, ich muss noch etwas erledigen.«

Bevor sie protestieren kann, tippe ich George, den ich zufällig ebenfalls auf der Tanzfläche entdecke, auf die Schulter und drehe Libby elegant unter meinem Arm durch in seine Arme, bevor ich verschwinde und Connors Hand schnappe.

Ohne Fragen zu stellen, lässt er sich von mir erneut durch die Menge ziehen und auf einem Sofa im nächsten Raum platzieren. Ich ziehe umständlich mein Handy aus der Hosentasche und lasse mich damit neben ihn fallen.

»Was genau suchst du da eigentlich?«

Das ist eine gute Frage. »Hilf mir mal.«

Ich schmolle Connor ins Gesicht, lehne mich an ihn und drücke ihm mein Handy in die Hand.

»Such bitte. Komm schon, such du für mich.«

Er hält mein Handy jedoch reglos in der Hand, und als ich meinen Kopf hebe, um ihm ins Gesicht zu sehen, merke ich, dass mir ein bisschen schwindelig ist, und lege den Kopf wieder ab.

»Warum suchst du denn nicht?«

»Ich weiß nicht einmal, wonach ich suchen soll«, erwidert Connor, weswegen ich mich doch noch einmal seufzend hochwuchte, das Handy selbst in die Hand nehme und selbst wild aufs Display hämmere.

»Hier, da ist sie.«

Tatsache. Sie hat einen Blog. Selbst Connor beugt sich interessiert über mein Display, während wir eine halbe Stunde damit verbringen, uns die Bilder anzusehen und die Texte dazu zu lesen. Und genau in dieser Zeit formt sich auch eine Idee in meinem Kopf.

»Meine Idee ist brillant.«

»Teilst du sie auch mit mir?«

»Sie ist großartig, Connor!«

»Und wie sieht sie aus?«

»Sieh dir das an?«

Ich halte ihm grinsend das Handy so dicht vor sein Gesicht, dass er anfängt, trotz Brille zu schielen.

»Ich sehe?«

»Mann, Connor. Denk nach. Wir erstellen auch einen Blog.«

»Wir? Oh, ne Freundchen. Lass mich da raus, ich habe keinen blassen Schimmer, wovon du sprichst. Und du nebenbei bemerkt auch nicht.«

Ja, da hat er wohl recht. Aber das muss ja nicht bedeuten, dass ich keinen großartigen Blog auf die Beine stellen kann, oder? Ich lasse meinen Kopf wieder gegen seine Schulter sinken, was Connor nicht im Geringsten stört. Ich bin müde. So müde.

»Ach, komm schon. Das wird lustig«, nuschle ich gerade noch so laut, dass er mich trotz der Musik hören kann.

»Lustig?« Connor lacht lauthals auf und hält sich den Bauch. »Wohl eher peinlich. Alter, ich schaffe es noch nicht einmal, ein halbwegs normales Selfie von mir zu machen, und da soll ich dir helfen Fotos für einen Blog zu machen? Geht es dir noch gut? Was genau erhoffst du dir davon?«

Ja, was eigentlich? Ich suche einen Grund, um Romy näher zu kommen. Und das hier ist perfekt.

»Dadurch kann sie mich kennenlernen. Oder ich sie. Und dann merkt sie, dass ich gar nicht so sehr ein Idiot bin, wie sie vermutlich denkt.« Ziemlich stolz und zufrieden mit mir selbst lehne ich mich auf dem Sofa zurück und überlege bereits coole Blognamen für mich.

»Luca, The Bookish Hero.«

»Woah, ne, hör auf damit, das ist ja furchtbar. Weißt du was? Wir feiern meinetwegen jetzt noch ein wenig, und dann bringe ich dich nach Hause. Morgen werden wir beide noch einmal in Ruhe, und vor allem nüchtern, darüber sprechen, und wenn du das dann immer noch durchziehen willst, bin ich an deiner Seite und helfe dir, Deal?«

Ich kenne Connor. Er hofft eindeutig, dass ich morgen, sobald ich nüchtern bin, nicht mehr daran denke. Aber ich werde dran denken. Zumindest sobald ich wieder weiß, welche Idee einer Idee mich vorhin noch ereilt hat.

Offenbar habe ich diese Gedanken laut ausgesprochen, denn Connor klopft mir brüderlich auf die Schulter. Beinahe so, als würde er sagen wollen, keine Sorge Kumpel, dein Gehirn ist nur kurzzeitig außer Gefecht gesetzt worden. Geht bald wieder. Aber ich ziehe das durch. Komme, was wolle.

»Deal!«

Kapitel 9 – Romy

»Wir stellen ihm die Sachen vor die Tür, und dann hauen wir ab!«

»Ich bin auch sauer auf ihn. Aber denkst du nicht, du solltest sie ihm persönlich geben? Was ist, wenn jemand die Sachen klaut?«

»Das ist sein Problem und nicht meines.«

Lexi, eine Kiste mit Lucas Sachen unter den Arm geklemmt, marschiert zielstrebig über den Campus. Und ich versuche ihr, so schnell es geht, hinterherzulaufen. Ich weiß nicht einmal, wo Luca wohnt. Ich kann ihre Wut verstehen. Aber leider wäre ich an Lucas Stelle sauer, würden meine Sachen den Weg nicht mehr zu mir zurückfinden. Ich folge ihr, ohne noch weiter zu versuchen, sie vom Gegenteil überzeugen zu wollen. Ob ich schnell genug anklopfen kann? Vielleicht habe ich Glück und Luca ist zu Hause. Andererseits kann es mir doch auch egal sein, ob er seinen Kram wieder bekommt oder nicht. Doch dann denke ich wieder an die teuer aussehende Uhr, die Lexi vor dem Verlassen unseres Zimmers nicht gerade sanft noch in die Box gepfeffert hat. Als sie plötzlich stehen bleibt, renne ich beinahe in sie rein.

»So. Hier hat er seine Sachen. Ab jetzt ist es nicht mehr mein Problem.«

»Hier wohnt Luca?«

»Jepp, zusammen mit Connor, Chris und George. Und jetzt lass uns gehen.«

Sie wendet sich gerade ab und will die Verandastufen wieder nach unten laufen, als die Eingangstür aufgerissen wird und Luca selbst mitten im Türrahmen steht und uns überrascht ansieht. Und ich? Ich stehe wie ein Idiot da, gucke zwischen ihm und Lexi hin und her und fühle mich ertappt. Dabei haben wir nichts Verbotenes gemacht.

»Lexi hat deine Sachen zurückgebracht.«

Ach was, Romy. Das wäre ihm nie aufgefallen. Spätestens dann, wenn er über die Sachen gestolpert wäre, hätte er es gemerkt. Luca senkt seinen Blick und starrt stirnrunzelnd die Sachen an, die Lexi genau vor dem Eingang abgelegt hat.

»Ich hätte sie mir auch geholt. Ihr hättet nicht extra ...«

»Nicht extra herkommen und stören müssen? Wolltest du das sagen, Luca?« Lexi stürmt erneut die Treppen hoch und baut sich vor Luca auf, dessen Kopf ein wenig zurückzuckt.

»Ist sie hier? Hm?« Wütend stemmt sie die Hände in die Hüften und versucht, einen Blick ins Innere des Hauses zu werfen.

Luca scheint verwirrt zu sein. Zumindest sieht er so aus. »Hier sind nur Connor und George.«

»Weißt du was? Ist mir auch egal. Du bist ein freier Mann und kannst machen, was du willst.«

Wenn ich vor einigen Tagen noch dachte, es würde langsam bergauf gehen und sie hätte wenigstens die Wut ein wenig hinter sich gelassen, so muss ich leider feststellen, dass ich mich grundlegend getäuscht habe. Lexi ist wütend. Und wie. Luca, der die volle Wucht ihres Zorns gerade abbekommt, tut mir beinahe ein wenig leid. Er wirkt plötzlich nicht mehr wie das kalte Arschloch, für das ich ihn eigentlich halte.

»Lexi. Warum können wir nicht normal darüber sprechen?«

»Weil ich nicht mehr will. Ich will nicht hören, dass du eine andere mehr liebst als mich. Das eine andere jetzt meinen Platz eingenommen hat. Das Wissen darüber reicht völlig. Und jetzt gehe ich. Du hast deinen Krempel wieder, und ich will dich nicht mehr sehen.«

Luca wirkt wie ein geschlagener Hund, als Lexi sich endgültig abwendet und verschwindet. Sein Blick folgt ihr, und er wirkt traurig. Gerade wird das Gefühl, ihn trösten zu wollen übermächtig. Aber wir sind nicht befreundet, und ich kann Lexi so nicht allein lassen. Auch nicht, als ich seinen Blick plötzlich auf mir spüre. Ich würde nur zu gern wissen, was er gerade denkt. Um zu verstehen, warum er sich so benimmt. Warum er ihr nicht nachläuft, wenn er doch angeblich mit ihr sprechen möchte.

»Sie ist da, oder?«, frage ich ihn. Denn mir fällt erst jetzt auf, dass er oben ohne, nur in einer Jogginghose bekleidet vor mir steht. Eine graue Jogginghose. Eine tief sitzende, graue Jogginghose. Und noch dazu ist er barfuß.

»Nur die Jungs. Wie ich schon sagte.« Er sieht mich ruhig an und stützt seine Hände gegen den Türrahmen. Seine Augen fesseln mich, und das gefällt mir nicht. Ich sollte jetzt gehen. Nach Lexi sehen und für sie da sein. Und schleunigst vergessen, wie gut Luca eigentlich aussieht.

»Du starrst wieder, Romy.«

Dieser verdammte ... Sofort vergesse ich mein eben noch aufkeimendes Mitleid mit diesem Mistkerl und funkle ihn wütend an. »Leck mich, Luca.« Meine Augen verweilen einen Augenblick zu lange an seinen Zähnen, die sich gerade in seine Unterlippe graben, weil er sich ein Grinsen verkneifen will. Schnell löse ich meinen Blick von ihm und drehe mich um. Ich muss hier weg, sonst werde ich noch verrückt. Hier zu stehen und den Ex-Freund meiner Freundin anzustarren, ist wohl die dümmste Idee aller Zeiten. Er hat seine Sachen und Ende. Wenn Lexi ihn nicht mehr sehen muss, dann ich auch nicht mehr, und alle können sich endlich ein wenig beruhigen. Dennoch spüre ich seinen Blick in meinem Rücken, als ich wortlos von hier verschwinde und die Richtung einschlage, in die Lexi vorhin gegangen ist.

Auf einer Parkbank unter einem Baum wartet sie auf mich. Noch immer ist ihre Wut deutlich zu sehen, als ich mich neben sie setze und sie einfach in den Arm nehme. Zuerst ist sie ruhig. Versteift sich sogar ein wenig. Aber dann lässt endlich die Anspannung in ihrem Körper nach, und sie fängt hemmungslos an zu schluchzen.

Nachdem Lexi sich ausgeheult hat, haben wir den restlichen Tag damit verbracht, shoppen zu gehen. Sie liebt shoppen, und es hat sie immerhin erfolgreich von ihrem Herzschmerz abgelenkt. Und mich hat es davon abgehalten, zu sehr über Lucas Anblick nachzudenken. Seit wann hat er solche Muskeln? Und seit wann fällt mir das auf? Ich verstehe nicht einmal, warum mich das plötzlich so sehr interessiert. Ich war froh, als wir unterwegs noch ein paar von ihren Freundinnen getroffen und die sich uns angeschlossen haben. Nach einigen Stunden war Luca kein Thema mehr, und es wurde ein recht entspannter Nachmittag.

Ich bin froh jetzt zu Hause sein. Lexi schläft bereits, und ich habe mich in bequeme Klamotten geworfen und mich mit meinem Handy und einem Buch ins Bett gekuschelt. Noch ein wenig zu aufgedreht, um zu schlafen, habe ich beschlossen, noch ein paar Nachrichten auf Instagram zu beantworten und danach zu lesen.

Ich habe gerade die letzte Nachricht beantwortet, die meisten waren Kommentare auf meine Storys, die ich heute hochgeladen habe, als wir auch kurz in eine Buchhandlung gegangen sind, als noch eine aufpoppt, und zwar von jemandem, den ich nicht kenne. Ein Blick auf das Profil bestätigt mir, das es ein neues ist. Bisher nur wenige Follower und erst wenige Tage alt. Nur ein Foto ist darauf zu finden, und zwar vom Inneren einer Buchhandlung.

The Bookhero: Hi Romy. Ich bin neu hier und gleich durch Zufall auf deinen Blog gestoßen. Mir gefallen deine Bilder. Es ist vielleicht nicht die übliche Herangehensweise, aber hast du vielleicht ein paar Tipps für einen Anfänger wie mich? Ich bin hier noch am Durchscrollen, aber es wäre cool, wenn du mir vielleicht auch ein paar andere Blogs empfehlen könntest. Liebe Grüße Fynn

Romy: Hi, Fynn. Ich bin zwar kein Profi, und mache das auch noch nicht so lange wie manch anderer, aber ich helfe dir gern, so gut es geht. Was willst du denn wissen?

Ich denke daran zurück, als ich damals neu hier war. Ich hatte das Glück, bereits davor ein paar Blogger kennengelernt zu haben, die mich dazu ermutigt haben, es zu wagen. Sie haben mir Tipps gegeben und mir erklärt, worauf ich achten sollte. Ich habe mir all das zu Herzen genommen und bin jetzt zwar nicht die erfolgreichste Bloggerin mit der größten Reichweite, aber das war auch nie mein Ziel. Ich wollte Spaß haben. Und den habe ich. Offenbar kann ich aber jetzt ein wenig von der Hilfe zurückgeben, die mir damals zuteil wurde.

The Bookhero: Alles?

Romy: Alles alles?

The Bookhero: Alles alles!

Romy: Okay, dann fangen wir mal mit der leichtesten Frage an. Welche Bücher liest du, und in welchem Bereich willst du bloggen?

Dieses Mal dauert es länger, bis ich eine Antwort bekomme. Die Zeit nutze ich, um mein Buch aufzuschlagen und ein paar Seiten zu lesen. Als mein Handy jedoch vibriert, nehme ich es sofort wieder zur Hand. Ich bin nämlich neugierig darauf, was dieser Fynn so liest.

The Bookhero: Ich lese gerne romantische Bücher. Und auch Lustiges. Und da meine Freunde allesamt nicht lesen, dachte ich mir, das hier wäre eine gute Möglichkeit, mich dennoch mit anderen über meine Bücher auszutauschen. Allerdings habe ich genau gar nichts gedacht, als ich diesen Blog erstellt habe, und bin jetzt völlig überfordert mit allem.

Es ist selten, dass man einen Kerl kennenlernt, der Romance liest. Selten, aber nicht unmöglich wie man sieht. Faszinierend. Als würde man einen Dinosaurier in freier Wildbahn sichten.

Romy: Klingt gut. Okay, dann überleg dir mal ein Farbschema für deinen Feed. Was ist deine Lieblingsfarbe?

The Bookhero: Schwarz. Eindeutig schwarz.

Romy: Hm. Schwarz passt aber nicht zu Liebesromanen. Wie wäre es mit blau? Keinem knalligen Blau. Eher so Pastelltöne?

The Bookhero: Was sind Pastelltöne?

Okay. Ich glaube, das wird noch ein ganzes Stück Arbeit werden.

Romy: Okay. Pastelltöne sind zarte, helle Farben. Nichts Knalliges, sondern sehr dezent.

Ich suche ihm ein paar Bilder aus meinem Feed heraus, weil er sich darunter bestimmt mehr vorstellen kann.

The Bookhero: Okay. Pastell. Weißt du, was mein Problem werden wird?

Romy: Was denn?

The Bookhero: Dass es scheißegal ist, welche Farbe ich verwenden werde, wenn ich es nicht gebacken bekomme, die Bücher richtig anzuordnen für ein Bild.

Lachend lege ich den Kopf in den Nacken, verstumme aber sofort, als Lexi ein leises Grummeln von sich gibt. Es ist jetzt vermutlich nichts, was Kerle gern hören, aber einer Frau müsste ich nicht erst erklären, was es mit Pastelltönen und einer ordentlichen Dekoration auf sich hat. Ich warte noch ein paar Sekunden ab und lausche Lexis Atmung. Erst als ich sicher bin, sie nicht geweckt zu haben, widme ich mich wieder meinem Handy. Kerle sind in dieser Bookbubble auf Instagram eher selten. Auch ich folge nicht ganz so vielen, weil mir entweder das Genre, in dem sie lesen, nicht zusagt, oder weil ich sie einfach noch nicht gefunden habe.

Romy: Okay, wir machen eines nach dem anderen. Überleg dir eine Farbe, mit der du dich identifizieren kannst. Wenn dir

Schwarz lieber ist, dann versuch es damit. Es gibt viele Blogs, die dieses Schema verwenden. Wie sich das mit Liebesromanen vereinbaren lässt, kann ich dir allerdings nicht sagen.

The Bookhero: Kann man seinen Feed nie mehr ändern, wenn man ihn erst einmal hat?

Romy: Doch, jederzeit. Ist deiner.

The Bookhero: Okay, dann fangen wir mit Blau an? Und falls du gleich vorhast, mich nach Dekokram zu fragen … Nein, ich habe nichts hier. Ich werde wohl die nächsten Tage damit verbringen, einkaufen zu gehen.

Romy: Das würde ich dir echt empfehlen. Flohmärkte sind eine gute Anlaufstelle für Dekokram.

The Bookhero: Ich war noch nie auf einem Flohmarkt. Denkst du wirklich, ich finde dort was?

Romy: Klar, wenn du Glück hast. Ich habe einige meiner Dekoartikel nach langem Stöbern dort gefunden.

The Bookhero: Okay, dann werde ich mein Glück mal dort versuchen bei Gelegenheit.

Romy: Du kannst dir aber auch überlegen, ob du überhaupt mit viel Deko arbeiten willst, oder es lieber minimalistisch halten möchtest?

The Bookhero: Minimawas? Also ich weiß, was das bedeutet, glaube ich. Ich weiß nur nicht, was das mit dem Blog zu tun haben soll.

Romy: Das bedeutet nur, dass du kaum Deko verwendest, sondern einfach nur ein Buch in Szene setzt ohne das ganze Drumherum.

The Bookhero: Oh Mann. Gerade bin ich mir nicht sicher, ob ich das nicht doch ganz lassen sollte. Wie du siehst, bin ich ein absoluter Anfänger, was das betrifft.

Romy: Jeder fängt mal irgendwo an. Du denkst doch nicht ernsthaft, dass ich beschlossen habe, einen Blog zu starten und gleich voll den Durchblick hatte.

The Bookhero: Hattest du nicht?

Romy: Nope.

The Bookhero: Das beruhigt mich.

Romy: Du machst dir zu viele Gedanken.

The Bookhero: Hast du dir etwa keine gemacht?

Romy: Ja. Doch. Okay, du hast ja recht, aber mach dir nicht zu viel Stress. Ich bin sicher, das wird.

The Bookhero: Wie mache ich das mit diesen Rezitationen?

Romy: Womit?

The Bookhero: Na Rezitation? Oder warte. Das nennt man anders, oder?

Romy: Meinst du etwas, Rezensionen?

The Bookhero: Oh. Ja, genau das meine ich!

Romy: Was soll damit sein?

The Bookhero: Es dauert doch jetzt, bis ich genug Bücher gelesen habe, um meine Seite zu füllen. Ich kann doch das jetzt nicht die ganze Zeit leer lassen, oder doch?

Romy: Du kannst Bücher rezensieren, die du bereits gelesen hast.

The Bookhero: Oh, das geht?

Rom: Klar, warum denn nicht? Es ist deine Seite. Und du machst Werbung für Bücher. Und wenn du schon welche gelesen hast, und davon gehe ich aus, kannst du die alle fotografieren und online stellen.

The Bookhero: Sofern ich endlich weiß, welche Farbe und welchen Stil ich haben will, richtig?

Romy: Richtig! Niemand sagt, dass das heute noch passieren muss.

The Bookhero: Ich befürchte, das wird auch morgen noch nicht passieren.

Romy: Wieso hast du es denn so eilig?

The Bookhero: Vielleicht bin ich einfach nur ein sehr ungeduldiger Mensch?

Romy: Oje. Das solltest du vielleicht ablegen. Macht alles ein wenig entspannter.

The Bookhero: Ich werde es versuchen. Auf jeden Fall danke, Romy. Für deine Hilfe.

Romy: Sehr gern. Halt mich auf dem Laufenden, ja?

The Bookhero: Glaub mir, das werde ich. Ich bin sicher, dass ich morgen mit noch mehr Fragen aufwachen werde.

Romy: Ich bin gespannt auf jede Einzelne.

The Bookhero: Schlaf gut, Romy.

Romy: Du auch, Fynn.

Kapitel 10 – Luca

»Du hast es echt durchgezogen. Alter, ich weiß nicht, ob ich dich dafür beglückwünschen oder dir eines über den Kopf ziehen soll.«

Connor war von Anfang an sehr skeptisch, was meinen Plan betrifft und mir ist bewusst, dass ich eigentlich auf ihn hören sollte. Meistens hat mein bester Freund recht. Aber dieses Mal fühlt es sich richtig an. Ich weiß einfach, dass es mich weiterbringt.

»Sieh lieber zu, dass ich dich nicht abhänge, Prinzessin.«

Wir sind beide mit unseren Mountainbikes unterwegs. Ein Hobby, schon seit wir Kinder sind und wissen, wie man damit fährt. Nur dass es für mich nur das geblieben ist, während Connor darin scheinbar seine Erfüllung gefunden hat.

»Dich hänge ich noch im Schlaf ab!«

Das stimmt leider. Connor hat es echt drauf. Er fährt dieses Teil nicht nur, er macht eine Riesenshow daraus. Würde ich auch, wenn ich damit auf jeder Mauer fahren könnte. Es ist nicht so, dass ich mich das nicht trauen würde. Es ist aber leider Tatsache, dass ich nicht das nötige Feingefühl dafür habe und mein Gleichgewichtssinn erst recht nicht mitspielt. Meine Höhenangst, die zwar nur minimal ausgeprägt ist, sorgt ebenfalls dafür, dass ich mit meinem Rad lieber auf dem normalen Weg bleibe. Nicht so Connor. Er springt über Wurzeln, balanciert auf Mauern, und er schafft es sogar mit viel Schwung, sich und sein Trial-Bike in der Luft zu drehen. Manchmal hasse ich ihn für dieses coole Talent, auch wenn ich ihn eigentlich sehr liebe. Allerdings bin ich jetzt gerade damit beschäftigt ihm hinterherzufahren, was gar nicht so einfach ist.

Wir haben uns im Gibbes Green Park verabredet. Zwar nicht die ideale Stelle, um seine Stunts auszuführen, aber Connor findet überall eine Möglichkeit dafür. Als ich schwitzend bei ihm ankomme, meine Beine rechts und links auf dem Boden abstelle und mich erschöpft und schwer atmend vorn über das Lenkrad beuge, balanciert Connor gerade mit seinem Trial auf seinem Vorderreifen auf einer schmalen Mauer, die den Kiesweg von einem Blumenbeet abtrennt.

»Angeber!«

Lachend beobachte ich seine Stunts, versuche herauszufinden, wie er es schafft, auf nur einem Reifen im Kreis herumzuspringen, gebe es aber irgendwann auf. Mit einem fetten Grinsen im Gesicht springt er runter und bleibt neben mir stehen.

»Also ... du hast es echt durchgezogen? Keine Angst, dass es in die Hose gehen könnte?«

Doch, die habe ich. Aber das, was ich damit gewinnen könnte, reizt mich mehr als die Angst, völlig zu verkacken. »Wird schon schief gehen, oder? Manchmal muss man etwas wagen, um etwas zu gewinnen.«

»Seit wann bist du denn so weise?« Lachend duckt Connor sich unter meinem Schlag weg und schiebt sich seine Brille höher auf die Nase.

»Das habe ich von dir, Prinzessin. Und jetzt lass uns weiterfahren.«

Mir wäre es lieber, wir würden dieses Thema nicht weiter vertiefen. Wir beide haben unseren Standpunkt klar gemacht, und ich werde nicht davon abweichen.

»Nicht so schnell. Als dein bester Freund ist es meine Pflicht, dir zu sagen, was alles schiefgehen kann. Außerdem muss ich dich darauf hinweisen, dass dir das noch gehörig um die Ohren fliegen wird und ich dann wohl eine ganze

Weile damit beschäftigt sein werde, die Scherben dieses Massakers aufzusammeln.« Er stemmt seine Beine links und rechts neben sein Bike und verschränkt die Arme vor der Brust. »Ich meine, ich mache das. Für dich mache ich das. Aber dennoch wäre es ziemlich blöd von mir, dir nicht das Kleingedruckte in den Kopf zu hämmern.«

Ich drehe mein Fahrrad so herum, dass die beiden Vorderreifen sich berühren, und wir beide uns in die Augen sehen können. »Hör zu, ich weiß es zu schätzen. Ehrlich. Aber vertrau mir. Ich habe ein richtig gutes Gefühl bei der Sache. Es braucht Zeit, das ist mir bewusst, und ich bin mir auch sicher, dass ich dafür kurzzeitig in Ungnade fallen werde, aber …« Ich seufze tief und lächle ihn selig an. »Das wird es auf jeden Fall wert sein.«

Connor und ich duellieren uns mit Blicken. Ich kann seine Gedanken förmlich in seinen Augen sehen. *Tu das nicht. Das ist ein Fehler. Es ist nicht richtig. Du wirst es so sehr bereuen. Du wirst sie verlieren, wenn du nicht ehrlich bist.*

Ich will mir nicht einmal vorstellen, was es bedeuten würde, wenn das in die Hose geht. Auf keinen Fall.

»Oh Mann, wieso lasse ich mich immer wieder auf deinen Schwachsinn ein!«

»Weil du mich liebst.«

»Gerade nicht so sehr, Luca. Gerade nicht.«

Jedoch beweist er mir, in dem er mir mit der Faust leicht gegen mein Kinn stößt, das genaue Gegenteil.

»Na gut. Ich bin an deiner Seite, Mann. Aber denk daran …« Mit Schwung dreht er sein Bike einmal um die eigene Achse, bis er wieder direkt neben mir steht. » Wenn das doch daneben geht, werde ich dir helfen. Aber erst, nachdem ich aufgehört habe zu lachen.«

Ohne meine Antwort abzuwarten, steigt er auf sein Rad und fährt so schnell davon, dass ich ihn selbst ohne Verzögerung niemals einholen könnte.

»Bleib sofort stehen, Connor. Ich meine es ernst.«

Neben mir erschrecken zwei Mädchen heftig, als ich anfange zu schreien, und ich werfe ihnen einen kurzen, entschuldigenden Blick zu, bevor ich meinem besten Freund nachjage.

Es ist nur unmöglich, ihn zu erwischen. Während er einfach jedes Hindernis mitnimmt als wären sie nichts, muss ich ihnen ausweichen. Zumindest wenn ich nicht vorhabe, heute noch ins Krankenhaus zu fahren, weil ich mir einen Arm oder sonst etwas breche. Und darauf kann ich definitiv verzichten.

»Connor!«

Der Drecksack lacht nur, denkt aber nicht daran, stehen zu bleiben oder zumindest langsamer zu werden. Kurzerhand verlasse ich den Kiesweg und beschließe, quer über den Rasen zu fahren. Wenn ich Glück habe, kann ich ihm so den Weg abschneiden und vor ihm zum Stehen kommen. Erst sieht es noch gut aus. Nur leider habe ich nicht bedacht, dass selbst Connor einen Bremsweg einkalkulieren muss, wenn er nicht damit rechnet, überhaupt bremsen zu müssen.

Er brettert genau in meinen Hinterreifen rein, schafft es aber dennoch, mit seinem Fahrrad stehen zu bleiben, während ich seitlich mit meinem umkippe. Es ist wie im Film. Es passiert wie in Zeitlupe, man möchte es noch verhindern, aber irgendwie sieht man dennoch nur zu und macht genau gar nichts dagegen. Bis man dann am Boden liegt. So wie ich gerade.

»Luca?«

Ich höre ein wenig Panik in Connors Stimme, ein Scheppern, als er vermutlich sein Fahrrad fallen lässt und seine Schritte, die näher kommen.

»Hey, Prinzessin. Was machst du denn hier?«

»Grins nicht so dümmlich, sag mir lieber, wie du heißt.«

»Ich weiß noch, wer DU bist, reicht dir das nicht?«

Ächzend setze ich mich auf, schiebe mein Fahrrad von mir runter und lache leise los bei dem Gedanken daran, wie behämmert ich ausgesehen haben muss bei meiner kleinen Nahtoderfahrung. Na gut, ich übertreibe. Aber blamiert habe ich mich trotzdem.

»Heiliger. Du hast ganz schön Bumms drauf, Connor.«

»Ich? Wer hat sich mir denn in den Weg gestellt? Das warst du!«

Er reicht mir seine Hand, die ich ergreife, und hilft mir wieder auf die Beine. Schnell mustere ich mich genauer. Nur ein paar kleine Abschürfungen an meinen Handflächen. Könnte schlimmer sein.

»Hey, immerhin bist du endlich stehen geblieben.«

Ich grinse blöd, während ich mir die Steinchen vom Körper klopfe und mein Fahrrad aufstelle. Connors Trial liegt nun ebenfalls auf dem Boden.

»Alter, hör auf Witze zu reißen, lass mich lieber nachsehen, ob alles in Ordnung ist.«

Mit Schwung reißt er mein Shirt am Saum hoch, um einen genaueren Blick auf meinen Bauch und meinen Rücken zu werfen.

»Mir geht es gut, Mom.«

Dafür kassiere ich gleich einen Rempler gegen den Oberkörper. »Deine Sprüche sind immer noch genauso bescheuert wie vor deinem Sturz. Dir kann es also nur gut gehen. Oder möchtest du zu einem Arzt?«

Auf keinen Fall. Denn wenn Connor und ich uns eines teilen, ist es die panische Angst vor Nadeln. Was ein wenig witzig ist, immerhin muss Connor wegen seiner Stunts oft in ein Krankenhaus. Aber lieber lässt er sich einen Arm einrenken ohne Betäubung, als das er auch nur einmal eine Spritze bekommt. Wobei es bei mir nicht ganz so schlimm ist, denn ich werde nicht ohnmächtig, wenn sich mir eine Nadel nähert. Ich mag sie nur nicht so besonders.

»Nein, mir geht es gut, wirklich. Nichts, was nicht mit ein bisschen Wasser und einem Pflaster behoben werden kann.«

»Ich habe noch ein paar Hello-Kitty-Pflaster für dich«, bemerkt Connor, während er sein Rad wieder aufstellt und darauf wartet, dass ich es ihm gleichtue.

»Kann ich dir die über den vorlauten Schnabel kleben?«

»Nur wenn du zuerst zu Hause bist, Sportsfreund. Los.«

Und damit ist dieser Sturz bereits wieder vergessen, und Gott sei Dank auch das eigentliche Thema, welches ich heute ohnehin unbedingt vermieden wollte. Denn jetzt muss ich nur dafür sorgen, schneller zu sein als er. Aber wem mache ich etwas vor, das wird niemals passieren.

Zwei Stunden später bin ich zu Hause, frisch geduscht und mit einer neuen Nachricht von Romy auf meinem Handy.

Romy: Hey. Na? Schon Deko gefunden?

The Bookhero: Nein, bisher aber auch noch nicht gesucht, um ehrlich zu sein. Die Uni stresst im Moment ein bisschen.

Das ist nicht einmal gelogen, denn eine Hausarbeit jagt die nächste.

Romy: So viel zu tun?

The Bookhero: Vermutlich auch nicht weniger als bei dir, oder?

Romy: Jepp, da gebe ich dir recht. Wie läuft es sonst so mit den Planungen zu deinem Blog?

The Bookhero: Schleppend. Aber ich arbeite daran. Allerdings habe ich auch nicht so viele Bücher, wie du sie hast.

Romy: Jahrelanges Sammeln macht sich irgendwann bezahlt.

The Bookhero: Dann wäre es ja sinnvoller, wenn ich vorher mein Regal aufstocke, bevor ich mich an die Deko mache, oder?

Das Regal, das ich für das erste Bild auf meinem Feed benutzt habe, ist das Bücherregal meiner Mutter. Und die liest auch nicht besonders viel, weswegen die Auswahl sehr überschaubar ist. Aber das muss Romy ja nicht wissen.

Romy: Wäre es tatsächlich. Ich kann dir die Buchhandlung neben dem Starbucks empfehlen. Ich bin sehr oft dort. Die haben alles, was das Bücherherz begehrt und wenn sie es doch nicht dahaben, besorgen sie es dir.

The Bookhero: Sie besorgen es mir? Klingt … gut!

Romy: Oh mein Gott. So meinte ich das nicht. ☺

The Bookhero: Ich weiß nicht, woran du gerade denkst, aber ich finde es wirklich nett, dass sie mir Bücher besorgen, die ich haben will. ☺

Romy: Ja, schon klar. Ich muss jetzt aber los. Die Arbeit ruft. Und falls du neue Bücher kaufst, zeig sie mir gern. Ich bin schon sehr gespannt auf deine Auswahl.

The Bookhero: Mache ich. Viel Spaß in der Arbeit. Ach, Romy? Woher weißt du, wo ich wohne?

Romy: Oh … ehrlich gesagt weiß ich das gar nicht. Aber vielleicht hast du einen Starbucks in der Nähe mit einer Buchhandlung?

Lachend schüttle ich den Kopf, weil sie echt knuffig ist.

The Bookhero: So ein Zufall, dass ich wirklich in deiner Nähe wohne. Und falls du dich jetzt fragst, woher ich das weiß … du hast ein Impressum. Noch so eine Sache, die du mir mal näher erklären solltest bitte.

Romy: Du hast mich auflaufen lassen ☺ *Darüber sprechen wir noch. Ich muss los. Bis bald.*

Und was mache ich? Ich gehe in besagte Buchhandlung und lasse mir von der Verkäuferin für den Anfang ein paar Bücher empfehlen, damit ich endlich ein bisschen Leben in den Blog bringe.

Kapitel 11 – Romy

The Bookhero: Na, wie sieht dein Plan heute aus? Viel zu tun?

Romy: Uni bis Mittag und danach geht's für mich ab in die Buchhandlung. Ich kann es kaum erwarten. Und was steht bei dir an?

The Bookhero: Weißt du schon, welche Bücher du dir holen wirst? Ich verbringe den Nachmittag mit Lernen. Das ist nur halb so spannend wie deine Planung, aber leider ein notwendiges Übel.

Romy: Ehrlich gesagt noch keine Ahnung. Es gibt einige, die mich ziemlich reizen. Ich denke, ich entscheide mich dann spontan. Lernen klingt wirklich öde. Ich schiebe das leider immer bis zur letzten Minute vor mir her.

The Bookhero: Ja, das kenne ich. Und jetzt ist der Punkt, und du weißt sicher, wovon ich spreche, wo man es nicht mehr vor sich herschieben kann. Dann viel Spaß beim Shoppen. Und zeig mir dann deine Auswahl.

Romy: Mache ich. Und dir viel Erfolg beim Lernen.

Vor einer Woche kam ich das erste Mal mit Fynn in Kontakt. Und seither schreiben wir regelmäßig über den Blog. Mittlerweile hat er einige Bilder in seinem Feed. Ich finde sie für die ersten Versuche gut. Es ist verdammt schwer, jemandem das richtige Einrichten von Licht und Deko zu erklären, wenn man nur über Nachrichten miteinander kommuniziert.

Aktuell begnügt er sich noch damit, seine Bücher einfach vor eine Wand zu halten. Allerdings sind Fynns Texte auch ziemlich minimalistisch gehalten. Meistens schreibt er

Dinge, wie »hat mir gut gefallen« oder »möchte ich bald lesen«, und das war es dann auch. Aber wie gesagt er ist ziemlich wissbegierig, was diese Blogsache angeht, und ich bin mir sicher, er wird schon noch die passende Aufmachung für sich entdecken.

Heute bin ich jedoch im Auftrag meiner eigenen Büchersucht unterwegs und gehe shoppen. Ein Luxus, den ich mir gönne, und für den ich auch echt gern spare. Dafür verzichte ich stattdessen auf Markenklamotten. In aller Seelenruhe schlendere ich durch die Gänge meiner Stammbuchhandlung, die ich letztens sogar noch Fynn empfohlen habe, und kann mich wie üblich nicht entscheiden, welche der Bücher auf meiner Wunschliste heute bei mir einziehen dürfen. Das Problem eines jeden Bücherwurms.

»Dich nehme ich mit. Dich auch. Oh, und du darfst natürlich auch nicht fehlen. Was mache ich aber mit dir?« Dieses und noch viel mehr murmle ich leise vor mich hin, während ich durch die Reihen streife und meinen Korb fülle. Ich liebe das. Den Geruch neuer Bücher, das Wissen, dass sich hier noch einige Menschen mehr mit der gleichen Vorliebe wie ich befinden. Die Tatsache, dass ich zu Hause dann sofort wieder mein Regal umräumen kann, um Platz für die Neuen zu schaffen. Gott, ich liebe das.

Ich will gerade um die nächste Ecke biegen, als ich jemanden sehe, den ich niemals in einer Buchhandlung erwartet hätte. Luca. Was macht der denn hier? Ich wusste gar nicht, dass er lesen kann. Na gut, okay. Das war gemein. Aber meinen Sarkasmus kann ich da leider nur schwer zurückhalten. Trotzdem wusste ich nicht, dass er auch gern liest. Vielleicht sucht er ja auch nur nach einem passenden Geschenk für seine neue Freundin? Oder jemand anderen? Ich sollte nicht so negativ denken, das ist mir bewusst. Aber es ist schwer, das nicht zu tun, wenn die eigene Freundin so traurig ist wegen ihm.

Ich verstecke mich, erwachsen wie ich bin, hinter einem der Regale und beobachte ihn eine Weile. Er zieht suchend ein Buch nach dem anderen aus dem Regal, betrachtet es eingehend und stellt es dann wieder kopfschüttelnd zurück.

Meine Neugier ist beinahe größer als meine Abneigung gegen diesen Kerl und dennoch spiele ich kurz mit dem Gedanken, zu ihm rüberzugehen und zu fragen, ob er meine Hilfe braucht. So von Buchsuchti zu Buchsuchti.

Allerdings halte ich mich davon ab und beobachte ihn stattdessen weiter. Offensichtlich hat er aber gerade gefunden, wonach er gesucht hat, denn er zieht ein Buch aus einem der Regale, von dem ich niemals erwartet hätte, dass jemand wie er es lesen würde, und stellt es nicht sofort wieder zurück. Es ist »Him«. Eines meiner Lieblingsbücher. Luca hat sich tatsächlich eines meiner Lieblingsbücher gekrallt, und diese Tatsache überrascht mich so sehr, dass ich unbewusst näherkomme.

»Das ist ›Him‹.«

Verwirrt runzelt Luca die Stirn. »Richtig. Scheint, als würdest du es kennen.« Keine Frage, sondern eine Feststellung.

»Das ist eines meiner Lieblingsbücher.«

»Ach echt?« Luca grinst über das ganze Gesicht, und das ist auch der Moment, in dem ich versuche, nicht zurückzugrinsen. Ich verbünde mich doch hier nicht mit dem Feind. Auch wenn ich zugeben muss, dass er ein echt süßes Lächeln hat.

»Ja, echt. Sonst würde ich es doch nicht sagen, oder?« Doch, würde ich. Weil ich so überrascht deswegen bin, dass ich vermutlich gerade all meine Vorsätze Luca betreffend in den Wind schießen würde.

»Kein Grund an die Decke zu gehen. Ist es gut? Das war eher ein Zufallsgriff, aber wenn du es mir empfiehlst, werde ich es mir mal näher ansehen.«

»Ist es auch. Du solltest allerdings den zweiten auch gleich kaufen. Glaub mir, du wirst wissen wollen, wie es mit den beiden weitergeht.«

Luca will gerade das Buch umdrehen, um den Klappentext zu lesen, allerdings halte ich ihn davon ab, indem ich ihm eine Hand auf den Arm lege. Er hat eindeutig Muskeln. Alle Achtung, und er ist warm. Die Wärme, die sein Körper ausstrahlt, ist mir noch zu gut in Erinnerung von unserer kleinen Diskussion im Hörsaal. Nur langsam lasse ich meine Hand wieder sinken, schlucke einmal schnell und räuspere mich dann.

»Nicht lesen. Es ist viel spannender, ein Buch zu lesen, wenn man vorher nichts über den Inhalt weiß.«

»Ohhhh ... okay?«

»Vertrau mir. Ich lese nie die Klappentexte.« Meistens gehe ich nach der Optik oder nach Rezensionen auf Insta. Und ich wäre wirklich furchtbar neugierig darauf, wie Luca auf die Tatsache reagiert, dass es bei dem Buch um zwei Kerle geht. Schade, dass ich das wohl nicht erleben werde. Ob er Geschichten dieser Art schon einmal gelesen hat? Dass es um zwei Kerle geht, kann man ja bereits am Cover erkennen.

»Okay. Danke.«

»Dank mir später, wenn du sie beide gelesen hast.« Meine Güte, was rede ich denn da? Ich sollte mich umdrehen und gehen. Mir doch egal, wie er sie findet. Zumindest sollte es das sein. Aber in Wirklichkeit stehe ich wie eine Idiotin da und starre zu ihm hoch. Hatte er schon immer so dunkle Augen? Und war er immer schon so groß? Schnell mache ich einen Schritt zurück und setze wieder einen ernsten Gesichtsausdruck auf.

»Ich soll mich bei dir melden, wenn ich sie gelesen habe?«

»Das habe ich nie gesagt.«

»Du hast gesagt, ich soll mich danach bedanken. Wie soll ich das tun, wenn ich mich nicht bei dir melden soll?«

Und was mache ich jetzt? Genau das, was unzählige Frauen in den Romanen machen, die ich so gern lese. Ich werde ein wenig rot und streiche mir verlegen die Haare aus dem Gesicht, während ich noch dazu kurz meinen Blick senke.

»Das sagt man doch nur so. Nur eine der üblichen Floskeln, die man anderen Menschen gegenüber ausspricht.«

Luca legt nachdenklich seinen Kopf ein wenig schief und grinst dann frech. »Also ich sage so was nie einfach nur so. Wenn ich sage, jemand soll sich später bei mir bedanken, dann meine ich das meistens auch so. Nicht weil ich so sehr auf die Dankbarkeit stehe, aber in deinem Fall wäre ich schon ziemlich neugierig darauf, wie meine Meinung zu deinen Lieblingsbüchern ist.«

»Woher weißt du das?«

»Ich sehe es dir an der Nasenspitze an, Romy!« Er grinst frech, beugt sich ein wenig zu mir und flüstert. »Außerdem hast du mir gerade selbst gesagt, dass es dein Lieblingsbuch ist.«

Oh, er hat recht. Verdammt. »Kann sein. Dann ...« Unschlüssig, wie ich mich nun verhalten soll, stehe ich neben ihm vor dem New Adult Regal und wippe auf meinen Fersen auf und ab. Sich mit ihm normal zu unterhalten, gleicht mir beinahe einem Verrat an meiner Freundin. So als wäre die Sache mit Lexi nie passiert.

»Viel Spaß damit.«

Schnell reiße ich mich los und sehe zu, dass ich Land gewinne. Ich komme allerdings nur bis in die nächste Abteilung, als mich Lucas Stimme innehalten lässt.

»Kannst du mir dort auch was empfehlen?«

Er nickt auf eine Stelle über mir, und als ich den Kopf hebe, und sehe, was genau er meint, werde ich knallrot. Erotische Literatur. Peinlich berührt versuche ich, meine Verlegenheit hinter einem Schmunzeln zu verstecken. Einen Augenblick später begreife ich, dass Luca mich nur verarscht.

Am liebsten würde ich mir die Hände vors Gesicht halten, aber ich trage noch immer den Korb voller Bücher.

»Leck mich, Luca.«

»Jetzt? Hier?« Er macht frech einen Schritt auf mich zu, und ich drehe auf dem Absatz um und stürme endlich zur Kasse, während mich sein heiseres Lachen verfolgt und ich förmlich sein dreckiges Grinsen vor Augen habe. Ich konzentriere mich auf das piepende Geräusch des Lesegeräts, mit dem die Kassiererin fleißig die Bücher scannt. Lucas Auftauchen hier und die Überraschung darüber, dass er offenbar liest, haben mich ziemlich überrascht. Als die Verkäuferin mir den Betrag nennt, krame ich in meiner Tasche nach meiner Geldbörse. Nur kann ich sie nicht finden. Ich bin mir sicher, sie nicht aus der Tasche genommen zu haben. Aber egal, wie lange ich suche, und ich suche wirklich jeden Winkel davon ab, sie ist nicht da.

Verdammt. Das kann nicht wahr sein. Ich habe nicht einmal Bargeld mit.

»Ich habe meine Geldbörse vergessen.« Ich fange gerade an, eine Entschuldigung zu stammeln, als sich jemand ziemlich dicht hinter mich stellt, und noch zwei zusätzliche Bücher auf den bereits hohen Stapel vor mir gelegt werden.

»Hey was ...«

»Sei einfach still, und dank mir später«, raunt mir eine ziemlich bekannte Stimme belustigt ins Ohr. Ob er absichtlich dieselben Worte verwendet, wie ich selbst noch vor wenigen Minuten? Vermutlich. »Ich bezahle alles zusammen bitte.«

Die Verkäuferin nickt nur gelangweilt und scannt auch noch den Rest ein, während ich vor Scham am liebsten im Erdboden versinken möchte. Das kann ich nicht annehmen. Aber gerade bringe ich auch kein einziges Wort heraus, weil ich so wütend auf mich selbst bin. Deswegen lasse ich zu, dass Luca bezahlt. Dass er die Tüte mit den Büchern in die Hand nimmt und sie mitsamt mir nach draußen schiebt.

»Und jetzt hol tief Luft, Romy, und mach keine große Sache daraus.« Er drückt mir die Tüte in die Hand, und das reißt mich damit aus meiner Starre.

»Oh mein Gott. Es tut mir leid. Ich ...« Peinlich berührt fahre ich mir durch die Haare. »Ich gebe dir das Geld zurück.« Am besten jetzt sofort. Er müsste nur mit mir mitgehen, zu mir nach Hause und Gefahr laufen, Lexi über den Weg zu rennen. »Kann ich es dir vorbeibringen? Oder morgen in die Uni mitnehmen?« Ich seufze tief auf und lasse meine Schultern hängen. Es ist mir so unfassbar peinlich.

»Romy? Vergiss nicht, zu atmen. Du musst mir gar nichts zahlen.«

Er will mein Geld nicht? Nein, auf gar keinen Fall. Ich habe das Geld doch. Es liegt hoffentlich zu Hause und nicht irgendwo auf dem Campus. Denn dann habe ich wirklich ein großes Problem, wenn ich meine Geldbörse irgendwo verloren habe.

Luca seufzt, legt den Kopf kurz in den Nacken und schnaubt beinahe wie ein Stier, kurz bevor er auf den Torero zu rennt. »Wieso müssen Frauen immer so stur sein? Nein, warte. Ich korrigiere mich.« Er sieht mich jetzt wieder direkt an. »Wieso musst DU so stur sein? Jede andere würde mein Geld einfach annehmen. Und eigentlich ist es echt cool, dass du in diesem Punkt anders bist. Aber nimm es doch einfach an.«

Er hebt kurz beide Hände hoch, in einer hält er »Him« und »Us« und macht zwei Schritte von mir weg. »Niemand muss davon erfahren, falls es das ist, was dich stört.«

Ich weiß, dass er aus reichem Elternhaus stammt. Dieser Umstand sorgt aber dennoch nicht dafür, das alles einfach so anzunehmen. Zumal ich ihn eigentlich nicht ausstehen kann. Nicht ausstehen darf.

»Ich zahle es zurück. Und dann bin ich dir nichts mehr schuldig.«

»Du musst nicht ...«

»Sei still. Doch. Ich muss. Ich möchte das selbst bezahlen. Sonst gehören sie nicht mir.«. Leider fällt mir erst viel zu spät auf, dass ich so dafür gesorgt habe, ihn unweigerlich wiedersehen zu müssen. Verdammt ...

»Okay. Wenn es das ist, was du willst. Dann bring es mir morgen mit in die Uni.«

Na gut, in der Uni sehe ich ihn ja ohnehin. Also umgehe ich zumindest die Tatsache, ihn außerhalb der Vorlesung treffen zu müssen. Ohne noch eine Antwort von mir abzuwarten, dreht er um und geht.

»Danke!«, rufe ich ihm noch schnell nach, während er bereits aus meinem Blickfeld verschwindet.

Kapitel 12 – Luca

Erneut steht ein Date auf dem Plan. Mom scheint es wirklich ernst damit zu meinen, mich unter die Haube bringen zu wollen. Und da ich ihr nie was abschlagen kann, habe ich zugestimmt, mich heute mit Harper zu treffen. Und weil Harper und ich uns echt gut verstehen. Wir beide kennen uns bereits seit ein paar Jahren, denn auch unsere Väter sind Geschäftspartner. Harper ist cool, hat aber ebenso wie ich keinen Bock mehr auf all die »Du bist alt genug, um bald zu heiraten«-Dates.

Während unsere Eltern sich zu Hause zum Dinner treffen, befinden wir uns vor dem Phoenix Grill.

»Ich habe schon davon gehört. Schmecken die Burger so gut, wie man sagt?« Harper sieht mich fragend an und wirft dann einen schnellen Blick auf das Gebäude vor uns. Sie ist eher zierlich gebaut, was sich auch in ihren Gesichtszügen bemerkbar macht. Ihre Augen sind groß und erinnern immer an diese Kulleraugen aus den Anime-Filmen.

»Oh ja. Du wirst begeistert sein.« Ich halte ihr galant die Tür auf und lasse sie vorgehen, wobei sie mir meine Aufmerksamkeit dankt, indem sie mir ihren Ellbogen leicht in die Seite rempelt. Lachend betrete ich hinter ihr den Laden. Es ist nicht viel los, was für einen Freitagabend ziemlich ungewöhnlich ist. Allerdings ist es noch früh.

»Setzen wir uns dort hin.« Harper geht zielstrebig auf einen Tisch zu, von wo aus wir einen perfekten Überblick über den ganzen Laden haben. Ich ziehe ihr einen Stuhl zurecht, bevor ich mich ihr gegenüber niederlasse. Meine Eltern wollten, dass ich ein schickes Restaurant wähle und Harper wie eine Königin unterhalte. Nur dass Harper gar keine Königin sein will und mich gebeten hat, einfach nur mit ihr Essen zu gehen.

Harper ist kein Mädchen für Kleider, sehr zum Leidwesen ihrer Mutter. Statt schicker Designer-Klamotten, trägt sie Secondhand-Kleidung. Zerrissene Jeans und einen Oversized-Pulli, der ihr über eine Schulter fällt. Abgerundet wird ihr Style noch von ihren kurzen, schwarz gefärbten Haaren, die auf einer Seite kurz geschoren sind, und an den Spitzen grün gefärbt. Außerdem trägt sie ein Nasenpiercing. Ihr freches Mundwerk, das sie mit Vorliebe während eines Essens bei unseren Eltern zur Schau stellt, rundet ihr gesamtes Erscheinungsbild noch ab.

»Das ist also dein Stamm-Diner. Gefällt mir.« Lächelnd schnappt sie sich eine der eingeschweißten Pappkarten aus dem kleinen Kartenhalter in der Mitte des Tisches und vertieft sich sofort in die Auswahl.

Da ich bereits weiß, was ich bestellen werde, gebe ich ihr Zeit, um in Ruhe die Karte zu lesen, und lasse meinen Blick durch den Laden schweifen, stutze dann aber, als ich ein bekanntes Gesicht hinter der Theke sehe. Romy arbeitet hier?

Seit unserem Aufeinandertreffen im Buchladen sind ein paar Tage vergangen, und der September hat in den Oktober gewechselt.

»Luca?« Harper lenkt meine Aufmerksamkeit wieder auf sich und grinst mich leicht an. »Komm schon, auch wenn es kein richtiges Date ist, solltest du aufhören, die arme Kellnerin anzustarren, und dich stattdessen um mich kümmern, hm?«

Sie stupst mich leicht mit ihrem Bein unter dem Tisch an und entlockt mir damit ein entschuldigendes Lächeln. »Tut mir leid. Weißt du schon, was du essen möchtest?«

Sie überfliegt noch einmal die Karte, bevor sie sie wieder in die Halterung steckt und sich zurücklehnt. »Dieser Bacon-Cheese-Burger klingt richtig gut«, sagt Harper grinsend, während ihre Augen anfangen zu leuchten.

»Er ist auch richtig gut. Auch wenn ich dennoch immer wieder auf den normalen Cheeseburger zurückgreife. Schmeckt mir persönlich einfach besser. Und du solltest einen der Shakes versuchen. Ich trinke sie zwar nie, aber sie sollen sehr gut sein.«

Ich hatte mal ein Date mit einer Studienkollegin, die ihre Pommes in einen Erdbeershake getunkt hat. Ich fand die Vorstellung ekelhaft, aber sie hat mir versichert, dass es absolut genial schmecken würde. Dennoch konnte ich mich nicht dazu überwinden, es selbst zu probieren.

Als Romy an den Tisch kommt, sieht sie mir nur flüchtig in die Augen. Und so, wie sie mich ansieht, nimmt sie mir die Trennung von Lexi immer noch übel. Oder sie ist immer noch peinlich berührt wegen der Sache neulich im Buchladen. Kaum zu glauben, dass wir uns dort halbwegs normal unterhalten haben.

»Hey, was kann ich euch bringen?«

Es stört mich, dass sie so ... professionell ist. Ein einfaches »Hallo Luca« oder »Hey Knalltüte« wäre doch wohl nicht zu viel verlangt, oder? Es nervt mich, dass es so eigenartig ist zwischen uns, und ich rutsche ein wenig unruhig auf meinem Stuhl hin und her.

Harper gibt für uns beide die Bestellung auf und bringt mich damit zum Lachen. Ebenso wie mir, wurde auch ihr beigebracht, dass es immer Aufgabe des Mannes ist, die Bestellung aufzugeben. Aber das juckt sie nicht im Geringsten.

»Einmal den Cheeseburger für Luca und diesen Baconcheeseburger für mich. Pommes und zwei Coke. Oh, und einen Erdbeermilchshake bitte.«

Romy notiert sich alles auf einen kleinen Block, und bevor sie gehen will, spreche ich sie dann doch direkt an.

»Seit wann arbeitest du hier?«

»Seit einer Weile.«

»Und? Gefällt es dir?«

Sie seufzt leise auf, bevor sie sich mir zuwendet und den Kopf schief legt. »Natürlich gefällt es mir. Ich habe immerhin Rechnungen zu bezahlen und meistens sind auch die Gäste nett.«

Sie lächelt mir noch einmal zuckersüß zu, bevor sie verschwindet, kurz darauf die Getränke bringt und sich dann um die anderen Gäste kümmert.

»Ich nehme mal an, sie ist keine Freundin von dir?« Harper lehnt sich entspannt zurück, beide Hände locker um ihr Glas gelegt und sieht mich abwartend an.

»Sie ist eine Freundin von Lexi.«

»Deiner Ex-Freundin?«

Ich nicke knapp, bevor ich mich ebenfalls zurücklehne.

»Das erklärt ihr Verhalten. Im Zweifel immer auf der Seite der Freundin.«

Da hat sie recht.

»Was ist das mit euch Mädels? Ihr schlagt euch sofort auf eine Seite, ohne genau zu wissen, was passiert ist. Warum? Weil ihr Männer grundsätzlich scheiße findet?«

Harper lehnt sich wieder vor und stützt die Unterarme auf den Tisch. »Erstens finde ich Männer nicht grundsätzlich scheiße. Zweitens halten Freunde zusammen. Oder willst du mir weismachen, du würdest dich nicht jederzeit auf Connors Seite schlagen?«

Sie hebt abwartend eine Augenbraue. Ich will bereits protestieren, setze auch schon zum Reden an, schließe meinen Mund dann jedoch wieder. »Ich hasse es, wenn du recht hast.«

Fakt ist nämlich, ich würde mich, ohne zu zögern, auf die Seite meines besten Freundes stellen.

»Siehst du? Wieso gestehst du ihr dann nicht das gleiche Recht zu?«

Ihre Worte stimmen mich nachdenklich. Ja, warum nicht? Aus Gründen, die ich ihr gegenüber nicht unbedingt erwähnen möchte. Zum Glück rettet mich Romy, die gerade unser Essen an den Tisch bringt, davor, Harper eine Antwort geben zu müssen.

»Das sieht toll aus. Lass es dir schmecken, Luca.«

Beherzt beißt Harper in ihren Burger und verzieht dann leicht das Gesicht, bevor sie ihn ablegt, und anfängt, mit der flachen Hand vor ihrem Mund herumzuwedeln. »Oh mein Gott, ist der scharf.«

Scharf? Also das ist mir neu. »So scharf habe ich den gar nicht in Erinnerung«, erwidere ich mit gerunzelter Stirn.

Lachend wischt sie sich ein paar Tränen aus den Augenwinkeln, bevor sie den Rest ihres Essens auf dem Teller ablegt und sich stattdessen ihren Pommes widmet. »Wow. Meine Geschmacksnerven haben sich eben verabschiedet. Du hättest mich auch mal vorwarnen können.« Sie schnappt sich meine Cola und trinkt das ganze Glas leer, nachdem sie auch ihres ausgetrunken hat.

»Was ist? Sind deine Pommes etwa auch zu scharf?«, frage ich lachend und esse dann weiter.

Es schmeckt doch alles wie immer. Vermutlich haben wir beide nur eine andere Definition von Schärfe. Auch wenn ich mich immer noch frage, seit wann der Baconcheeseburger scharf ist. Achselzuckend esse ich weiter, während Harper für uns beide noch mehr Getränke bestellt.

»Also? Was erzählen wir unseren Eltern? Luca war so zuvorkommend und ich kann mir vorstellen, ganz viele Kinder mit ihm zu kriegen?«

Ich verschlucke mich beinahe an meiner eigenen Spucke. »Ein Gentleman schweigt und genießt. Ich werde unseren Eltern gar nichts erzählen, und schon gar keine Lügen.«

Das restliche Essen über unterhalten wir uns über alles Mögliche. Wir schwelgen in Erinnerungen an frühere Abendessen abwechselnd bei ihren und bei meinen Eltern. Auch Connor hat seinen festen Platz in diesen Geschichten, und es passiert mehr als einmal, dass Harper mir lachend ihre Hand auf den Arm legt oder mit dem Fuß unter dem Tisch gegen meinen stößt. Ich hingegen beobachte immer wieder Romy aus den Augenwinkeln, während sie die Gäste bedient, denn mittlerweile wurde es doch recht voll im Diner. Allerdings wird es langsam spät, und Harper hat sich später noch mit ein paar ihrer Freundinnen verabredet. Ich lege ein paar Scheine auf den Tisch und versuche, noch einmal Blickkontakt zu Romy herzustellen. Die ist allerdings beschäftigt, und Harper hat es auch eilig, denn sie schnappt sich mein Handgelenk und zieht mich mit sich nach draußen.

»So. Während du mich jetzt noch ein Stück begleitest, erzählst du mir mal, was du von der Kleinen willst.«

»Ich will nichts von ihr!«

»Komm schon, Luca. Ich habe Augen im Kopf. Und so wie du immer wieder ihren Blick gesucht hast, steckt da mehr dahinter. Also los. Sprich mit Tante Harper. Ich schwöre, ich nehme all deine Geheimnisse mit ins Grab.«

Ich gebe mich seufzend geschlagen und erzähle Harper alles. Nur die Sache mit dem Blog lasse ich aus ...

»Sie ist Lexis Freundin. Das weißt du bereits und ... Ich habe mich von Lexi getrennt wegen ihr.«

»Das hast du nicht? Kein Wunder, dass sie dich ansieht, als würde sie dich fressen wollen.«

Ungläubig lachend schüttelt Harper den Kopf.

»Na ja, sie wissen beide nicht, dass ich mich wegen Romy getrennt habe.«

»Warte. Nein? Was denken sie denn dann, was der Grund dafür ist?«

Ich sehe Harper mit erhobener Augenbraue an. Mein Blick sagt deutlich aus, dass sie da sicher gleich selbst drauf kommt, wenn sie eine Minute darüber nachdenkt.

»NEIN. Luca. Sie denkt, du hast sie betrogen?«

Mein zerknirschter Gesichtsausdruck scheint Antwort genug zu sein, denn sie bleibt stehen und schlägt mir zweimal fest auf den Oberarm.

»Und ich nehme an, du hast diese Sache nie richtiggestellt?«

»Nein, habe ich nicht.«

»Und da wunderst du dich, warum Romy zu ihrer Freundin hält. Die denkt, du bist ein Arschloch. Selbst wenn du sie nicht betrogen hast, hat sie damit auch recht. Wie konntest du das tun? Ehrlich, so kenne ich dich nicht.«

Ihr enttäuschter und zugleich fassungsloser Blick trifft mich hart. Aber was habe ich erwartet? Dass sie mit mir einschlägt und mir dazu gratuliert, ein Schwein zu sein? Wenn bereits mein bester Freund nicht mit der ganzen Sache klarkommt, wieso sollte es dann ausgerechnet Harper tun, mit der ich nicht so eine enge Bindung habe?

Wir gehen den Rest des Weges schweigend weiter. Ich, weil ich nicht weiß, was ich dazu sagen soll, denn sie hat ja recht. Und Harper, weil sie vermutlich noch zu entsetzt von meinem Verhalten ist. Als wir an dem Gebäude ankommen, wo ihre Freundin wohnt, bleibt sie stehen und sieht mich ernst an.

»Ich hab dich echt gern, Luca, und das weißt du. Aber du musst diese Sache aufklären. Sonst wirst du sie nie für dich gewinnen. Das ist es doch, was du willst Also sei nicht so dumm, bereits jetzt alles zu zerstören, was später als Grundlage für eine mögliche Beziehung dienen soll.«

Ich nicke leicht und starre, die Hände in die Taschen meiner Jeans geschoben, auf den Boden. »Ich weiß. Ich krieg das hin. Wirklich. Bald. Versprochen.«

»Versprich das nicht mir. Versprich es dir selbst. Und wenn du dieses Mädchen wirklich so gern hast, dann tu es auch für sie. Okay? Ich muss jetzt hoch. Aber wenn du reden willst …« Sie beendet den Satz nicht, sondern stellt sich auf die Zehenspitzen und küsst mich kurz auf die Wange, bevor sie mir noch einmal aufmunternd zulächelt und dann verschwindet.

»Danke, Harper«, rufe ich ihr noch nach, bevor ich mich nach endlosen Sekunden ebenfalls abwende und einen kleinen Umweg nach Hause nehme. Um den Kopf frei zu kriegen. Um nachzudenken. Wie von selbst greift meine Hand in meine Jackentasche, um mein Handy herauszuholen. Als ich zu Hause ankomme, gehe ich noch nicht rein. Ich setze mich auf die Hollywoodschaukel auf unserer Veranda und starre eine ganze Weile lang auf das Telefon in meiner Hand. Meine Gedanken kreisen die ganze Zeit um Romy. Darum, dass ich sie die ganze Zeit anlüge und sie mich töten wird, wenn sie das erst einmal herausfindet. Aber ich kann es ihr nicht sagen. Noch nicht. Bereits jetzt sind die Gespräche mit ihr das Beste an meinem Tag. Ich wünschte, sie wüsste, dass sie sich jeden Tag mit mir unterhält. Was mich aber wieder zu meinem eigentlichen Problem bringt, dass sie mich dann ganz sicher umbringen wird.

»Fuck!! Fuck, fuck, fuck …«

Ich werfe das Handy neben mir auf die Polsterung, fahre mir mit meinen Händen über das Gesicht und stütze meine Ellbogen auf meinen Knien ab. Mein Gesicht verstecke ich dabei in meinen Händen, um mich für eine kurze Weile vor der Welt zu verkriechen. Mein schlechtes Gewissen lässt mich jedoch nicht zur Ruhe kommen. Ich bin ein Arschloch. Sie haben alle recht. Lexi und Romy haben eindeutig recht mit ihrer Meinung über mich. Ich muss es Romy sagen. Jetzt sofort. Tief durchatmend schnappe ich mir mein Handy wieder, und weil es so kalt ist, dauert es ein bisschen, bis ich es schaffe, es zu entsperren.

Mindestens genau so lange dauert es, ihren Chat aufzurufen und wie ein Idiot draufzustarren, ohne auch nur ein Wort zu tippen. Wir schreiben immer noch auf Insta. Keine Ahnung, warum wir bisher noch keine Telefonnummern ausgetauscht haben. Hat sich irgendwie nie so ergeben.

»Schreib was, Luca. Los komm schon. Sag ihr, dass es dir leidtut. Dass du dich als Fynn ausgegeben hast, um sie um den Finger zu wickeln, und dass du jetzt ein schlechtes Gewissen hast.« Na toll, jetzt spreche ich schon mit mir selbst. »Sie wird dir verzeihen. Zwar wird sie erst wütend sein, dich verfluchen und zum Teufel wünschen, aber dann wird sie dir verzeihen.« Ich bin eindeutig der größte Idiot, der jemals auf dieser Erde gewandelt ist.

The Bookhero: Hey Romy ...

Klasse Einstieg, Kumpel. Du bist so ein Trottel. Bevor ich den Text abschicke, lösche ich ihn wieder und schreibe was anderes.

The Bookhero: Hey, was machst du gerade ...

Fuck.

The Bookhero: Hey, ich bin eben zu Hause angekommen und habe mich gefragt ...

Ja, was habe ich mich denn gefragt? Ob ich dumm bin? Ob es sehr schmerzhaft wäre, wenn sie mich kastriert? Gut, noch ein Versuch. Dieses Mal werde ich den Text abschicken.

The Bookhero: Hey. Ich muss dir etwas sagen. Bist du da?

Abgeschickt. Was bin ich doch für ein Held. Ich bin so eine coole Socke, dass ich in den ganzen fünf Minuten, die ich auf eine Antwort warte, nervös die Treppen der Veranda auf und abspringe.

Romy: Hi. Ich bin da. Klingt nicht gut. Was ist los? Ein Buch geschrottet? Gibst du deinen Blog schon auf? Oder noch schlimmer ... hast du den Buchrücken gebrochen? Wenn das der Fall ist, können wir leider nicht mehr miteinander reden, das ist dir klar, oder?

Scheiße ... die Frau macht mich fertig. Ich habe gerade eben beschlossen, endlich ehrlich zu ihr zu sein, und sie bringt mich zum Lachen. Sie ist so unfassbar süß, dass mein Herz leicht in meiner Brust stolpert und ich meinen eben noch gefassten Vorsatz sofort über Bord werfe. Arschloch. Ich sag`s ja.

The Bookhero: Gut zu wissen, wo deine Grenzen sind. Aber nein, das war nicht, was ich dir sagen wollte. Eigentlich wollte ich dir nur erzählen, dass …

Denk nach Luca. Was wolltest du Angeber ihr denn erzählen, hm? Ich tippe mir mit dem Handy nachdenklich gegen die Stirn, während ich mir die andere Hand in den Nacken lege. Verdammt. Oh, ich hab`s.

The Bookhero: … ich heute eine ziemlich schwere Prüfung geschrieben habe. Ich glaube, die Note, die ich dafür bekommen werde, kann sich sehen lassen.

»Wen interessieren denn deine scheiß Noten, Luca?« Vor lauter Frustration über mich selbst beiße ich mir in die Faust, die mein Handy immer noch fest umklammert hält.

Romy: Das ist großartig. Ich gratuliere dir aber erst, wenn du offiziell Bescheid weißt, klar?

The Bookhero: Geht klar.

Romy: Was machst du gerade?

An dich denken. Mir wünschen, du wärst jetzt hier. Oben in meinem Zimmer und in meinem Bett …

The Bookhero: Ich bin eben nach Hause gekommen. War mit den Jungs etwas trinken. Und du?

Romy: Ich arbeite noch. Aber in einer halben Stunde habe ich Feierabend. Dann wartet nur noch ein flotter Vierer auf mich.

Ich verschlucke mich an meiner eigenen Spucke und hämmere wild mit dem Finger aufs Display ein.

The Bookhero: Was?

Romy: ☺ Meine Decke, mein Kissen, ein Buch und ich. Vorzugsweise in meinem Bett!

Ach du heilige …

The Bookhero: Du machst mich fertig ☺ Ich bin froh, dass es nur das ist. Auch wenn ich zugeben muss, dass kurz ein ganz anderes Bild vor mir aufgepoppt ist.

Romy: Am besten poppst du diese Gedanken ganz schnell wieder zu. Ich muss weiterarbeiten. Melde dich, sobald du deine Ergebnisse hast. Gute Nacht, Fynn.

The Bookhero: Mach ich. Viel Spaß noch, bei deinem Vierer ☺ Schlaf gut, Romy.

Das Gespräch war genau das, was ich gebraucht habe, um wieder ruhiger zu werden. Mein schlechtes Gewissen ignoriere ich gekonnt, weil ich mir das hier gerade nicht kaputt machen will. Dann sage ich es ihr morgen. Ja, morgen. Ganz sicher. Hoffe ich. Vielleicht. Fuck, ich sage es ihr, wenn der passende Moment gekommen ist. Ich weiß nur noch nicht, wann das sein wird.

Kapitel 13 – Romy

»Romy. Lexi. Hi. Ich bin hier!« Meghan springt wie ein kleiner Flummy auf ihrem Stuhl auf und ab und versucht, unsere Aufmerksamkeit zu erlangen. Dabei ist das Café, in dem wir verabredet sind, weder besonders groß noch voll.

»Hey. Wartest du schon lange?«

Meghan ist das, was man als überpünktlich bezeichnet. Sie kommt aus Prinzip fünfzehn Minuten früher zu Verabredungen, während ich immer fünf Minuten zu spät dran bin. Lexi hingegen ist pünktlich auf die Minute. Außer wenn ich sie, so wie heute, aufhalte, weil ich noch dringend eine Hausarbeit abschicken musste, und mein Laptop nicht gerade der schnellste ist. Meghan und sie haben sich ebenfalls an der Uni in einer Vorlesung kennengelernt. Sie verstehen sich, und so kam es auch dazu, dass wir ab und an zu dritt einen Kaffee trinken gehen oder zusammen lernen.

»Keine Sorge, ich bin versorgt.«

Neben ihr liegt ihr schwarzes Buch. Ein Buch mit Ledereinband. Ich habe keine Ahnung, was sie da genau reinschreibt. Ich habe sie nie gefragt, und sie hat es auch nie von sich aus erzählt. Außerdem hat sie, wenn man den leeren Tassen auf dem Tisch Glauben schenken mag, bereits zwei Kaffee intus. Was erklären würde, wieso sie so überdreht wirkt.

»Es tut mir leid. Ich musste noch was für die Uni erledigen und ...«

»Mit Fynn musste sie sich auch unterhalten«, wirft Lexi lachend ein.

»Fynn? Wer ist Fynn?« Meghan steckt ihr Buch in ihre Tasche, schiebt die zwei leeren Tassen zur Seite und bestellt bei der vorbeieilenden Kellnerin noch drei Latte für uns beide. Erst dann stützt sie ihre Unterarme auf den Tisch und mustert mich neugierig. »Spuck es aus. Dein Leben scheint spannender zu sein als meins, denn in meinem kommt kein Fynn vor. Und auch sonst nichts mit einem Penis.« Sie wackelt verwegen mit den Augenbrauen, während Lexi noch mehr in Gelächter ausbricht.

»Na ja, er ist neu auf Bookstagram und hat mich angeschrieben.«

»Und weiter?«

»Wie, und weiter?«

»Na, er wird dich doch nicht angeschrieben haben, ohne Buchstaben dafür verwendet zu haben. Und wenn man diese Buchstaben zusammensetzt, bilden sich Wörter. Und aus Wörtern kann man Sätze formen und ... muss ich ernsthaft so weitermachen, bis du mir mehr erzählst?«

Sofort rempelt mich Lexi an und nickt auffordernd in Meghans Richtung.

»Er wollte einen Buchblog eröffnen und hat mich gebeten, ihm zu helfen. Das habe ich gemacht, und seitdem sind wir in Kontakt.« Mittlerweile haben wir sogar unsere Telefonnummern ausgetauscht und schreiben auch außerhalb von Insta miteinander.

»Wie Kontakt? Ihr trefft euch und habt ... Kontakt?«

Sie hätte das letzte Wort nicht extra dreckig betonen müssen, damit ich verstehe, was sie damit meint.

»Nein. Wir schreiben miteinander. Getroffen haben wir uns bisher nicht.«

»Aber ihr telefoniert doch wenigstens, oder?«, fragt sie neugierig, während Lexi neben mir resigniert seufzt. Denn auch sie versteht nicht, warum wir bisher noch nicht miteinander gesprochen haben.

Ich schüttle mit einem bedauernden Lächeln den Kopf, was Meghan dazu bringt, sich gerade aufzurichten und mich fassungslos anzustarren.

»Du weißt nicht einmal, wie er klingt? Was ist, wenn er so eine richtig fiese, hohe Piepsstimme hat? Man sagt ja, dass eine tiefe Stimme bei einem Mann ein Indiz für ganz besonders hohe Fruchtbarkeit ist. Je tiefer die Stimme, umso besser ist er für die Zeugung gemeinsamer Kinder geeignet.«

»Meghan ... woher weißt du bloß immer solche Dinge?«, fragt Lexi ehrlich interessiert. Oder einfach nur fassungslos darüber, dass es Menschen gibt, die sich solche Sachen merken können.

»Ich schnappe eben sehr viel auf ... Aber zurück zu Romy.« Sie legt den Kopf leicht schief, als sie mich wieder ansieht. »Wirst du ihn treffen? Willst du ihn denn überhaupt treffen?«

Wir unterbrechen unser Gespräch kurz, als die Kellnerin unsere Bestellung an den Tisch bringt. Tja, das ist die Frage. Nachdenklich rühre ich ein wenig Zucker in meine Latte, bevor ich einen Schluck davon nehme.

»Ich würde schon gern. Er ist nett, wir können uns gut unterhalten, und er hat Humor. Aber bisher hat er selbst auch nichts dergleichen gesagt. Ob ich ihn fragen sollte? Was meint ihr? Mehr als Nein sagen kann er doch auch nicht, oder?«

Meghan und Lexi denken ein paar Minuten über meine Frage nach, und ihr Schweigen macht mich ein wenig nervös. »Ich weiß nicht, ich kenne ihn ja nicht. Prinzipiell stehen Männer ja drauf, wenn die Frauen die Initiative ergreifen. Andererseits ist immer noch so viel Höhlenmensch in ihnen, dass sie gern die starken Alphamännchen sind, die bestimmen, wo es lang geht. Was, wenn dein Fynn ein Sensibelchen ist, der sich entmannt fühlt, weil du ihn fragst, und ihm nicht die Zeit lässt, dich zu fragen?« Lexi sieht mir ernst in die Augen und bringt mich dazu, angestrengt über ihren Einwand nachzudenken.

»Und dann stell dir vor, hat er am Ende doch so eine hohe Stimme. Was dann? Der arme Kerl tut mir leid. Und dann ist da immer noch die Tatsache, dass er ein Fremder ist. Was ist, wenn er gefährlich ist?« Mit einem mitleidigen Blick lehnt Meghan sich in ihrem Stuhl zurück, legt beide Hände um ihre Tasse und lässt mich beinahe sprachlos werden.

»Du ... was? Das hilft mir nicht weiter.« Lachend stütze ich meine Ellbogen auf den Tisch und vergrabe mein Gesicht in meinen Händen. »Okay, ich frage ihn also erst mal nicht und warte ab, wie es sich entwickelt. Zufrieden?«

»Das ist ein guter Plan. Und dann kannst du ihn immer noch auf ein Date einladen, sollte er nicht in die Gänge kommen und sollte sich herausstellen, dass er harmlos ist.«

»Meghan, wenn er niemals in die Gänge kommen sollte, kann sie ohnehin davon ausgehen, dass er keinerlei Interesse daran hat.« Lexi ist direkt wie immer und holt mich damit ziemlich schnell wieder auf den Boden der Tatsachen.

Dass ich nichts dagegen hätte, würde da mehr entstehen, behalte ich vorerst noch für mich. Obwohl ich weder weiß, wie er aussieht, noch wie seine Stimme klingt. Himmel, ich weiß nicht mal, ob er wirklich Fynn heißt.

»Wir müssen ein Foto besorgen. Hast du wenigstens ein Bild von ihm gesehen? Nein? Dachte ich mir bereits. Zeig mal seine Instaseite.« Meghan wedelt aufgeregt mit ihren Händen vor mir herum, während Lexi schnell unsere Kaffeetassen außer Reichweite ihrer Hände in Sicherheit bringt.

Der Aufforderung komme ich gern nach, vor allem da Fynn in den letzten Tagen fleißig war und neue Bilder gepostet hat. Ich rufe sein Profil auf meinem Handy auf, scrolle durch die paar Bilder, die er bereits veröffentlicht hat, und gebe es Meghan in die Hand.

»Er hat erst angefangen, du wirst also noch nicht viel finden.«

»Nicht viel? Heiliger, Romy. Sieh dir diese Rückenmuskeln an!« Mit offenem Mund starrt sie auf das Bild, das Fynn bei seinem Kopfstand zeigt, und fängt beinahe an zu sabbern.

Ich zucke scheinbar teilnahmslos mit den Schultern. Nicht mal unter Folter würde ich zugeben, dass ich genau das auch bereits gemacht habe. Als ich allein in meinem Zimmer war und mich niemand beobachten konnte.

»Habe ich gesehen.«

»Mehr hast du nicht dazu zu sagen?«

Sie legt ihre beiden Finger auf das Display, um das Bild größer zu zoomen.

»Was soll ich denn deiner Meinung nach dazu sagen? Es ist ein Rücken.«

Ein schöner wie ich zugeben muss.

»Mich würde ja brennend interessieren, ob sein Gesicht zu dieser heißen Rückansicht passt«, murmelt Lexi, während Meghan sich durch die nächsten Bilder scrollt. Ja, das würde mich auch interessieren. Aber andererseits fasziniert mich genau das. Es ist spannend, noch nicht zu wissen, mit wem ich es zu tun habe.

»Genug gestarrt?«, frage ich Meghan leise, die sofort den Kopf schüttelt, mir aber mein Handy wieder über den Tisch zuschiebt.

»Ich werde niemals genug gestarrt haben. Der Kerl ist heiß. Und er liest. Muss sich für dich doch wie der Jackpot anfühlen, oder?«

Meghan hat mittlerweile auch verstanden, wie wichtig mir Bücher sind. Während sie sich im Kino schon Stunden vorher für eine Karte anstellt, weil irgendein neuer Film rauskommt und die ganze Welt sich auf ebendiese Karten stürzen würde, stehe ich lieber stundenlang in einer Schlange, um ein signiertes Exemplar eines Buches meiner Lieblingsautoren zu ergattern. Lexi hat für beides kein Verständnis. Sie sagt, einen Film sieht man sich einmal an. Ein

Buch liest man einmal. Danach kennt man den Inhalt, und es wird langweilig. Aber die Klamotten, die sie shoppt, kann sie durchaus so oft tragen, wie sie es möchte. Dass ich viele meiner Bücher auch ein zweites Mal lese, geht ihr einfach nicht in den Kopf. Sie findet es langweilig, immer und immer wieder dieselbe Geschichte zu lesen. Meiner Meinung nach hinkt der Vergleich zu ihren Klamotten, aber ich habe auch keine große Lust auf solche Grundsatzdiskussionen.

»Er ist nicht der einzige Kerl, der liest«, erwidere ich lahm. Aber der Erste, der meine Aufmerksamkeit erregt.

»Aber der erste lesende Kerl, mit dem du mehr Kontakt hast. Habe ich recht? Habe ich. Komm schon, Romy. Das ist wie in einem deiner Bücher. Nur dass du dieses Mal selbst für das Happy End sorgen musst.« Meghan hat mit ihrer Vermutung voll ins Schwarze getroffen. Sie wackelt verwegen mit den Augenbrauen und bringt mich und Lexi damit zum Lachen.

»Ich brauche kein Happy End, Meghan.«

»Ich würde gern daran glauben, dass es irgendwo da draußen einen Kerl gibt, der zu mir passt. Einen, mit dem ich glücklich werden kann, mit allem, was dazu gehört. Und bis dahin werde ich beobachten, wie es bei dir und Fynn weiter geht.«

Lachend werfe ich das Erste nach ihr, was ich in die Finger bekomme. Eine Serviette. Wow.

»Da gibt es nichts zu beobachten, und jetzt lass uns das Thema wechseln.«

»Ihr habt beide einen Knall«, wirft Lexi ein, bevor sie einen Schluck von ihrem Kaffee nimmt.

»Jeder will ein Happy End. Egal ob in der Liebe oder beim Sex ...« Lachend zieht sie den Kopf ein, als Meghan und ich beide gleichzeitig ausholen, um ihr gegen den Oberarm zu schlagen.

»Ich meine es ernst. Ich glaube nicht mehr an die große Liebe. Ich glaube auch nicht mehr daran, dass es den einen

Menschen gibt, mit dem man bis an sein Lebensende glücklich werden kann.« Plötzlich wirkt sie traurig, und ich weiß genau, dass sie dabei an Luca denken muss. »Aber ich glaube schon, dass man happy sein kann. Dass es für jeden Menschen irgendein Gegenstück gibt, mit dem man zumindest zufrieden leben kann. Vielleicht hole ich mir irgendwann ein paar Katzen. Und sie sind dann mein Happ End. Aber ich werde garantiert nicht darauf warten, dass irgendwann Mister Perfekt auf mich zukommt und mit mir in den Sonnenuntergang reiten wird. Ich reite höchstens ...«

»Lexi!« Meghan und ich rufen ihren Namen entsetzt aus, was sie nur noch mehr zum Lachen bringt.

»Okay. Ist ja schon gut. Ihr wisst aber, was ich meine. Und jetzt lasst uns endlich das Thema wechseln.«

»Okay. Luca hatte ein Date während meiner Schicht, und ich habe seiner Begleitung das Essen nicht gerade schmackhaft gemacht. Sie wird zwar nie erfahren, dass ich das war, aber solange wir drei es wissen, können wir uns in Schadenfreude üben.«

Themenwechsel? Eine meiner leichtesten Übungen. Die nächsten zwei Stunden verbringe ich damit, ihnen genau zu erzählen, wie ich ihr Essen präpariert habe. Lexi lacht Tränen, Meghan hat ein wenig Mitleid mit Lucas Begleitung, ist aber ansonsten auf unserer Seite. Und mir ist alles Recht, solange Lexi wieder glücklich ist.

Kapitel 14 – Luca

»Wenn du nicht sofort aufhörst zu lachen, werfe ich dich eigenhändig raus, Connor. Und zwar aus dem Fenster.«

Knurrend beuge ich mich mit meinem Handy über einen Stapel Bücher, der meiner Meinung nach kunstvoll drapiert auf dem Boden herumliegt, und versuche, ein geeignetes Bild hinzubekommen.

»Machst du nicht. Du brauchst mich nämlich.«

Da hat Connor leider recht. Er ist heute eigentlich zu Hause geblieben, um mir zu helfen. Nur wusste ich vorher nicht, dass seine Hilfe lediglich daraus besteht, sich lachend auf meinem Bett zu wälzen, und beinahe von einem Tod durch Ersticken ereilt zu werden.

»Dann mach dich nützlich und hilf mir, Mann. Ich habe keinen Schimmer, was ich hier tue!«

Drohend halte ich ihm eine blaue Plastikrose vor die Nase, fast so, als würde ich ihn zum Duell auffordern. Nur leider bringt ihn das noch mehr zum Lachen als ohnehin schon. Das Zimmer sieht aus, als hätte ich die komplette Dekoabteilung eines Kaufhauses leergeräumt und hierhergeschafft. Alles in Blau, versteht sich. Pastellblau. Die Verkäuferin hat mich angesehen, als hätte ich nicht mehr alle Farbtöne auf meiner Palette und liegt damit im Grunde nicht einmal so falsch.

»Denkst du, ich?« Connor liegt immer noch rücklings auf meinem Bett und lässt seinen Kopf über die Kante hängen. Das macht er oft. Er behauptet immer, dass sich manche Dinge ziemlich leicht ins rechte Licht rücken lassen, wenn man sie mal auf dem Kopf stehend betrachtet. Gerade wäre ich sogar beinahe bereit dazu, mich ebenfalls in diese Position zu bringen. Nur um seine Theorie zu testen.

»Dann lass uns gemeinsam unwissend sein, und jetzt komm endlich her!«

Seufzend rappelt er sich doch noch vom Bett hoch und stellt sich ziemlich skeptisch neben mich, zupft mir die Rose aus der Hand und wirft sie dann, mit einem Blick, der besagt, dass er die Idee für dämlich hält, einfach auf den Bücherstapel.

»Voilà, sieht doch gleich viel besser aus, oder?«

Stolz betrachtet er sein Kunstwerk und kassiert dafür von mir einen Stoß mit dem Ellbogen in die Seite. »Alter, das ist ein Bücherstapel und nicht dein Erstgeborenes.«

Theatralisch hält Connor sich die Hand ans Herz und seufzt tief. »Es fühlt sich aber beinahe so an.«

Lachend schließe ich die Kamera-App meines Handys und scrolle auf Instagram, bis ich Romys Seite finde. »So muss das aussehen. Das wirkt ...«

»Besser? Jepp, viel besser«, bemerkt Connor, während er mir das Handy aus der Hand nimmt und sich durch die ganzen Fotos klickt, die er auf ihrem Feed findet.

»Wir sind geliefert, Kumpel.«

Frustriert fahre ich mir mit der flachen Hand über mein Gesicht und wäre mir die Sache nicht so wichtig, ich würde es sein lassen. Ich hätte nie damit anfangen sollen. Vielleicht wäre das sogar der richtige Weg gewesen und Connor hat recht mit allem, was er sagt. Dass ich einen großen Fehler begehe und mir damit alles zerstören kann, was ich jetzt so verzweifelt versuche, zu bekommen. Aber damals kam es mir richtig vor.

»Ist sie es wert?«

Ich blinzle leicht, als Connor mich aus meinen Gedanken reist, und ich würde ihm für diese Frage am liebsten sofort eins über die Rübe ziehen. Das scheint er zu merken, denn er hebt sofort abwehrend die Hände und macht einen Schritt zurück. »Komm runter. Du weißt, wie ich das meine. Ich habe noch nie miterlebt, dass du dich für eine Frau so zum Idioten machst und so viel Aufwand betreibst, wie du es für sie tust.«

Er hat recht. Das ist mir bewusst. Mir war aber auch noch nie eine Frau so wichtig, wie Romy es ist. Und das ist eigenartig, weil ich sie ja kaum kenne. Aber sie hat etwas an sich, was mich dazu veranlasst eben genau diese Dinge für sie tun zu wollen. Und weil ich feige bin. Ein richtiger Feigling. Wenigstens mir gegenüber kann ich ehrlich sein.

»Fuck. Ich hätte von Anfang an ehrlich sein und Lexi sagen sollen, warum ich mich trenne. Aber wie scheiße wäre das bitte gewesen? Hey, ich finde dich ja ganz süß, aber deine Freundin finde ich geiler? Wow, selbst ich weiß, dass mich das zu einem noch größeren Arschloch machen würde als diese bescheuerte Aktion hier.«

Ich bin vielleicht nicht so klug wie Connor, aber lebensmüde bin ich auch nicht. Er ist der Einzige, der den wahren Grund für die Trennung kennt. Na gut, ich habe auch Harper davon erzählt, aber die ist so verschwiegen wie eine Steinmauer, wenn es sein muss. Jetzt bin ich derjenige, der sich auf mein Bett fallen lässt. Mit dem Gesicht voraus. Leider bin ich aber auch nicht dazu in der Lage, diese ganze Sache abzublasen und Romy reinen Wein einzuschenken.

»Sag ihr doch einfach die Wahrheit. Warum du das Ganze erfunden hast und wieso du das jetzt nicht mehr machen willst. Und wenn du das nicht schaffst, krieg deinen Arsch hoch, und lass uns endlich diese Bilder fertigmachen.«

Schwerfällig drehe ich meinen Kopf zur Seite und sehe Connor, der sich neben mir aufs Bett gesetzt hat, leidend an.

»Nein, Kumpel. Dieser Blick zieht bei mir nicht. Entscheide dich jetzt, und ich bin dabei. Ganz egal, ob ich deine Idee gutheiße oder nicht. Du bist schon groß. Du musst selbst wissen, was du machst.«

Mit diesen Worten steht er auf, lässt mich noch ein paar Sekunden in meine Matratze jammern, wobei jammern bedeutet, dass ich ins Kissen brülle, und hält mir dann mein Handy entgegen. Ich weiß, dass er die Aktion wirklich beschissen findet. Und das nicht nur, weil er mir das bereits mehr als einmal um die Ohren geknallt hat. Aber als Freund ist er unschlagbar. Er hält mit seiner Meinung nicht hinterm Berg, hilft mir aber trotzdem ohne allzu großen Widerstand.

»Na also, geht doch.«

Ich verdrehe lediglich die Augen, bevor ich mir das Desaster auf dem Boden noch einmal genauer ansehe. »Kannst du dir vorstellen, dass es Menschen gibt, die so etwas freiwillig machen?«

»Jepp, kann ich. So einer steht gerade neben mir.« Er klopft mir fest auf die Schulter und lacht dämlich.

»Ich rede von Menschen, die auch noch Spaß daran haben.«

»Nein, kann ich mir nicht wirklich vorstellen.«

Hilft mir nur leider auch nicht weiter. Seufzend schiebe ich alles auf die Seite und nehme das Buch, das auf den Bildern im Mittelpunkt stehen soll, in die Hand. Es ist das Buch, das Romy mir im Laden rausgesucht hat. »Him«. Romy selbst war es, die mir den Tipp gegeben hat, alle Bücher, die ich vorhabe zu lesen, schon einmal zu fotografieren. Damit ich immer ein paar Bilder auf Vorrat habe, und die einzigen Bücher, die ich besitze, sind diese zwei, und die Bücher, die sie mir irgendwann abkaufen möchte.

»Ich denke, ich stelle es einfach vor das Bücherregal.«

»Welches Bücherregal denn, Kumpel?«

Oh, stimmt. Da war noch was. Habe ich schon erwähnt, dass ich eigentlich nicht lese, und genau deswegen auch kein Regal habe?

»Ich kann es mir auch vor das Gesicht halten. Dann sieht man meine Hand.«

»Du kannst auch ein Selfie mit dir und dem Buch machen.«

»Soll ich mich oben ohne ablichten? Dann müsste ich mir um die Likes auch keine Sorgen machen.« Lachend schnappe ich mir zusätzlich zum Buch noch ein paar Blumen und stelle es auf meinen Schreibtisch vor die anderen Bücher. Connor bessert hier und da aus, und als wir beide zumindest halbwegs zufrieden sind, knipsen wir ein paar Bilder. Da wir gerade schon dabei sind, schnappen wir uns auch noch die restlichen Bücher, und setzen sie fast gleich in Szene, wie das vorherige. Soll ja einheitlich sein, habe ich mir sagen lassen. Dass es die Bücher meiner Mom sind, muss ja niemand außer uns wissen.

»Oh, ich hab`s. Streck die Hand aus!«

Stirnrunzelnd strecke ich ihm meine Hand entgegen.

»Handfläche nach oben.«

Connor hat einen Befehlston drauf, dem ich mich nicht zu widersetzen wage. Als er zufrieden mit meiner Hand ist, packt er einen ganzen Stapel Bücher drauf und schießt schnell ein paar Fotos, bevor mich die Kraft verlässt. Sogar welche mit meinem Gesicht, weil er sich das nicht entgehen lassen kann, dieser Schweinehirte.

»Soll ich auf einem der Bücherstapel vielleicht wieder einen Kopfstand machen?«

Oh, nein. Wieso kann ich meine blöde Klappe nicht einfach halten? Meine Prinzessin ist Feuer und Flamme für diese Idee.

»Oh, ja. Los, bück dich und dann hoch mit deinen Beinen.«

Wie schafft er es, dass selbst so ein einfacher Satz aus seinem Mund dreckig klingen kann?

»Du willst mir doch nur auf meinen Arsch starren, Connor.«

»Du hast einen heißen Hintern und ich als bester Freund darf da draufstarren, so viel ich will, ohne dass es peinlich wäre. Also, runter mit dir.«

Während ich noch zögere, stapelt er bereits ein paar Bücher übereinander, schiebt das Chaos, das sich vor dem Regal befindet, auf die Seite und macht sich bereit, um ein paar Fotos in den Kasten zu bekommen.

»Jetzt komm schon, Luca. Das letzte Kopfstandbild von dir hat Unmengen an Likes eingebracht. Und ich bin mir sicher, Romy haben die Bilder besonders gut gefallen.«

»Du machst mich echt fertig.«

Ich tue ihm den Gefallen und mache einen Kopfstand auf Büchern. Weil Connor das hier immerhin für mich macht. Mein Shirt rutscht runter und zeigt ihm meinen Rücken in seiner vollen Pracht.

»Die Mädels werden es heiß finden. Stehen die nicht drauf, wenn der Bund der Boxer aus der Jeans rausschaut?«

Keine Ahnung, ob sie darauf stehen oder nicht, solange er dafür sorgt, dass man auf den Bildern, die ich zum Posten verwende, auf keinen Fall mein Gesicht sieht.

»Oh, Mann. Zweihundert Bilder? Wir haben zweihundert Bilder gemacht?«

Fassungslos starre ich auf das Display, als ich mich mit Connor in die Küche verzogen habe, um einen Kaffee zu trinken, während wir die Fotos gemeinsam durchgehen. Connor hat auch ein paar mit seinem Handy gemacht und sie mir alle geschickt.

»Die sehen alle gleich aus. Wieso löschen wir nicht einfach aus jeder Serie alle bis auf eines und gut ist?«

Connors Idee klingt zu verlockend. Aber andererseits will ich, dass meine Bilder meinen Möglichkeiten entsprechend perfekt werden. Und ich möchte, dass sie Romy gefallen.

»Nein, wir müssen auf die Details achten!«, sage ich bestimmt und presse meine Wange gegen seine damit wir beide gleichzeitig aufs Display schauen können.

»Auf welche Details denn? Da ist ein Buch. Ein paar Blumen und im Hintergrund noch mehr Bücher.«

Gute Frage. Ich rufe mir alles in Erinnerung, was Romy mir, oder eigentlich Fynn, gesagt hat. Sofort regt sich mein schlechtes Gewissen, aber ich dränge es erfolgreich ganz nach hinten in meinen Kopf.

»Das Bild sollte gerade sein. Der Fokus sollte auf dem Buch liegen, um das es geht, und der Hintergrund sollte nicht zu dominant sein und ... Alter, dein Ernst?«

Connor hat Fotos von mir gemacht, wie ich versuche, Bilder von den Büchern zu machen. Na großartig.

»Du bist ein kleiner Idiot, das weißt du, oder?«

Wir löschen ein Bild nach dem anderen, während Connor mir bei mindestens jedem dritten sagt, wie bescheuert die ganze Idee ist und mich auslacht dafür, dass ich mich so zum Affen mache. Noch dazu für eine Frau.

Und genau das ist der Punkt. Connor kennt sie nicht und kann nicht nachvollziehen, was genau mich so an ihr fasziniert. Ich weiß es doch selbst nicht. Aber sie hat etwas an sich, was mich gern in ihrer Nähe sein lässt. Sie ist direkt, schert sich nicht darum, ob ihre Klamotten vom Designer stammen oder nicht, und sie ist witzig. Woher ich das weiß? Na ja, Fynn hat so einiges über die Frau erfahren, die Luca gern treffen würde.

Connor hingegen geht erst auf ein Date, wenn er die Frau mindestens dreimal gesehen und mit ihr gesprochen hat. Ganz egal wo. Er will wenigstens ein paar Worte mit ihr wechseln, weil er keine Lust hat, Zeit mit jemandem zu verbringen, bei dem die Chemie nicht passt.

»Ganz ehrlich, Mann, poste die Bilder mit dir drauf, und sie werden all deine Fotos lieben. Dann ist es egal, ob der Stapel gerade oder in der richtigen Reihenfolge ist.«

Das mache ich auch. Ich habe nämlich keine Lust mehr, mich noch länger mit Fotos und Büchern zu beschäftigen.

»Lass uns was essen gehen. Ich mache das später fertig.«

Schnell schnappe ich mir die Wohnungsschlüssel und nicke auffordernd in Richtung Tür. Mein bester Freund lässt sich nicht lange bitten. Einem guten vegetarischen Burger kann er nicht widerstehen.

Kapitel 15 – Romy

Genervt reibe ich mir über den Nacken, weil ich die ganze Zeit schon das Gefühl habe, dass ich beobachtet werde. Da ich in einer Vorlesung bin, wäre es gar nicht so abwegig, dass mich jemand gerade ansieht. Lässt sich wohl nicht vermeiden, wenn mehrere Menschen in einem Saal zusammenkommen. Aber irgendwie beschleicht mich das Gefühl, dass heute jemand ganz besonders aufmerksam ist. Langsam drehe ich mich in meinem Stuhl um und lasse meinen Blick über die Sitzreihen hinter mir gleiten.

»Hey.« Ich wusste es. Luca sitzt genau hinter mir. Sofort denke ich an das letzte Mal, als wir zusammen in der Vorlesung waren. Da saß er neben mir. Das bleibt mir heute zum Glück erspart. Aber ob es wirklich besser ist, ihn hinter mir zu wissen, wird sich noch herausstellen.

»Hi.«

Wortlos sehen wir uns in die Augen, und es fällt mir schwer, den Blick abzuwenden. Noch immer sehe ich vor mir, wie er in seiner Eingangstür stand, als Lexi und ich ihm seine Sachen wieder zurückgebracht haben. Ich kann verstehen, was sie an ihm findet. Mal davon abgesehen, dass sie den Kerl wirklich liebt. Seine Haare sehen aus, als wäre er sich mehrmals mit den Fingern hindurchgefahren. Entweder das oder er hat immer diese Frisch-aus-dem-Bett-gefallen-Frisur, auf die Frauen so abfahren. Seine braunen Augen sehen mich so treuherzig an, dass ich ganz kurz wirklich vergesse, dass ich eigentlich nicht gut auf ihn zu sprechen bin.

»Langsam gewöhne ich mich an dein Starren, Romy.«

Dieser Mistkerl. Schnaubend wende ich mich wieder ab und höre sein Lachen hinter mir. Trotzig verschränke ich meine Arme vor der Brust und starre stur nach vorn. Offenbar verspätet sich der Professor. Sollte die Vorlesung nicht bereits im Gange sein? So weit ist es also schon. Selbst Mathe ist mir lieber, als mich auch nur eine Sekunde länger mit Luca zu unterhalten. Als mein Handy vor mir auf dem Tisch vibriert, greife ich blitzschnell danach. Jede Ablenkung ist mir gerade recht, denn ich kann seinen Blick immer noch in meinem Nacken fühlen. Nur schwer widerstehe ich dem Drang, mir erneut darüberzufahren und entsperre stattdessen mein Handy. Eine Nachricht von Fynn. Schlagartig wird meine Laune besser.

The Bookhero: Weißt du, dass ich heute Morgen so müde war, dass ich statt Zucker Salz in meinen Kaffee geschüttet habe?

Romy: Das stelle ich mir echt eklig vor!

The Bookhero: Du solltest es mal probieren. Es ist so grauenhaft, wie es klingt.

Grinsend starre ich auf mein Handy, werfe nur einen kurzen Blick in den Hörsaal für den Fall, dass der Professor gleich auftaucht, und spüre wieder Lucas Augen auf mir. Sofort versteife ich mich und anstatt mich zu ihm umzudrehen, versuche ich ihn zu ignorieren und konzentriere mich lieber auf Fynn.

Romy: Das nächste Mal solltest du erst mal wach werden, bevor du dich um dein Vitamin K kümmerst.

The Bookhero: Das ist ja mein Problem. Um wach zu werden, brauche ich Koffein. Aber genug von mir, wie läuft es bei dir?

Romy: Ich sitze gerade in der Vorlesung.

The Bookhero: Solltest du dein Handy nicht aus der Hand legen und dich darauf konzentrieren? Nicht dass ich mich über deine Aufmerksamkeit beschweren will.

Romy: Ich habe gleich Mathe. Es ist also nicht schwer, mich für die Ablenkung zu entscheiden.

»Ist das Lexi?«, ertönt es hinter mir.

Sofort geht mein Kopf hoch und ich runzle die Stirn.

»Und? Ist sie es?«

Fassungslos drehe ich mich, mein Handy immer noch in der Hand, zu Luca um. »Ich wüsste nicht, was dich das angeht, Luca.«

»Eigentlich geht es mich auch nichts an. Aber ist es Lexi?«

Ich würde lachen, wenn es nicht Luca wäre, der mir gerade auf die Nerven geht. Und wenn ich verstehen würde, warum es ihm so wichtig ist zu wissen, ob Lexi mir schreibt oder nicht.

»Warum interessiert dich das?«

Er hat seine Hände zu Fäusten geballt und übereinandergelegt. Sein Kinn darauf abgestützt sieht er mich frech an. »Warum sollte es mich nicht interessieren?«

»Antwortest du auf Fragen immer mit Gegenfragen?«

»Weichst du Fragen nach Lexi immer aus? «

»Luca!« Der Kerl nervt doch. Was soll das? Ich sollte mich umdrehen. Ihn weiterhin ignorieren und mich auf Fynn konzentrieren. Es kann Luca doch egal sein, mit wem ich schreibe.

»Also ist sie es nicht. Schade. Sonst hättest du ihr sagen können, dass du deine Meinung geändert hast.«

»Welche Meinung denn?« Ich fasse es nicht, dass ich noch immer mit ihm spreche. Was stimmt denn nicht mit ihm?

»Deine Meinung über mich.«

»Wieso sollte sich meine Meinung über dich geändert haben?«

»Weil du mich bisher noch nicht als Arschloch bezeichnet hast«, flüstert er mir zu, immer noch sein Kinn auf der Faust abgestützt.

Ich weiß nicht, ob ich lachen oder ihm einmal mit der flachen Hand gegen die Stirn klatschen soll. Nur der verletzte Ausdruck in seinen Augen, den ich mir vermutlich nur einbilde, hält mich davon ab, Letzteres in die Tat umzusetzen.

»Du bist ... Ich weiß nicht, was ich sagen soll, Luca.«

Er lacht leise und richtet sich wieder auf. Seine Hände legt er locker vor sich auf den Tisch, und er zwinkert mir sogar zu. Ich kann nur mit dem Kopf schütteln. Leicht grinsend nickt er auf mein Handy, das ich immer noch in der Hand halte.

»Und? Ist sie es jetzt oder nicht?« Leise lachend verschränkt er nun seine Hände hinter seinem Kopf.

»Arschloch«, zische ich, bevor ich mich ruckartig abwende und dabei fast mein Handy fallen lasse. Sein Lachen wird lauter, und ich kann leider nicht verhindern, dass mein Mundwinkel leicht anfängt zu zucken.

Als mein Blick wieder auf mein Handy fällt, sehe ich, dass Fynn nicht geantwortet hat. Ich habe also keinen Grund mehr, mein Handy länger in meiner Hand zu halten und lege es, mit dem Display nach unten, vor mir auf den Tisch. Genau in dem Moment, in dem doch noch der Professor auftaucht und den Unterricht beginnt. Nur dass ich mich heute leider nicht auf die Vorlesung konzentrieren kann. Immer noch spüre ich Lucas Blick an meinem Hinterkopf. Da wäre es mir fast lieber gewesen, er würde neben mir sitzen und nicht hinter mir. Neben mir könnte ich ihm wenigstens meinen Ellbogen in die Seite rammen, um ihm sein dämliches Grinsen aus dem Gesicht zu wischen.

»Ich kann dich denken hören«, flüstert er hinter mir, und ich werde langsam aber sicher wahnsinnig. Ich stehe kurz davor, die Vorlesung einfach sausen zu lassen. Aber so weit kommt es noch, dass ich vor ihm weglaufe. Mühsam beherrscht bleibe ich sitzen und zwinge mich dazu, der Vorlesung zu folgen. Gar nicht so einfach, wenn man einerseits beobachtet wird und andererseits so gar keinen Schimmer davon hat, was einem hier überhaupt erklärt wird.

Als der Unterricht endlich beendet ist, stopfe ich schnell meine Unterlagen in meine Tasche und nehme das Handy in die Hand. Ich drehe mich um und will Richtung Ausgang gehen, als ich gegen jemanden pralle.

»Tut mir leid. Ich habe nicht aufgepasst«, sage ich entschuldigend, ziehe meine Tasche, die mir von den Schultern gerutscht ist, wieder höher und stecke mein Handy in meine Hosentasche, bevor ich einen Blick nach oben werfe und ... »Sag mal, machst du das mit Absicht?« Ich bin natürlich gegen Luca gerannt. In wen auch sonst? Der Kerl verschränkt grinsend die Arme vor der Brust und wackelt mit den Augenbrauen.

»Was denn?« Er beugt sich ein wenig nach vorn, bis sein Gesicht ganz nahe vor meinem ist. Dabei achtet er nicht auf die anderen Studenten, die sich ebenfalls einen Weg aus dem Hörsaal hinaus bahnen wollen. »Niemand sagt, dass du mit mir sprechen musst. Du hast jederzeit die Möglichkeit zu gehen.«

»Dann lass mich vorbei.« Sofort macht er einen Schritt zur Seite und legt den Kopf schief. Okay, das war einfach. Ehrlich gesagt habe ich damit gerechnet, dass er absichtlich stehen bleibt, nur um mich zu ärgern. Und irgendwie macht es auch Spaß sich mit ihm ... nein. Aus. So weit kommt es noch, dass ich hier Spaß mit Luca habe.

»Romy? Du wolltest vorbei. Dann solltest du dich bewegen.« Schmunzelnd macht er eine galante Handbewegung Richtung Ausgang. »Und wenn das doch Lexi war, an deinem Handy, dann kannst du ihr ja erzählen, wie freundlich ich zu dir war.«

Entrüstet sehe ich ihn an, aber der Mistkerl grinst über das ganze Gesicht. »Du bist ja immer noch hier. So schlimm kann meine Anwesenheit gar nicht sein. Aber ich muss jetzt wirklich los. Mach`s gut, Romy.« Damit lässt er mich einfach stehen, und ich starre ihm verdattert nach. Für den Moment vergesse ich auch, dass Fynn nicht geantwortet hat. Und auch, dass ich eigentlich nicht gut auf Luca zu sprechen bin. Ich verstehe immer mehr, was Lexi an ihm gefunden hat und warum sie so sehr leidet unter dieser Trennung. Schnell schüttle ich diese Gedanken ab, als ich von hinten angerempelt werde, weil ich im Weg stehe. Eine Entschuldigung murmelnd setze ich mich nun auch endlich in Bewegung und sehe zu, dass ich von hier wegkomme.

Kapitel 16 – Luca

Romy: Heißes Bild!

The Bookhero: Danke. Ich wusste, dir fällt nicht nur der Buchrücken auf.

Ein leichtes Schmunzeln schleicht sich auf meine Lippen. Romy ist eine willkommene Abwechslung zum Lernen. Nicht weil ich mir heute damit schwertue, sondern weil ich heute einfach keine Lust habe, mir immer und immer wieder den gleichen Stoff ins Hirn zu hämmern. Vor ein paar Tagen habe ich angefangen, die Bilder zu posten, die ich zusammen mit Connor gemacht habe. Angefangen habe ich mit den harmloseren. Welche, wo man nur die Bücher sieht. Oder meine Hand die einen Bücherstapel hält. Aber ich habe auch das Bild gepostet, auf dem ich einen Handstand mache. Ich kam mir so albern vor, als Connor das von mir verlangt hat. Jetzt bin ich jedoch froh, auf ihn gehört zu haben. Offenbar gefällt Romy das Foto, und sie ist ja auch diejenige, für die ich es gemacht habe.

Romy: Welcher denn sonst? 😉

Leise lachend reibe ich mir mit der flachen Hand über den Nacken. Ich mag ihre Schlagfertigkeit. Viel lieber würde ich ihr allerdings jetzt gegenübersitzen. Auch wenn sie in der Vorlesung nicht wusste, dass sie mich eigentlich mag, oder besser gesagt Fynn, fand ich es großartig, mit ihr zu sprechen. Sie ein bisschen aus der Reserve zu locken. Zu sehen, wie sie rot wird. Ob aus Verlegenheit oder Wut kann ich nicht so genau sagen. Um das unterscheiden zu können, war die Zeit einfach zu knapp.

The Bookhero: Jetzt bist du dran. Bauch. Rücken. Das bleibt ganz dir überlassen. Die Beine. Hauptsache du zeigst Haut. ☺

Romy: Du willst Haut sehen? Okay, Fynn. Sag mir, welcher Körperteil bei einer Frau fällt dir immer sofort ins Auge?

Okay, mit der Richtung, die dieses Gespräch nun nimmt, habe ich nicht gerechnet. Ich könnte jetzt lügen und sagen, ich stehe auf Brüste. Einfach nur, um ihr eine hitzige Reaktion zu entlocken. So, wie ich Romy bisher kennenlernen durfte, würde sie mir vermutlich nicht gerade charmant sagen, was ich für ein Schwein bin. Aber so bin ich nicht. Also gebe ich die einzig ehrliche Antwort, die ich ihr geben kann.

The Bookhero: Die Nase.

Ohne Witz, ich finde nichts entzückender als eine kleine Stupsnase, und ich könnte Stunden damit verbringen, sie zu küssen oder reinzuzwicken oder sie einfach nur anzusehen. Außerdem stelle ich es mir süß vor, meine Nase an ihrer zu reiben. Ob ich ihr jemals so nahekommen werde, um genau das zu tun? Es würde viel heißer klingen, wenn ich behaupte, ich stehe auf lange Beine, die sich sexy um meine Hüften schlingen. Das wäre richtig männlich. Wäre aber leider in meinem Fall gelogen. Wobei leider auch ein dehnbarer Begriff ist. Ich stehe auf Nasen und Punkt.

Romy: Ist Nase ein Synonym für etwas?

The Bookhero: Nein, ich meine wirklich die Nase. Ich finde sie süß. Zumindest die kleinen feinen. Richtige Stupsnasen halt.

Romy: Oh, das ist ja süß. Und neu. Ich hätte jetzt erwartet, du sagst mir, dass du auf viel Brust oder einen dicken Hintern stehst. Aber eine Nase?

The Bookhero: Na ja, ich beschwere mich bestimmt nicht, wenn der Rest auch noch passt. Aber Nasen fallen mir immer zuerst ins Auge. Mit eines der ersten Körperteile, die man zu sehen bekommt, wenn man einem anderen Menschen ins Gesicht sieht. Außer die Person ist furchtbar winzig, dann sind es die Haare oder die Form des Kopfes.

Romy: Für einen Kerl hast du dir scheinbar ganz schön viele Gedanken über diese Dinge gemacht.

The Bookhero: Und du? Worauf stehst du?

Romy: Hände. Mir gefallen Hände. Vor allem dann, wenn sie gepflegte Nägel haben. Und damit meine ich nicht, dass ein Mechaniker keine Beachtung bei mir finden würde. Er darf sich schmutzig machen. Aber sobald er sich die Hände gewaschen hat, will ich ordentliche Nägel sehen.

Sofort werfe ich einen Blick auf meine Nägel. Sauber und ordentlich. Meine Mutter hat immer sehr viel Wert auf ein gepflegtes Äußeres gelegt, und das hat sie wohl an mich weitergegeben. Selbst wenn meine Haare morgens aussehen, als hätte ein Vogel darin genistet, die Nägel sind sauber. Zum Glück stehen Frauen auf diesen »Frisch aus dem Bett gefallen«-Look.

The Bookhero: Ich habe schöne Hände.

Romy: Eine Tatsache, die es erst einmal zu beweisen gilt.

The Bookhero: Du willst meine Hände sehen? Auf meinem Feed sind ein paar Bilder, in denen ich ein Buch in meinen göttlichen Fingern halte.

Romy: Da sieht man ja kaum etwas, und außerdem konzentriert man sich mehr auf das Buch. Gut gemacht übrigens, das ist genau der Sinn der Sache.

The Bookhero: Danke für das Kompliment. Wäre ohne deine Hilfe nicht möglich gewesen. Aber noch mal: Du willst meine Hände sehen? Wirklich?

Romys Vorliebe für Hände stellt mich vor ein kleines Problem. Wenn jemand so viel Wert auf diesen Körperteil legt, achtet er sofort bei jedem Menschen darauf, der ihm über den Weg läuft. Romy hat mich oft gesehen. Wenn sie nun ein Bild von meinen Händen sieht, besteht die Gefahr, dass sie sofort weiß, dass ich es bin. Vielleicht reagiere ich auch über, aber die Gefahr besteht, und das kann ich nicht riskieren.

Romy: Ja, wirklich. Ich will sie sehen.

The Bookhero: Wer sagt mir, dass du nicht irgendeinen kranken Fetisch hast und dir dein Zimmer damit tapezierst? Eine beunruhigende Vorstellung, wenn ich ehrlich sein darf.

Romy: Das wirst du wohl so schnell nicht herausfinden. Also? Darf ich sie sehen?

The Bookhero: Wenn ich im Gegenzug dazu ein Bild deiner Nase kriege? Stell dir vor, die ist groß und krumm, dann muss ich das doch wissen.

Ich bin so dämlich. Genau das will ich doch gar nicht. Sie soll nicht aufgrund meiner Hände diesen ganzen Schwindel mit Fynn und Luca durchschauen. Und trotzdem biete ich ihr einen Deal an. Nase gegen Hand. Gott, wie dämlich auch das klingt. Passt aber zu mir. So blöd, wie ich mich gerade anstelle.

Romy: Warum? Was wäre, wenn sie nicht süß und klein wäre?

The Bookhero: Dann müsste ich das Gespräch an dieser Stelle beenden und den Kontakt abbrechen. Und da ich nur ungern auswandern würde, um deiner Nase nicht zu begegnen, wäre es nett, wenn du mir ein Foto schickst. Um mich zu beruhigen. Na?

Romy: Na gut. Ich mache ein Foto von meiner Nase und du von deiner Hand. Ich bin gnädig und gebe mich mit einer zufrieden, okay?

Verdammt verdammt verdammt.

The Bookhero: Wie großzügig. Dann los.

Ich fass es nicht, dass ich tatsächlich zugesagt habe, meine Hand zu fotografieren. Wie groß stehen die Chancen, dass sie mich wirklich daran erkennt? Was ist, wenn es ihr nicht auffällt? Dann wäre ich aus dem Schneider. Aber was ist, wenn es ihr eben doch auffällt? Dann bin ich geliefert. Connor. Er muss mir helfen. Schnell springe ich hoch, sprinte aus meinem Zimmer rüber in das Zimmer meines besten Freundes.

»Ich brauche deine Hand.«

»Meine … was?«

»Hand. Das Körperteil, mit dem du dir einen …«

»Schon gut. Schon gut. Aber was willst du damit?«

»Ein Foto.«

»Ein Foto meiner Hand?« Connor sieht mich an, als hätte ich sie nicht mehr alle. Ganz Unrecht hat er damit nicht. Ich drehe gerade völlig durch.

»Ja. Ich erklär es dir später, aber jetzt lass mich deine Hand fotografieren. Bitte, Connor, ich flehe dich an.« Stirnrunzelnd mustert er mich kurz, bevor er mir endlich zaghaft seine Hand entgegenstreckt, und ich schnell ein Foto knipse, bevor er es sich noch anders überlegen kann.

»Danke. Ich schulde dir was.« Schnell laufe ich wieder zurück in mein Zimmer.

»Und wie du das tust!«, ruft Connor mir noch nach.

Im selben Moment, als ein Bild von Romys Nase bei mir ankommt, falle ich mit Schwung wieder auf den Stuhl vor meinem Laptop und schicke das Bild von Connors Hand ab. Lachend werfe ich den Kopf in den Nacken und betrachte jedes Detail. Sie hat ihr Gesicht fotografiert und hält sich die Augen mit der Hand zu. Zuerst fallen mir ihre schönen Lippen auf, aber dann wird mein Blick magisch von dieser wirklich süßen Nase angezogen. Ich weiß ja, wie sie aussieht. Nur sie weiß das noch nicht. Aber … wow, fuck. Sie hat Sommersprossen. Bisher war ich ihr noch nicht so nahe, um das zu bemerken, und auch letztens im Hörsaal hat mich unser Schlagabtausch zu sehr davon abgelenkt. Gerade stelle ich mir vor, jede einzelne davon zu küssen, bis sie anfängt zu kichern.

The Bookhero: Süße Sommersprossen. Ich steh drauf.

Oh Mann … und wie. Ich habe selten so etwas Bezauberndes gesehen wie dieses Foto.

Romy: Danke. Ich mag sie nicht so besonders. Und hey, du hast wirklich eine schöne Hand. Hoffentlich auch einen ebenso kräftigen Händedruck.

The Bookhero: Ich bin mir sicher, eines Tages kannst du dich selbst davon überzeugen.

Ich hoffe, dass sie sich bald davon überzeugen kann. Es wäre toll, sie zu treffen. Allerdings gibt es da dieses kleine, aber dennoch nicht unwichtige Detail, dass wir uns eigentlich bereits kennen. Das wird mir noch gehörig auf den Kopf fallen, aber sobald ich mich mit ihr unterhalte, ist der Gedanke, ihr alles zu beichten, wie weggeblasen.

Romy: Und dann wird sich herausstellen, dass du einen Händedruck hast wie ein Fisch? Schlaff und nicht der Rede wert?

The Bookhero: Oh, nichts an mir ist schlaff und nicht der Rede wert 😉

Okay, das läuft in eine ganz gefährliche Richtung, und ich schaffe es kaum noch, eine bequeme Position zu finden. Verdammt. Babyelefanten. Grüne Enten. Kakerlaken.

Romy: Auch das wäre noch zu beweisen. 😉

Ich schlucke kräftig bei ihrer Antwort. Sie geht drauf ein. Sie geht verdammt noch mal drauf ein. Und ich bin überfordert und weiß nicht, wie ich darauf reagieren soll.

The Bookhero: Aber doch bitte nicht vor dem ersten Kaffee. Wenn jemand meinen … Händedruck näher kennenlernen will, möchte ich wenigstens vorher auf einen Kaffee eingeladen werden.

Romy: Ist das dein Ernst?

The Bookhero: Und wie es das ist.

Romy: Ich habe noch nie jemanden auf ein Date eingeladen, wenn ich ehrlich bin.

The Bookhero: Dann muss ich das wohl übernehmen. Geh mit mir aus, Romina, und lass mich deine Hand drücken.

Romy schickt mehrere Tränen lachende Smileys, und ich warte gespannt, wie ein Regenschirm darauf, ob sie mir auch noch richtig antwortet, oder ich die Emojis als Antwort werten muss. Eine Antwort, die in meinen Augen kein Ja bedeutet.

Romy: Okay, ich denke, ich würde gern deine Hand schütteln.

Für das dreckige Grinsen, das sich in meinem Gesicht ausbreitet, kann ich nichts. Allerdings werde ich jetzt bewusst nicht näher darauf eingehen, sonst nimmt sie am Ende ihre Zusage noch zurück. Und das will ich auf keinen Fall riskieren.

The Bookhero: Okay, dann haben wir ein Date. Ich lasse mir was einfallen ...

Romy: Ich kann es kaum erwarten...

Fuck, fuck, fuck, fuck!!

»Jungs? Antreten. Sofort. Ich brauche eure Hilfe.«

Das Handy in der Hand stürme ich aus meinem Zimmer und runter in die Küche. Während Connor ebenfalls aus seinem Zimmer stürmt und nach unten kommt, sitzen George und Chris bereits da und sehen mich verwirrt an.

»Ich habe ein Problem und brauche Hilfe. Und zwar dringend.«

»Was ist los?«

George sieht mich erwartungsvoll an, und ich kann förmlich sehen wie sich die Gedanken in seinem Kopf überschlagen, während Chris locker die Arme vor der Brust verschränkt und sich auf seinem Stuhl zurücklehnt.

»Schieß los.«

Ich erzähle ihnen nun endlich, dass ich mich von Lexi getrennt habe, und erkläre auch den Grund. Außerdem erzähle ich die Sache mit dem Blog. Wie ich darauf kam und dass ich seitdem Kontakt mit Romy habe, sie aber nicht weiß, dass ich es bin. Ich erzähle alles, lasse nichts aus und beschönige auch nichts. Eigentlich hätte ich ihnen das alles schon viel früher erzählen sollen. Aber meine Gefühle für Romy wollte ich noch nicht an die große Glocke hängen. Jetzt brauche ich aber die Hilfe meiner Freunde und wenigstens ihnen gegenüber muss ich dafür ehrlich sein. Wenn ich schon Romy die ganze Zeit belüge. Sie hat recht. Ich bin ein Arschloch.

»Okay.« George nickt bedächtig.

»Alter, geil. Wieso ist mir das nicht eingefallen?« Chris sieht das Ganze mal wieder von einer ganz anderen Seite als Connor.

»Das heißt, du bist gleichzeitig zwei Kerle und kannst doppelt so viel Spaß haben?« Er klopft mir einmal fest auf die Schulter.

»Mehr oder weniger. Fakt ist, ich habe sie angelogen. Ich würde ihr aber gern die Wahrheit sagen. Aber zuallererst würde ich sie gern auf ein Date einladen, um sie wenigstens einmal treffen zu können, bevor sie mich für diese Lüge hasst.«

Auch wenn ich keinen Schimmer habe, was ich mir dabei eigentlich denke. Als würde das nicht sofort auffliegen. Warum sage ich ihr nicht einfach gleich die Wahrheit, bevor ich mich zu noch mehr Lügen hinreißen lasse? Weil ich ein Feigling bin. Weil ich in meinem dummen Hirn tatsächlich glaube, dass es eine Möglichkeit gibt, sie zu treffen, ohne zu sagen, wer ich bin. Weil ich mir bisher wohl nur eingebildet habe, dass meine Eltern mir genug Anstand beigebracht haben, um so etwas nicht zu tun.

»Lad sie zu einem Picknick mit verbundenen Augen ein!«

»Und wie stellst du dir vor, soll er sie dazu bringen, das zu tun? Am helllichten Tag?« Connor kommt wie üblich gleich auf den Punkt.

»Keine Ahnung.« Das ernüchtert Chris, der sich auf seinem Stuhl ein wenig vorlehnt. »Lad sie ins Kino ein.« Stolz auf seine Idee sieht er nicht mich, sondern Connor grinsend an. Der nimmt ihm jedoch den Wind gleich wieder aus den Segeln.

»Klar. Weil es im Kino ja stockdunkel ist und sie ihn nicht sehen kann. Ich bleib dabei. Sag ihr die Wahrheit. Das Ganze läuft völlig aus dem Ruder. «

Damit hat er recht. Trotzdem bin ich noch immer nicht bereit dazu, Romy endlich die Wahrheit zu sagen.

»Ich habe die Idee!« George wirkt, als hätte er niemandem von uns auch nur eine Sekunde zugehört, sondern die ganze Zeit nur darüber nachgedacht, wie ich die perfekte Date-Idee finden könnte. »Dinner in the Dark. Ihr könnt essen gehen. Und seid gleichzeitig dazu gezwungen, den Abend in völliger Dunkelheit zu verbringen. Aber ...«, wirft er noch schnell ein, bevor wir alle zu euphorisch an die Sache ran gehen. »Ihr werdet euch davor sehen, und unmittelbar nach dem Essen. Wenn du also nicht vorhast, ihr schon zu sagen, wer du wirklich bist, würde ich mir an deiner Stelle überlegen, wie du das bitte hinbekommen willst.«

Die Idee, die sich gerade wie die perfekte Vorlage angeboten hat, zeigt nun doch ein paar Lücken.

»Du kommst einfach zu spät«, wirft Christ ein. »Und wenn du Glück hast, sitzt sie bereits am Tisch, bevor du dort auftauchst. Problem gelöst! «Sichtlich zufrieden mit sich selbst steht Chris auf und geht an den Kühlschrank, um sich eine Cola zu holen.

»Und was mache ich nach dem Essen?«

Dass ich mich verspäten soll, ist genial. Wieso bin ich da nicht selbst draufgekommen. Auch wenn es unhöflich ist, und mir beigebracht wurde, immer früher aufzutauchen, würde ich dieses eine Mal eben eine Ausnahme machen.

»Genieß das Dessert, und verschwinde dann so schnell du kannst.«

Connor verdreht die Augen und klatscht einmal fest in die Hände. »Okay, Jungs. Wir haben einen Plan, der noch nicht ausgereift ist. Ich hoffe, keiner von euch hat heute noch etwas vor, denn wir werden diesen Raum nicht eher verlassen, bis unser kleiner Lügner hier sein Date klar gemacht hat.«

Und sie haben Wort gehalten. Wir saßen geschlagene drei Stunden in der Küche, weil Chris jedes Mal wieder beleidigt aufgesprungen ist, als ihm wieder eingefallen ist, dass nicht er auf die brillante Idee mit den zwei Persönlichkeiten gekommen ist. Dass auch diese Idee nicht ausgereift ist, dürfte ihm spätestens bei unserem Gespräch klar geworden sein. Und wie brillant die Idee tatsächlich ist, werden wir früher oder später definitiv noch herausfinden.

Allerdings habe ich ein mieses Gefühl in der Magengegend. Mir ist bewusst, dass ich sie nicht anlügen sollte. Ich sollte ihr sagen, wer ich bin und was ich gemacht habe. Aber die Aussicht darauf, sie ein einziges Mal für ein paar Stunden bei mir zu haben, ohne dass sie mich beleidigt und verflucht, ist zu verlockend. Auch wenn sie mich gar nicht sehen wird. Sobald ich ihr sage, dass ich Fynn bin, wird sie mich zum Teufel jagen. Da bin ich mir sicher. Ich schiebe diese Zweifel weit von mir. Ein einziges Treffen. Danach werde ich es ihr sagen.

Kapitel 17 – Romy

Ich bin so aufgeregt. Fynn hat mich tatsächlich zu einem Dinner in the Dark eingeladen. Ich habe so etwas noch nie gemacht, und dementsprechend aufgeregt bin ich heute auch. Er hat mich darum gebeten, nicht vorher zu googeln, sondern mich einfach darauf einzulassen. Alles, was ich weiß, ist, dass wir dort noch eine Einführung bekommen werden, zusammen mit den anderen die ebenfalls zu dieser Zeit dort essen werden.

Ziemlich hibbelig stehe ich nun vor dieser sogenannten Lichtschleuse, durch die wir später direkt in den Restaurantbereich geführt werden. Alles, was irgendwie leuchten könnte, sei es ein Handy oder eine Uhr mit fluoreszierendem Ziffernblatt, muss vorher abgegeben werden. Da ich ohnehin kaum Schmuck trage, und schon gar keine Uhr, muss ich nur mein Handy abgeben. Ich hätte es auch zu Hause lassen können, allerdings wollte ich erreichbar sein, falls Fynn doch etwas dazwischenkommen sollte.

Uns wird gerade der gesamte Ablauf erklärt, während ich mich immer wieder suchend nach ihm umsehe. Ich weiß nicht, wie er aussieht, aber da die meisten hier schon ein wenig älter sind, als dass sie noch aufs College passen würden, gehe ich davon aus, dass er noch nicht da ist. Oder gar nicht erst auftaucht? Schnell werfe ich noch einmal einen Blick aufs Handy, doch weder habe ich eine Nachricht noch einen verpassten Anruf darauf.

»Hi, ich bin Sam und eurer Kellner für diesen Abend. Ich werde euch von Anfang bis Ende begleiten. Solltet ihr etwas brauchen, müsst ihr mich nur rufen und schon bin ich bei euch. Zuerst müsst ihr alles abgeben, was Licht erzeugen könnte. Danach werde ich euch zu euren Plätzen begleiten und das bereits in absoluter Dunkelheit. Benutzt eure übrigen Sinne, vor allem euer Tastsinn könnte gerade am Anfang von Vorteil sein.«

Ich habe gerade mein Handy abgestellt, um es ihm zu geben, als er mich direkt anspricht.

»Bist du Romy?«

Als ich nicke, grinst er erfreut, während sich in meinem Magen ein kleiner Knoten bildet, der sich jedoch bei seinen nächsten Worten wieder ein wenig lockert.

»Ich soll dir von ... Fynn ausrichten, dass er sich ein paar Minuten verspäten wird. Aber er verspricht zu kommen.«

Kurz dachte ich, er würde mich versetzen, aber scheinbar war diese Angst unbegründet. Er kommt zu spät. Er kommt lediglich zu spät. Damit kann ich leben.

»Danke!«

Als alle so weit fertig sind, betreten wir diese Lichtschleuse und befinden uns sofort in absoluter Dunkelheit. Es ist erschreckend, plötzlich nichts mehr zu sehen, ganz egal, wie sehr man sich mental darauf vorbereitet. Wir werden von Sam, unserem Kellner, durch den Raum geführt. Er gibt Anweisungen wie: einen Schritt nach links. Geradeaus. Stehen bleiben. Streckt die Hände aus. Vor euch steht ein Stuhl und noch viel mehr. Sam begleitet jeden Einzelnen zu seinem Platz, und ich kann ihn nur dafür bewundern, dass er sich hier so gut zurechtfindet. Ich muss jetzt wohl nicht extra erwähnen, dass ich mich dabei nicht so elegant angestellt habe wie er. Im Gegenteil. Ich bin zwar nirgendwo dagegen gerannt, denn dafür hat Sam gesorgt, aber ich bin mehrmals abrupt stehen geblieben, weil ich dachte, ich falle gleich über irgendein Möbelstück. Ist zum Glück nicht passiert, aber ich bin erleichtert, als ich die Lehne meines Stuhles mit den Fingern ertaste und mich langsam auf die Sitzfläche gleiten lasse.

Wann kommt Fynn endlich? Was ist, wenn er mich doch noch versetzt? Das wird er doch nicht tun, oder? Was aber, wenn doch?

Die Getränke werden aufgenommen, von Fynn noch immer keine Spur. Aber genau in dem Moment, als Sam mir meine vorhin bestellte Cola bringt, höre ich das Schaben von Stuhlbeinen auf dem Boden. Genau mir gegenüber.

»Hey ... Es tut mir leid, ich wollte mich nicht verspäten.«

Erleichtert sacken meine Schultern nach unten und gleichzeitig runzle ich die Stirn. Diese Stimme ... sie klingt, als wäre er krank.

»Ich bin erleichtert, dass du überhaupt gekommen bist!«

»Na ja, gekommen bin ich ja noch nicht!«

Ich kann das dreckige Grinsen förmlich aus seiner Stimme heraushören. Zum Glück ist es hier dunkel, und er kann nicht sehen, wie ich rot werde.

»Wenn du weiterhin so frech bist, wirst du das so schnell auch nicht ... Stopp. Noch mal von vorn. Ich freue mich, dass du da bist. Aber bist du dir sicher, dass es dir gut geht? Du klingst angeschlagen.«

Ich weiß nicht, ob es nur an dieser absoluten Dunkelheit liegt, dass meine Sinne so extrem geschärft sind, oder auch an meiner Begleitung. Aber ich kann überdeutlich seinen Duft wahrnehmen. Gepaart mit dem leisen Lachen, das von ihm ausgeht, eine unwiderstehliche Kombination.

»Ach, nur eine Erkältung. Nichts Wildes. Mach dir keine Sorgen. Ich freue mich auch, endlich hier zu sein. Bereit für ein Abenteuer? Ich weiß nicht, wie es bei dir aussieht, aber ich habe so etwas noch nie gemacht.«

»Bisher nicht. Und ich muss gestehen, dass ich sehr aufgeregt bin. Was ist, wenn ich mir etwas in den Mund stecke, und es schmeckt mir dann nicht? Woher weiß ich, wohin ich es spucken soll?« Meine Hände, die flach vor mir auf dem Tisch liegen, zucken leicht zurück, als ich auf einmal eine Berührung an meinen Fingerspitzen fühle.

»Benutz deinen Tastsinn.« Fynn drückt meine Finger leicht, und mir fällt sofort die Wärme seiner Hände auf. Sie fühlen sich angenehm an, und sie sind weich. Er bewegt seine Finger zusammen mit meinen vorsichtig über den Tisch, bis wir ein Stück Stoff berühren, welches ich als Serviette identifiziere. So schnell, wie er meine Finger berührt hat, so schnell lässt er sie nach einem erneuten sanften Druck wieder los. Hier in dieser Dunkelheit nehme ich das alles noch deutlicher wahr als sonst.

»Danke.«

Ich räuspere mich, weil meine Stimme ein wenig belegt klingt. Ich möchte nicht, dass Fynn denkt, eine einzige Berührung von ihm, auch wenn sie noch so harmlos ist, würde mich schon so durcheinanderbringen, dass ich meine Stimme nicht mehr unter Kontrolle habe. Das wäre doch peinlich.

»Und weißt du, was noch gut an dieser Dunkelheit ist?«, flüstert Fynn mir über den Tisch hinweg zu. »Niemand würde sehen, wenn du etwas ausspuckst.«

Ich lache laut los, und irgendwie verschwindet damit ein bisschen meine Nervosität wegen diesem Abend. Als auf einmal unser Kellner sich neben uns räuspert, zumindest gehe ich davon aus, dass er es ist, zucke ich leicht zusammen und drehe meinen Kopf in die Richtung, aus der das Geräusch kam.

»Wir servieren gleich den ersten Gang. Ihr habt das Überraschungsmenü gewählt. Lasst es euch schmecken.«

Der Sinn eines Überraschungsmenüs ist es, nur anhand seiner Sinne herauszufinden, was man eigentlich isst. Als die Vorspeise an den Tisch gebracht wird, schnuppere ich erst mal dran, kann aber nichts Abstoßendes entdecken. Ganz im Gegenteil, es riecht lecker. Fruchtig und frisch.

»Sollen wir es wagen?«, frage ich Fynn, während meine Finger bereits den Teller vor mir ertasten.

»Ich denke, wir sind jetzt mal mutig und probieren. Und wenn wir beide etwas anderes haben, tauschen wir. Und du musst im Uhrzeigersinn vorgehen. Auf zwölf befindet sich ein Löffeln, auf neun Uhr dein Glas und so weiter, okay?«, erwidert Fynn, und ich habe endlich herausgefunden, dass ich hier wohl Suppe vor mir stehen habe. Ich bin ein wenig mit dem Finger eingetaucht, und als ich den ablecke, runzle ich die Stirn, weil ich nicht sofort herausfinde, was genau es ist.

»Okay. Das merke ich mir für den nächsten Gang. Tomatensuppe. Ich glaube, das ist Tomatensuppe. Was hast du?«

»Ich glaube, ich habe Kartoffelsuppe. Lass es dir schmecken, Romy.«

Wir essen die Suppen kichernd und äußerst vorsichtig. Zumindest ich für meinen Teil. Eigentlich ist es eine automatisierte Sache, dass man sich den Löffel in den Mund schiebt. Doch in der völligen Dunkelheit fällt mir das schwerer, als ich anfangs angenommen habe. Aber es macht Spaß, weil Fynn mir gegenüber immer wieder leise flucht. Ich bin mir nicht sicher, ob ich meinen Teller leer gegessen habe, ich denke aber, dass das meiste davon tatsächlich in meinem Mund gelandet ist, als bereits der Hauptgang serviert wird.

»Ich trau mich nicht zu probieren«, wispere ich leise, bin mir aber ziemlich sicher, dass man mich an den Tischen nebenan hören kann. Ich selbst höre auch, was die anderen sagen. Erstaunlich, wie ausgeprägt mein Hörsinn ist, wenn ich mich nicht auf meine Augen verlassen kann.

»Ich helfe dir. Vertraust du mir?«

Gute Frage. Tu ich das? Ich denke, ich kann ihm vertrauen, wenn es um das Essen hier geht.

»Ja?«, kommt es dennoch ein wenig zaghaft über meine Lippen.

»Dann mach den Mund auf«, flüstert Fynn und scheint mir gerade noch näher zu sein als zuvor. Nur zögerlich mache ich, was er sagt, und beuge mich ihm ein bisschen entgegen. Ich schmecke nichts, weil das Essen gegen meine Wange stößt. Wir lachen leise.

»Okay, das war so nicht geplant!«, flüstert Fynn lachend, und plötzlich spüre ich seine Hände an meinen Wangen. Er tastet mit seinen Fingern über meinen Wangenknochen runter zu meinem Kinn. Das beschert mir eine Gänsehaut, während ich den Atem anhalte.

»Deine Haut ist so weich!«, flüstert er erneut und bewegt seine Finger immer weiter, während ich wie erstarrt dasitze und mich ganz und gar auf dieses Gefühl konzentriere, das er in mir auslöst. Als sein Daumen über meine Unterlippe gleitet, öffne ich automatisch meinen Mund. Fleisch. Es schmeckt gut. Saftig und sehr würzig. Allerdings erwarte ich auch, das Metall einer Gabel zu fühlen, stattdessen beiße ich leicht in ... ruckartig ziehe ich meinen Kopf zurück, schlucke den kleinen Bissen runter und räuspere mich.

»War das dein Finger?«

Fynns leises Lachen bestätigt meine Vermutung, und ich werde knallrot. Zum Glück sieht das hier niemand. »Du hast mich mit den Fingern gefüttert«, flüstere ich.

»Die Gefahr, dich mit der Gabel zu verletzen, war zu groß.«

Seine Worte und die Tonlage seiner Stimme, die immer noch ein wenig gedämpft klingt, als würde er Stoff vor dem Mund haben, sorgen dafür, dass in meinem Körper Dinge geschehen, die da auf keinen Fall passieren sollten. Dinge, die ständig in Büchern vorkommen. Ich werde nicht meine Knie zusammenpressen, weil ein bestimmter Teil meines Körpers sich plötzlich zu Wort meldet. Und ich werde auch nicht anfangen zu keuchen, den Mund offenstehen haben und sabbern. Aber das Wichtigste ... Mein Herz wird nicht plötzlich schneller für ihn schlagen, nur weil er sich gerade so benimmt. Nein. Absolut und ganz klares Nein. Ich bin doch keiner meiner Buchcharaktere, und doch kann ich nicht leugnen, dass das hier etwas mit mir macht. Es gefällt mir. Es lässt mich rot anlaufen und mir wünschen, dass er das noch einmal macht. Und ich frage mich gerade ernsthaft, wieso ich so ablehnend reagieren muss und ihn nicht einfach bitte, damit weiterzumachen. Was soll schon groß passieren? Wir sind erwachsen. Das hier ist ein Date, und es gibt keinen Grund, sich nicht ein bisschen näher kennenzulernen. Hier geht es doch immerhin um unseren Tastsinn, oder?

Also wage ich es: »Okay, aber nun bin ich dran.«

Ich taste vorsichtig vor mir auf meinem Teller herum, bis ich etwas finde, was gut und gern als Kartoffel durchgehen könnte. Ich sollte mein Essen vielleicht vorher auch selbst probieren. Aber erst einmal ist Fynn dran.

»Komm her.«

Ich strecke vorsichtig meine freie Hand aus, bis ich sein Gesicht ertaste und mit meinen Fingern nun über seine Lippen gleite.

»Mund auf«, flüstere ich und schiebe das Essen leicht zwischen seine Lippen und warte, bis er abbeißt. Ich will gerade meine Hand zurückziehen, da schnappt er leicht mit den Zähnen nach mir und nimmt noch einen Bissen. Ob mit Absicht oder nicht, aber er beißt leicht in meinen Finger, und es gefällt mir mehr, als ich mir anfangs habe eingestehen wollen.

»Schmeckt besser als erwartet«, raunt er leise, bevor er sich zurückbeugt.

Und so geht es nun die ganze Zeit. Wir füttern uns gegenseitig, probieren aber nicht einmal das eigene Essen. Es ist spannend. Es macht Spaß. Und es schmeckt super. Fynn hat Steak, Kartoffeln und Speckbohnen. Während sich auf meinem Teller ebenfalls Kartoffeln befinden und Hühnerfleisch.

»Es ist Zeit, sich zu verabschieden«, flüstert Fynn plötzlich und streift mit den Fingerspitzen über mein Gesicht. Ich verstehe nicht ganz, was er damit meint. Wieso will er den Abend jetzt schon enden lassen? Eigentlich dachte ich, wir gehen danach noch etwas trinken. Oder spazieren oder was weiß ich. Aber dass er bereits jetzt schon von Verabschiedung spricht, ernüchtert mich ein wenig.

»Fandest du unser Date so langweilig, dass du bereits verschwinden willst?« Ich spreche ebenso leise wie er, da niemand meine Schmach miterleben muss.

»Keineswegs. Es war alles andere als langweilig. Aber man sollte Dinge doch dann enden lassen, wenn es am schönsten ist, oder? Vertrau mir, Romy. Wir sehen uns schon bald wieder.«

Er ist mir noch näher als zuvor, als er plötzlich neben mir steht. Noch immer sitze ich, und im Moment bin ich so enttäuscht darüber, dass er abhaut, dass ich auch nicht daran denke aufzustehen. Ich kann seinen Atem auf meinem Gesicht fühlen, seine Finger an meiner Wange. Mit sanftem Druck seiner Finger dreht er meinen Kopf zur Seite, und automatisch lege ich ihn in den Nacken. Und dann plötzlich sind seine Lippen auf meinen. Oh, Heiliger. Es ist kein forscher Kuss. Nur ein sanftes Streifen seiner Lippen über meine. Und dennoch steht mein Körper unter Strom, weil ein Kuss noch nie so aufregend war wie dieser hier. Und genauso schnell, wie er begonnen hat, genauso schnell hat er auch wieder aufgehört. Leider.

Seine Finger ziehen sich ebenso zurück wie sein Mund, und auf einmal ist da nur noch absolute Stille. Gefühlte Stunden, wobei es sicher nur wenige Sekunden waren, sitze ich hier im Dunkeln und versuche, zu verarbeiten, was eben passiert ist.

»Ich begleite dich jetzt wieder raus.«

Sam, unser Kellner, steht plötzlich wieder neben mir, und ich zucke heftig zusammen, weil ich mit meinen Gedanken gerade überall war, nur nicht hier.

Total irritiert von Fynns schnellem Abgang stehe ich vorsichtig auf und folge Sam langsam wieder nach draußen, zurück durch die Lichtschleuse. Ich hole meine Sachen, bedanke mich noch einmal für alles und verlasse dann völlig verwirrt das Gebäude.

Was zur Hölle war das denn? Kurz sauge ich die Luft in meine Lungen ein und streife mir mit meinen Fingern vorsichtig über die Lippen. Er hat mich geküsst. Und ich habe bisher noch immer kein Gesicht zu seinem Namen.

Kapitel 18 – Luca

»Du hast sie geküsst? Einfach so? Und sie hat dir keine geknallt?«

Connor sitzt wie üblich lässig auf seinem Bike und sieht nicht einmal annähernd so aus, als würde ihn das Ganze hier anstrengen. Tut es vermutlich auch nicht, während ich neben ihm ganz schön ins Schwitzen gerate. Wir haben uns getroffen, um eine Runde mit den Rädern zu drehen. Chris und George wollten heute eigentlich auch dabei sein, nur ist beiden etwas Wichtiges für die Uni dazwischengekommen. Das gibt mir die Möglichkeit, allein mit meinem besten Freund zu reden.

»Nein, sie hat mir keine geknallt. Ich vermute, sie war zu überrascht deswegen.«

Und ich hätte zu gern ihren Blick gesehen, als ich sie geküsst habe. Es war nicht geplant. Aber es hat sich in diesem Moment einfach so absolut richtig angefühlt. Sie war mir so nahe, wir haben uns so gut verstanden, dass ich einfach nicht widerstehen konnte.

»Alter, ich würde ja zu gern wissen, wie du aus dieser Nummer unbeschadet rauskommen willst.«

Ich schätze, der Zug ist bereits abgefahren, aber noch gebe ich die Hoffnung nicht auf, das Ganze nicht völlig in den Sand zu setzen.

»Komm schon, Connor. Wo ist dein Optimismus geblieben?«

»Der ist vermutlich zusammen mit deinem Verstand ein paar Straßen zuvor abgebogen.«

Lachend will ich mit der Hand nach ihm ausholen, aber er weicht geschickt mit seinem Bike aus.

»Ich habe keine Ahnung, was ich machen soll. Es war nie geplant, diese Sache so lange durchzuziehen. Wenn ich ihr aber jetzt sage, wer ich bin, wird sie mich erschlagen.«

Nachdenklich fahren wir eine Weile schweigend nebeneinanderher. Connor springt auf eine kleine Mauer, und balanciert sein Trial so sicher, wie ich es niemals schaffen würde.

»Du musst es ihr sagen, Luca. Würdest du so lange angelogen werden wollen?«

Nein, würde ich nicht wollen. Aber genau genommen lüge ich sie gar nicht an. Ich habe nur nie meinen wirklichen Namen genannt. Oder ihr mein Gesicht gezeigt. Oder sonst viel von mir erzählt. Fuck. Ich bin so was von geliefert.

»Ich weiß nur nicht wie!«

Ich beschleunige, während Connor auf seiner Mauer ebenfalls schneller wird. Gerade habe ich das Gefühl, dass mir die Sache ziemlich über den Kopf steigt und das, obwohl wir noch gar nicht so viele Berührungspunkte hatten. Romy und ich. Ich denke an den Kuss zurück.

Noch nie hat ein Kuss so gut geschmeckt, wie der mit ihr in dem dunklen Raum. Mein Herz hat schneller geschlagen, als es sollte, und der Wunsch nach mehr war so übermächtig, dass ich froh war, dass sie mich nicht sehen konnte und wir nicht allein waren. Wären wir nämlich allein gewesen, hätte ich nicht dafür garantieren können, dass ich den Kuss nicht vertiefe und sie über den Tisch hinweg auf meinen Schoß ziehe und ihren Körper genauer erkunde.

»Hey, Mann. Ich schubse dich gleich in den Teich, offenbar hast du eine Abkühlung dringend nötig. Ich kann deine Gedanken hören, und bald schon werde ich sie vermutlich auch sehen können. Also reiß dich zusammen.«

Mein Kopf geht ruckartig zu Connor, und es dauert einen Moment, bis ich kapiere, was genau er mir sagen möchte.

»Halt die Klappe, Prinzessin.«

Die Vorstellung von Romy auf meinem Schoß hat einem bestimmten Teil meines Körpers wohl ebenso gut gefallen wie mir selbst. Ich bin doch kein Teenager mehr, der mit einem Steifen durch den Park rennt. Heiliger. Ich sollte meine Gedanken eindeutig ein wenig zügeln und am besten selbst mit Schwung in den Teich fahren.

»Spar dir dein dreckiges Grinsen, Connor.«

Das tut er. Stattdessen bricht er in schallendes Gelächter aus, während ich verzweifelt versuche, auf andere Gedanken zu kommen. Schnell richte ich mir meine Hose und trete dann in die Pedale, um ein wenig von meiner Energie loszuwerden.

Erst als ich keuchend und schwitzend dringend eine Pause brauche, bleibe ich stehen, steige von meinem Rad ab und setze mich daneben ins Gras mit Blick auf den Teich, der mir vor einer halben Stunde tatsächlich noch reizvoll erschienen ist.

Connor legt sein Trial ebenfalls hin und setzt sich neben mich. Er wirkt nachdenklich, aber so ist er eben. Er muss sich immer alles genau durch den Kopf gehen lassen, vor allem wenn eine Situation neu für ihn ist. Und dass ich mal so sehr auf ein Mädchen stehe und so viel Zeit investiere, um ihr näher zu kommen, ist eine ungewöhnliche Situation.

»Der Kuss scheint dich wirklich umgehauen zu haben. Man könnte meinen, es wäre dein Erster gewesen.«

War er definitiv nicht. Klar gab es schon Mädchen in meinem Leben, die ich geküsst habe. Es waren einige Küsse dabei. Nasse, unbeholfene, richtig heiße. Das will ich nicht bestreiten, und es wäre gelogen zu behaupten, dass mich noch nie ein Kuss umgehauen hat. Aber dennoch war dieser Kuss anders. Auf einer anderen Ebene. Selbst wenn er nur so flüchtig war. Ich glaube, das ist die passende Bezeichnung dafür. Er hat mein Herz nicht höherschlagen lassen, weil ich dadurch geil wurde. Er hat mein Herz höherschlagen lassen, weil er mich in meinem Inneren getroffen hat.

»Ich habe noch nie so süße Lippen schmecken dürfen, wie ihre. Und ja Mann, das ist definitiv aus einem dieser Liebesromane, die sie mir immer aufschwatzt.«

Lachend lasse ich mich zurück auf meinen Rücken fallen und starre hoch zu den Wolken.

»Keine Ahnung, was sie mit mir gemacht hat. Ich weiß es nicht. Aber was ich weiß, ist, dass ich sie näher kennenlernen möchte.«

Und das schon, seit sie mir das erste Mal entgegengestolpert ist.

»Sag mal ...«

Connor richtet sich ein wenig auf und sieht mich mit offenem Mund an. »Wie hast du es eigentlich geschafft, dass sie dich nicht an deiner Stimme erkennt? Ich meine, komm schon. Sobald man einen seiner Sinne nicht zur Verfügung hat, schärfen sich normal alle anderen. Sie hätte dich erkennen müssen.«

»Ich habe mir die Nase zugehalten beim Sprechen«, murmle ich und warte darauf, dass er anfängt zu lachen. Wie üblich enttäuscht er mich nicht. Sein schallendes Gelächter dürfte wohl niemandem im Park entgehen.

»Das ist ... wow. Du bist echt noch durchgeknallter, als ich gedacht habe.«

Da muss ich ihm leider zustimmen. Es war eine beschissene Idee, sie auf dieses Date einzuladen, ohne alles zu bedenken. Die Tatsache, dass sie mich an meiner Stimme erkennen könnte, fiel mir erst ein, als ich bereits bei ihr am Tisch saß. Also musste der älteste Trick der Welt her, und ich habe mir die Nase zugehalten. War ziemlich umständlich, wenn man dabei auch noch essen und sich mit Romina unterhalten wollte. Aber es hat sich so was von gelohnt.

Vor drei Monaten

»Oh mein Gott, das tut mir leid.«

Eine kleine Dunkelhaarige fuchtelt wie wild mit ihren Händen vor mir herum und hält in der einen Hand einen Kaffeebecher. Einen leeren Becher wohlgemerkt. Der Inhalt hat sich eben schmerzhaft heiß über mein Shirt geleert und sorgt dafür, dass ich laut fluchend den Stoff ein wenig anhebe, damit er mir nicht so auf der Haut klebt.

»Aber eigentlich bist du auch selbst schuld. Wieso musst du hier auch so herumstehen wie ein Türsteher? Das ist ein Café und keine Disco.«

Ein wenig überfordert sehe ich auf die kleine Plaudertasche runter und schwanke noch ein wenig zwischen Lachen und wütend sein. Ja, ist schon ziemlich frech von mir, dass ich mich wie jeder normale Mensch in die Schlange vor der Ausgabe einreihe. Das gibt bestimmt miese Karmapunkte oder so was.

»Du bist doch aber mir reingerannt. Nicht umgekehrt«, sage ich ruhig, noch immer das nasse Shirt mit den Fingerspitzen von meinem Körper haltend. »Eigentlich wäre eine Entschuldigung doch das Mindeste, oder?« Ich sehe sie fragend an, und der Blick, den sie mir zuwirft, soll wohl bedrohlich sein.

»Oh, ich soll um Verzeihung bitten, weil du mir im Weg gestanden bist?«

»Na ja, genau genommen hast du bereits gesagt, dass es dir leidtut, als du mir reingerannt bist. Aber irgendwie hat das gerade seine Ernsthaftigkeit verloren.«

Sie funkelt mich wütend an, und irgendwie ist es süß, wie ihre Lippen einen Schmollmund bilden. Leider bildet sich ein Schmunzeln auf meinen Lippen, und das findet sie wohl so gar nicht lustig.

»Machst du dich über mich lustig? Erst blöd im Weg stehen, dann noch eine Entschuldigung von mir erwarten und jetzt lachst du mich auch noch aus?«

Ich schüttle sofort leise lachend den Kopf, mache die Situation dadurch aber leider nicht besser. Ich kann förmlich den Rauch sehen, der aus ihren Ohren kommt, und mache vorsichtshalber gleich einen Schritt zurück. »Ich lache gar nicht.«

Abwehrend hebe ich meine Hände, auch wenn ich dafür das Shirt loslassen muss. Es gibt kaum etwas Ekligeres als nasse Klamotten am Körper. Ich hasse es.

»Ich verstehe nur nicht, was genau du eigentlich von mir willst.«

Ich wollte mir nur vor der Vorlesung einen Kaffee holen. Noch mal nach Hause zu gehen, um mich umzuziehen, war nicht Teil des Plans. Aber mit einem Shirt voller Kaffee setze ich mich ganz sicher in keine Vorlesung. Dafür bin ich leider zu eitel.

»Ich möchte, dass du zugibst, das es nicht meine Schuld ist.« Sie schnauzt mich beinahe an, aber selbst das klingt irgendwie niedlich.

»Okay. Es ist nicht meine Schuld.«

Es dauert ein paar Sekunden, in denen sie mich anstarrt und dann macht es offenbar auch bei ihr Klick.

»Nicht meine. Sondern deine.«

»Ja, sag ich doch. Nicht meine Schuld, sondern deine.« Mein Schmunzeln entwickelt sich zu einem breiten Grinsen, als sie frustriert mit dem Fuß auf den Boden stampft. Gott, ist sie süß.

»Weißt du was? Vergiss es. Stell dich einfach weiter jedem Menschen in den Weg, der sich einfach nur einen Kaffee holen will, mir egal. Aber ich habe Besseres zu tun, als mich jetzt mit dir auseinanderzusetzen.«

Besseres also. Sie wird ein wenig rot. Ich glaube ihr kein Wort. Vermutlich sind ihr einfach gerade die Argumente ausgegangen, und sie versucht, das Ganze zu überspielen.

Ich beuge mich ein wenig zu ihr runter, weil sie so winzig ist, und sehe ihr mit einem schiefen Grinsen in die Augen.

»Ich stelle mich keinen Menschen in den Weg. Nur süßen, kleinen Mädchen mit einer zu großen Klappe.«

Ich richte mich wieder auf, zwinkere ihr kurz zu und lasse sie dann einfach stehen. Scheiß auf den Kaffee. Dieses Wortgefecht war belebender als Koffein.

Ich habe sie nach diesem Vorfall lange nicht mehr gesehen. Wir sind erst aufeinandergetroffen, als ich schon eine Weile mit Lexi zusammen war und die mir ihre Mitbewohnerin und Freundin vorstellen wollte. Und das war dann eben Romy. Die Frau, die mich sofort mit ihrem frechen Mundwerk fasziniert hat. Die Frau, die ich danach nie mehr wiedergesehen habe, und die Frau, die sofort wieder diese Neugier in mir geweckt hat, als sie angefangen hat, Lexi zu erzählen, dass sie mich Idioten bereits kennenlernen durfte und ich ihren Kaffee auf dem Gewissen hätte. Und schon waren meine Gefühle wieder ein heilloses Durcheinander, und ich wusste nicht, was ich tun sollte. Immerhin war ich mit Lexi zusammen.

Ich blinzle hoch in Connors Gesicht und muss erst mal diesen Tagtraum loswerden, ehe ich verstehe, dass er mit mir gesprochen hat.

»Hm?«

»Ich sagte, was genau willst du jetzt tun? Du musst ihr reinen Wein einschenken.«

Ja, das muss ich wohl. Ich will aber nicht. Noch nicht. »Wenn ich das jetzt tue, spricht sie kein Wort mehr mit mir.«

»Wenn du es nicht tust und es später durch Zufall rauskommt, dann ebenso wenig.«

Wie üblich hat Connor die besseren Argumente, allerdings kann ich mich einfach nicht dazu überwinden, die Sache zu beenden. Ich genieße die Chats mit Romy. Ich genieße die Tatsache, dass ich sie kennenlernen kann, ohne zu viel über Lexi reden zu müssen. Wüsste sie, dass ich Luca bin, wäre das vermutlich ein großes Thema zwischen uns beiden. Irgendwann wird es das auch sein. Aber nicht jetzt. Noch möchte ich so tun, als wäre ich nicht der Ex-Freund ihrer Mitbewohnerin, sondern einfach nur ein Kerl, der auf ein süßes Mädchen abfährt.

»Ich werde mit ihr reden. Bald, okay?«

Connor ist nicht zufrieden mit meiner Antwort. Das weiß ich. Und doch nickt er nach einem kurzen Moment des Zögerns und sieht dann wieder auf den Teich.

»Lass uns weiterfahren.«

Ich wuchte mich seufzend hoch, stelle mein Rad auf.

»Na los, Luca. Wir machen ein Rennen. Wer zuerst beim Park Pavillon ist, bezahlt heute nicht fürs Abendessen.«

Das ist dann wohl Connor. Er verliert nämlich nie, egal wie oft ich versuche, schneller zu sein als er.

»Alter, du bist so fies. Du weißt genau, dass ...«

Lachend, und ohne den Satz zu beenden, steige ich mit Schwung auf mein Rad und fahre los. Nutze den Überraschungsmoment, den Connor ziemlich schnell abschütteln kann, wie ich mit einem Blick zurück über meine Schulter feststelle.

»Du wirst nicht gewinnen. Vergiss es, Luca. Gib am besten gleich auf!«

Er weiß, das wird niemals passieren. Also jagen wir uns lachend durch den Park. Natürlich verliere ich. Ganz klar kommt Connor vor mir an und vollführt als Zugabe, oder um meine Schmach zu unterstreichen, einen Stunt, von dem ich weiß, dass ich mir dabei das Genick brechen würde.

Nach dem Abendessen, was natürlich ich bezahlt habe, kann ich es kaum erwarten, nach Hause zu kommen und Romy zu schreiben.

The Bookhero: Ich muss die ganze Zeit an deine Lippen denken und daran, wie du schmeckst.

Romy: Wärst du nicht früher abgehauen, müsstest du nicht die ganze Zeit nur daran denken, sondern dürftest sie vielleicht noch einmal probieren.

The Bookhero: Wäre ich nicht früher abgehauen, wäre deine Neugier auf mich vielleicht gar nicht mehr so groß.

Romy: Das glaube ich schon. Jetzt frage ich mich allerdings die ganze Zeit, ob deine Küsse immer so schmecken.

The Bookhero: Beim zweiten Mal schmecken sie sogar noch besser. Das verspreche ich dir.

Romy: Man sollte nichts versprechen, was man nicht halten kann.

The Bookhero: Oh, glaub mir, Romy. Dieses Versprechen kann ich dir ohne Weiteres geben.

Romy: Warum bist du früher gegangen?

The Bookhero: Oh, du verletzt mich. Von all den Dingen, die du im Gedächtnis behalten hättest können, ist es ausgerechnet mein früher Abgang? Ich muss wohl noch an meiner Kusstechnik arbeiten, hm?

Romy: Oh, glaub mir, an den Kuss denke ich auch.

The Bookhero: Möchtest du wissen, wie der Kuss für mich war?

Romy: Ja ...

The Bookhero: Er war unglaublich.

Romy: Sagst du das, weil es das ist, was ich hören möchte? Oder weil es tatsächlich deiner Meinung entspricht?

The Bookhero: Natürlich, weil du es hören willst.

Romy: Fynn ...

The Bookhero: Ich würde so etwas nie behaupten, wenn es nicht wahr wäre. Ich denke sehr oft an diesen Kuss.

Romy: Ich auch. Ich frage mich ...

The Bookhero: Ob ein weiterer genauso gut schmecken würde wie der erste?

Romy: Ich glaube, du kannst Gedanken lesen.

The Bookhero: Oder unsere Wünsche sind sich nicht unähnlich.

Romy: Ich würde das gern wiederholen. Das Date. Und den Kuss.

The Bookhero: Ich glaube, das kriegen wir hin.

Romy: Verrätst du mir irgendwann, wieso du gegangen bist?

The Bookhero: Irgendwann werde ich es dir sagen, ja. Aber noch nicht jetzt.

Romy: Findest du mich hässlich? Ist es das?

The Bookhero: Du bist wunderschön. Daran darfst du keine Sekunde zweifeln.

Romy: Es fällt mir schwer, das zu glauben. Andererseits hättest du dich wohl nicht mit mir getroffen, wenn ich dir nicht gefallen würde, oder?

The Bookhero: Ganz genau. Ich würde dir das lieber persönlich sagen, sobald ich bereit dazu bin. Vertraust du mir?

Romy: Hahahaha, du bist wirklich witzig. Ich mag dich, aber ich kann niemandem vertrauen, dessen Gesicht ich nicht kenne und dessen Beweggründe ich nicht verstehe.

The Bookhero: Also muss ich um dein Vertrauen kämpfen?

Romy: Du musst es dir erarbeiten! Vertrauen ist nichts, was man einem Menschen einfach so geben sollte.

The Bookhero: Gut. Dann werde ich daran arbeiten.

Romy: Ich muss leider los. Wir lesen uns?

The Bookhero: Wir lesen uns.

Kapitel 19 – Romy

Ich bin ein wenig zu spät, und deswegen renne ich beinahe jeden Menschen um, der mir auf dem Campus-Gelände entgegenkommt. Ich treffe mich heute mit Meghan und Lexi. In letzter Zeit hatten wir alle viel zu tun, was die Uni oder meinen Nebenjob betrifft, dass wir kaum dazu gekommen sind, uns zu unterhalten. Also haben wir kurzerhand beschlossen, uns zu dritt zu treffen.

Mit zehn Minuten Verspätung komme ich im Café an, in dem wir uns verabredet haben. Völlig außer Atem lasse ich mich auf den noch freien Stuhl fallen und sehe die beiden entschuldigend an.

»Es tut mir leid. Ich musste dringend noch eine Hausarbeit abgeben.«

Und habe mit Fynn gechattet und darüber die Zeit übersehen.

»Nennt man das jetzt schon so? Hausarbeit?«

Lexi sieht mich skeptisch an, belässt es zum Glück aber dann dabei, während Meghan ihr schwarzes Buch zur Seite schiebt und mich neugierig mustert.

»Du siehst müde aus.«

Ja, da hat sie wohl recht. Ich würde ja gern behaupten, dass ich bis spät in die Nacht lerne. Ich meine, ich lerne schon. Aber danach unterhalte ich mich immer noch mit Fynn und übersehe dabei öfter mal die Zeit.

»Bin ich auch. Aber nichts, was ein bisschen Kaffee nicht richten kann. Habt ihr schon bestellt?«

»Haben wir. Für dich haben wir auch bereits bestellt.«

Lexi zwinkert mir kurz zu, bevor sie ihr Handy in die Hand nimmt, kurz etwas darauf tippt und es dann wieder auf den Tisch legt, um sich mir zu widmen.

»Und jetzt erzähl. Wie war dein Date mit Fynn?«

Lexi war es, die mir damals davon abgeraten hat, mich mit Fynn zu treffen. Immerhin könnte er ja ein Serienmörder sein. Diese Ansicht teilt sie sich auch mit Meghan. Die beiden sehen mich neugierig an. Das Date ist jetzt zwei Tage her. Ich hatte bisher noch keine Gelegenheit, mit ihnen darüber zu sprechen, und am Telefon wollte ich es dann auch nicht machen. Bis auf diesen kurzen Moment gestern im Chat, kam dieses Thema noch nicht zur Sprache.

»Es war großartig. Außergewöhnlich. Dinner in the Dark. Habt ihr so was schon mal gemacht? Ich auf jeden Fall nicht. Ich bin selbst erstaunt, wie viel von dem Essen es tatsächlich in meinen Mund und nicht daneben auf den Boden geschafft hat.«

Ich erzähle ihnen von meinem Date und lasse kein einziges Detail aus. Nicht einmal den Kuss verschweige ich vor ihnen. Wozu auch? Es ist nicht so, dass es mein erster Kuss gewesen wäre. Während Meghan ganz verträumt an meinen Lippen hängt, sieht Lexi das alles eher pragmatischer.

»Hattet ihr Sex?«

Ich schnaube kurz auf.

»Wenn du mich hättest ausreden lassen, dann hättest du erfahren, dass er vor dem Ende des Dates, noch bevor das Licht wieder angegangen ist, verschwunden ist.«

»Oh. Warum? Denkst du, er ist so hässlich, dass er dir diesen Anblick ersparen wollte? Also doch Bierbauch und Glatze. Ich wusste es.«

»Lexi!« Meghans empörter Ausruf sorgt dafür, dass sich gleich mehrere Köpfe in unsere Richtung drehen, und sie rot anläuft.

»Ja was denn? Das ist doch eine berechtigte Frage.« Sie zuckt noch einmal kurz mit den Schultern, bevor sie ihr

Handy zur Seite schiebt, damit die Kellnerin, die eben an den Tisch kommt, unsere Getränke abstellen kann.

»Während es lange dauert, sich zu einer Beziehung zu entschließen, entscheiden wir in den ersten drei Sekunden einer Begegnung, ob wir Sex mit einem Menschen haben würden oder nicht. Dein Unterbewusstsein hat also bereits entschieden, was es will. Jetzt musst du nur noch akzeptieren, dass es so ist.« Meghan redet so schnell, dass ich ihr kaum folgen kann, während sie ungerührt Zucker in ihren Kaffee rührt. Lexi hingegen sieht sie mehr als nur skeptisch an und weiß offenbar keine passende Erwiderung zu dieser Aussage.

»Woher ...«, fragt sie leise.

»Frag nicht«, antworte ich ebenso leise. Wenn die beiden sich erst einmal besser kennen, wird sie sich diese Fragen nicht mehr stellen.

»Okay. Er ist also gegangen, noch bevor das Licht wieder anging?«, nimmt Meghan nun das Gespräch wieder auf.

»Ich würde gern wissen warum. Immerhin war doch er derjenige, der dieses Date wollte, oder?«

Sie nippt nachdenklich an ihrem Kaffee, während Lexi ebenfalls von ihrem trinkt und ich mir den Kopf über dieses Warum zerbreche.

»Er meinte, man solle aufhören, wann es am schönsten ist. Aber schlauer bin ich dadurch auch nicht geworden ehrlich gesagt.«

Ich glaube eigentlich nicht, dass er hässlich ist. Ebenso wenig glaube ich, dass er mich so hässlich findet und sich selbst den Anblick ersparen wollte. Er hat mein Profilbild gesehen. Er weiß, wie ich aussehe. Und würde er mich hässlich finden, hätte er doch kein Date vorgeschlagen. In diesem Punkt sind wir Menschen einfach gestrickt. Gefällt mir etwas nicht, möchte ich mich nicht näher damit befassen.

»Vielleicht wollte er auch nur geheimnisvoll sein?«

Ich sehe Lexi nachdenklich an.

»Das würde dann auch zu seinem sonstigen Auftreten passen. Ich meine, der Kerl zeigt sich ja nie.«

Da hat sie nicht unrecht. Aber es gibt doch genug Menschen, die sich auf öffentlichen Plattformen nicht so gern zeigen. Allerdings ziehen sie das nicht auch bei einem Treffen im realen Leben durch.

»Ach, ich weiß auch nicht, was das soll. Aber er ist nett. Und ich möchte einfach nicht glauben, dass er Böses im Schilde führt.«

»Also wenn du mich fragst, und glaub mir das solltest du tun, stimmt mit dem Kerl etwas nicht.« Meghan sieht mich mit ihren großen Augen an und scheint nicht so recht zu wissen, wie sie die ganze Sache finden soll. Ja, da geht es ihr wie mir.

Und dennoch möchte ich daran glauben, dass er es ernst meint. Dass er das alles nicht nur inszeniert, um mich zu verarschen oder warm zu halten, bis etwas Besseres kommt. Auch wenn mich das gerade genau so naiv wirken lässt, wie all die Mädchen aus den Büchern, die ich so gern lese.

»Oder er liest wirklich so viel, und es stimmt, dass er nur ihre Hilfe bei seinem Blog wollte. Und dann hat er gemerkt, wie süß sie ist, aber seine Schüchternheit hält ihn davon ab, ihr zu zeigen, wer er ist, und er traut sich nur nicht, sie im echten Leben anzusprechen«, erwidert Lexi ein wenig nachdenklicher, als für sie normal wäre.

Da ich nicht genau weiß, was ich darauf erwidern soll, und ich ehrlich gesagt auch neugierig darauf bin, was die beiden noch so für Theorien haben, lehne ich mich mit meinem Kaffee in der Hand zurück und höre ihnen einfach nur zu.

»Ich glaube, er verheimlicht ihr irgendetwas.«

»Klar tut er das, wenn er ihr nicht zeigen kann, wer er ist, verheimlicht er eindeutig seine Identität.«

»Du weißt genau, dass ich das nicht gemeint habe, Lexi.«

»Ach wirklich nicht?«

»Es ist doch eindeutig, dass er ihr nicht zeigen will, wer er wirklich ist. Die Frage ist nur, warum.«

»Weil er ein Arsch ist?«

»Lexi!«

»Ja was denn? Welcher Kerl macht so was?«

»Serienkiller. Wobei die sich auch zeigen. Allerdings zeigen sie nur eine nette Version von sich selbst. Sorgen dafür, dass man ihnen vertraut, und dann schlagen sie zu, und man findet nicht mehr von dir als ein paar Knochen verscharrt im Wald.«

Meine Augen ploppen mir beinahe aus dem Kopf bei Meghans Erläuterung, und ich weiß nicht, ob ich darüber lachen, oder sofort meine Adresse ändern und auswandern soll.

Lexi schüttelt ungläubig den Kopf, starrt Meghan mit offenem Mund an und scheint das erste Mal in ihrem Leben wirklich sprachlos zu sein.

»Es wäre doch möglich, oder? Ich meine niemand von uns weiß, wie er aussieht. Wo er wohnt. Was er genau macht. Ich weiß, ihr habt euch viel unterhalten. Aber hat er dir jemals etwas über seine Familie erzählt? Oder irgendetwas anderes Privates?«

Ich zermartere mir den Kopf darüber, aber es stimmt. Fynn und ich haben über vieles gesprochen. Auch private Dinge. Aber so richtig privat wurde es nie. Doch bisher fand ich das ehrlich gesagt nicht schlimm.

»Ich erzähle auch nicht jedem sofort alles über meine Familie. Und schon gar nicht nenne ich jemandem meine Adresse einfach so.«

»Musst du auch gar nicht, die steht ohnehin in deinem Impressum.«

Habe ich schon mal erwähnt, wie hilfreich Lexi sein kann, wenn sie es darauf anlegt? Auf jeden Fall sorgt ihre Feststellung dafür, dass sich die Stimmung lockert. Wir fangen alle an zu lachen, und es dauert eine Weile, bis wir uns wieder halbwegs beruhigt haben.

»Okay, Mädels.« Lachend wische ich mir ein paar Tränen aus den Augen. »Ich werde versprechen, auf mich aufzupassen, und sollte er nicht nett zu mir sein, dürft ihr ihm auflauern und ihm Beine machen, abgemacht?«

Fynn ist nett. Auch beim Date war er nett. Mehr als das sogar. Ich habe mich sehr wohlgefühlt in seiner Gegenwart. Und mal ganz ehrlich, wer von uns würde sich denn nicht über ein bisschen mehr Aufregung und Herzklopfen in seinem Leben freuen? Es ist vielleicht kein typisches Date gewesen, aber es war spannend. Auch wenn ich ein wenig an seinem Abgang gezweifelt habe. Ich bin mir sicher, er hatte seine Gründe. Und ja, ich bin fest entschlossen, diese Gründe herauszufinden.

Doch vorerst ist das Thema Fynn beendet, und wir wenden uns anderen Dingen zu. Unser restliches Treffen verläuft friedlich. Wir bestellen noch einmal eine Runde und unterhalten uns über Gott und die Welt. Und als wir uns am Ende trennen, haben mir beide das Versprechen abgenommen, sie über alles Weitere Fynn betreffend, auf dem Laufenden zu halten.

Kapitel 20 – Luca

Heute habe ich mir vorgenommen, endlich das empfohlene Buch von Romy zu lesen. »Him«. Ich bin ja mal gespannt, was an diesem Buch so toll ist. Um ehrlich zu sein, habe ich die Bewertungen auf Instagram nur überflogen. Bisher war alles, was ich darüber gelesen habe, sehr positiv.

Ich gebe zu, bis heute habe ich noch nie ein Buch freiwillig gelesen. Und das hier auch nur, weil ich mir nicht die Blöße geben möchte, vor Romy dumm dazustehen. Am Ende fragt sie mich Dinge darüber, die man nur wissen kann, wenn man es gelesen hat. Falls sie überhaupt mit mir darüber spricht. Ich bin mir sicher, dass sie neugierig darauf ist, wie ich dieses Buch finde. Ihr Lieblingsbuch. Und dass sie deswegen sogar darüber hinwegsehen würde, dass ich es bin, der mit ihr darüber sprechen will.

Die ersten Seiten sind super. Ich komme gut voran, und es lässt sich leicht lesen. Auch wen ich davor nicht wusste, dass es um zwei Kerle geht. Ehrlich gesagt habe ich gar nicht weiter darüber nachgedacht, worum es geht, und auch keinen Klappentext gelesen, da Romy selbst mir im Buchladen davon abgeraten hat. Alle paar Seiten lege ich das Buch zur Seite. Nicht weil mich der Inhalt nicht interessieren würde. Ich kann mich einfach kaum konzentrieren. Wie machen das die ganzen Leseratten, die teilweise ein Buch an einem Tag verschlingen? Seit ich diesen Blog habe, lese ich natürlich viele Beiträge von anderen. Vor allem die von Romy, die Bücher förmlich zu fressen scheint. So gut wie jeden Tag postet sie ein anderes Buch und ihre Meinung dazu.

Keine Ahnung, ob sie die Beiträge in Echtzeit postet, oder die Bücher schon lange vorher gelesen hat. Bei Gelegenheit muss ich sie mal danach fragen. Seufzend fahre ich mir durch die Haare, nachdem ich eine Weile wahllos durch Instagram gescrollt bin, schnappe mir das Buch wieder und lese weiter. Bei meinem Tempo brauche ich sonst ein Jahr, bis ich es durchhabe. Und ich kann auch keinen Fall ein Jahr warten, bis ich endlich mit Romy darüber sprechen kann. Bis dahin hat sie einen Freund und will mich nicht mehr. Na gut, sie will mich jetzt auch nicht. Aber noch besteht Hoffnung.

Dieser Wes spielt Eishockey und ist homosexuell, sagt das aber niemandem außer einem seiner Mannschaftskollegen. So weit, so gut. Ich kann verstehen, wieso er es nicht an die große Glocke hängt. Und ich hoffe, irgendwann ändert sich die Menschheit und schnallt endlich, dass es scheißegal ist, wen man liebt, solange man glücklich ist. Mich würde Romy wahnsinnig glücklich machen. Sie muss es nur erst einsehen.

Ach, scheiß drauf, ich schreib ihr jetzt. Zwar brauche ich eine gute Erklärung dafür, warum ich ihre Nummer habe, aber im Lügen bin ich ja mittlerweile echt klasse. Sonderlich stolz bin ich allerdings nicht darauf.

Luca: Ich lese Him. *Ich bin noch nicht sonderlich weit. Aber wie schaffst du es bitte, so ein Buch innerhalb von Stunden zu lesen?*

Ich weiß nicht, ob Romy zu Hause, in der Uni oder beim Arbeiten ist. Aber solange ich auf eine Antwort warte, lese ich weiter. Ich zucke erschrocken zusammen, als mein Handy plötzlich eine Nachricht ankündigt.

Romy: Woher hast du meine Nummer? Und was genau liest du?

Ich wusste, sie würde nicht lange fackeln und mich sofort auf die Nummer ansprechen.

Luca: Deine Nummer habe ich, weil Lexi dich mal von meiner Nummer aus anrufen wollte.

Gott, bitte glaub mir den Scheiß, den ich hier verzapfe.

Romy: Du hättest sie löschen sollen. Was für ein Buch ist so spannend, dass du mir davon berichten musst?

Luca: Ich lese Him.

Romy: Gefällt es dir?

Luca: Das kann ich noch nicht beurteilen, ich bin, wie gesagt, noch nicht besonders weit. Beantwortest du mir jetzt aber meine Frage?

Romy: Jahrelange Übung. Wenn mich ein Buch packt, ist es schwer, mich davon zu lösen.

Luca: Also liegt es am Buch und nicht an mir?

Romy: Gib nicht dem Buch die Schuld. Du musst dich darauf einlassen. Du musst es wollen.

Luca: Würde ich es nicht wollen, hätte ich mich wohl kaum dazu überwunden, es in die Hand zu nehmen und zu lesen.

Romy: Da haben wir das Problem. Du musstest dich überwinden.

Luca: Du weißt genau, dass ich das nicht so gemeint habe.

Romy: Lies weiter, Luca.

Luca: Schreib mir nicht mehr, dann habe ich wieder Zeit zu lesen.

Das Handy bleibt stumm. Grinsend lege ich es wieder auf die Seite und nehme das Buch erneut zur Hand, um weiterzulesen. Doch wie schon zuvor, kann ich mich nicht lange darauf konzentrieren. Es ist wirklich toll geschrieben. Und ich möchte auch gern wissen, wie es weitergeht. Aber je länger ich lese, umso mehr schweifen meine Gedanken ab. Ich kann nicht still hier liegen und lesen. Und zwar nur lesen. Es ist ... langweilig. Schlicht und ergreifend langweilig. Ich bin mir sicher, bei diesen Gedanken fällt irgendwo auf der Welt ein Bücherwurm in Ohnmacht oder ein Buch aus seinem Regal. Aber ich weiß nicht, wie ich es beschönigen könnte. Ich könnte es weglegen. Ich könnte das Buch abbrechen und einfach zur Seite legen und weiterlesen, wenn ich mal Bock auf Langweile hab. Fuck, wem mache ich eigentlich etwas vor?

Als ob ich sie nicht lesen würde, wenn Romy es möchte. Ich glaube, diese Frau könnte von mir alles verlangen, ich würde es, ohne zu zögern tun. Was mich dann wohl von einem lügenden Arschloch mit zweiter Identität zu einem Waschlappen ohne eigene Meinung degradiert, aber das ist mir egal. Wir sprechen hier von Romy. Von Romy, die irgendwann einmal mein Mädchen werden soll. Romy, die vermutlich gerade arbeitet, wenn mich nicht alles täuscht und zu der ich jetzt gehen werde. Jepp, ich werde jetzt zu ihr ins Diner gehen, hoffen, dass sie da ist und einfach dort weiterlesen. Vielleicht beeindruckt sie mein lesender Anblick so sehr, dass sie mich auf ein Date einlädt. Okay, wird sie nicht. Aber vielleicht kann ich ihre Gedanken ein wenig von Fynn weg zu mir lenken. Und vielleicht kann ich dort auch ein wenig mehr lesen, wenn es um mich herum nicht so ruhig ist. Klar könnte ich mir Musik einschalten oder mich mit dem Buch vor den Fernseher pflanzen. Aber mir ist jede Ausrede, egal wie bescheuert sie auch klingt, recht, um in Romys Nähe zu sein.

Schnell schnappe ich mir das Buch, mein Handy, Schlüssel und Geld, und mache mich auf dem Weg. Ich kann es genauso bei ihr am Tresen lesen. So kann ich ihr zumindest sofort sagen, was mir durch den Kopf geht. Vielleicht unterhält sie sich ja dann ein wenig mit mir. Mit viel Glück kann ich das Gespräch auch auf etwas anderes bringen als nur auf das Buch.

Guter Plan. Denke ich. Ob er noch so gut ist, wenn das Objekt meiner Begierde vor mir herumläuft, bleibt abzuwarten. Ich denke, dass ich mich mehr auf sie als auf mein Buch konzentrieren werde. Aber es gibt Schlimmeres, als sie heimlich anzuhimmeln.

Kapitel 21 – Romy

Ich muss ja wohl nicht sagen, wie überrascht ich war, als Luca plötzlich bei mir im Diner aufgeschlagen ist. Und zwar mit dem Buch. Auch wenn wir im Chat vorhin eine halbwegs normale Unterhaltung geführt haben, bedeutet das nicht, dass wir beide jetzt plötzlich Freunde sind. Aber ich bin neugierig, wie er das Buch findet. Ich bin mit Büchern echt leicht zu locken.

Heute ist zum Glück nicht so viel los. Ein paar Studenten aus der Uni essen hier, und an einem der Tische sitzen ein paar Kerle, die ein bisschen über den Durst getrunken haben. Alles also ruhig noch, und ich kann in Ruhe so tun, als würde ich Gläser spülen, während ich Lucas konzentriertes Gesicht beobachten kann. Ich habe keine Ahnung, an welcher Stelle er ist. Denn er hat sich nur wortlos an den Tresen gesetzt, sich eine Cola bestellt und angefangen zu lesen.

Hin und wieder vertieft sich sein Stirnrunzeln. Manchmal reist er die Augen weit auf, und ab und an räuspert er sich. Spätestens dann weiß ich, dass er an einer pikanteren Stelle im Buch angelangt ist.

»Die beiden haben gerade Sex!« Luca schlägt das Buch zu, schiebt es ein wenig zur Seite und stützt seine Arme auf dem Tresen ab. Er mustert mich ruhig, beinahe schon nachdenklich. »Macht es mich zum Arsch, wenn ich das nicht heiß finde?«

»Nein, jeder hat andere Vorlieben.«

Er runzelt mal wieder die Stirn und sieht vom Buch zu mir und wieder zurück.

»Ich finde die beiden echt cool. Die Freundschaft ist schon etwas Besonderes, vor allem wenn sie schon so lange anhält. Aber der Rest ...« Er sieht jetzt wieder mich an und legt den Kopf schief.

»... warum ist es dein Lieblingsbuch? Doch nicht nur, weil du es heiß findest, wenn zwei Kerle es miteinander treiben, oder?«

Diese Frage wurde mir tatsächlich schon sehr oft gestellt.

»Es ist einfach anders als die Bücher, die ich sonst lese. Es gibt immer einen Mann und eine Frau. Sie verlieben sich, natürlich auf den ersten Blick. Ganz klar. Sind anfangs noch ein wenig zurückhaltend, was auch ganz klar ist. Und dann, wenn sie endlich herausfinden, dass sie sich eigentlich ganz gern mögen, kommt zack irgendwo ein Problem daher, und heftet sich an die beiden ran. Auch bei Wesmie ist das der Fall, allerdings ist die Ausgangssituation eine ganz andere. Die beiden haben andere Gründe, um vor Problemen zu stehen.«

Luca setzt sich ein wenig aufrechter hin, schiebt die Ärmel seines schwarzen Hoddies hoch und mustert mich neugierig.

»Inwiefern anders?«

»Na ja, das sind nicht die üblichen Meine-Eltern-sind-reich-und-deine-nicht-Probleme. Hier geht es darum, dass die Probleme sie selbst sind. Ein Mensch mit weniger Geld kann etwas dagegen tun, indem er noch mehr arbeitet. Ein Kerl, der eigentlich auf Frauen steht, kann nicht von heute auf morgen beschließen, dass ihn Kerle auch anmachen und er vielleicht bi sein könnte. Und das Ganze nur, weil er bemerkt, dass sein bester Freund plötzlich ziemlich anziehend auf ihn wirkt.«

Man kann förmlich sehen, wie sich die Rädchen in Lucas Kopf drehen. Irgendwie süß, so verpeilt, wie er mich gerade ansieht. Süß und Luca. Dass ich das noch mal erleben darf.

»Ich verstehe.«

»Wirklich?«

»Nein.«

Wir lachen beide, bevor ich meine Hände auf die Theke vor ihm stütze und es noch einmal ein bisschen verständlicher versuche.

»Die beiden sind beste Freunde, und das seit Jahren. Wes weiß schon lange, dass er auf Kerle steht, aber Jamie hatte bisher nur was mit Frauen. Soweit klar?«

Er nickt knapp und lässt mich nicht aus den Augen.

»Okay. Und in anderen Büchern sind es immer eine Frau und ein Mann, die wissen, dass sie auf das andere Geschlecht stehen, aber noch nicht kapieren, dass sie füreinander mehr empfinden. Wenn sie das aber dann herausfinden, gibt es Probleme, die sich mit ein paar Höhen und Tiefen ziemlich leicht am Ende lösen lassen. Okay?«

Ein erneutes Nicken.

»Gut. Bei den beiden Jungs ist es aber so, dass einer der beiden, in dem Fall Jamie, erst einmal akzeptieren und verstehen muss, dass er sich auch zu Männern hingezogen fühlt. Er muss außerdem lernen, dass es okay ist, so zu fühlen. Dann muss er herausfinden, was das nun genau ist. Ist er bisexuell? Oder pansexuell ...«

»Warte, warte. Was? Pan? Wie diese Flöte?«

Leise lachend schüttle ich meinen Kopf und atme einmal tief durch. »Nein. Bisexuell ist, wenn man Verlangen auf Personen des gleichen oder eben des anderen Geschlechts empfindet. Von Pansexualität spricht man, wenn man seine Partnerwahl nicht nach dem Geschlecht im biologischen Sinne trifft.«

Luca öffnet den Mund, schließt ihn wieder, runzelt die Stirn, sieht auf das Buch und wieder zu mir.

»Das heißt dann also, dass diese Menschen einen Scheiß darauf geben, ob dieser jemand als Frau oder Mann zur Welt gekommen ist oder welches Geschlecht sie später für sich gewählt haben? Sie lieben, wen sie lieben? Meinst du das damit?«

»Ganz genau. Und Jamie hat mit der Zeit herausgefunden, dass er bisexuell ist. Die erste Hürde wäre also geschafft. Nun muss er sich noch eingestehen, dass er auf seinen besten Freund steht.«

»Na gut, dann wären doch aber alle Probleme gelöst, oder? Es sei denn, Wes will nur Sex von ihm, aber nicht mehr. Was Bullshit ist, denn man weiß bereits, dass er in Jamie verknallt ist.«

Ich schüttle schnell den Kopf, ziehe mir einen Hocker von der Bar zu mir und setze mich ihm gegenüber hin. »Eben nicht. Er findet heraus, was er will, Wes ebenso. Aber jetzt kommt erst das eigentliche Problem. Die beiden sind Eishockeyspieler, noch dazu stehen sie auf Kerle, und die Gesellschaft ist immer noch nicht bereit für diese Art der Liebe. Bedeutet für die beiden also …«

»Dass sie ihre Liebe nicht öffentlich ausleben können, wenn nicht einer den Mut dazu hat, auf gesellschaftliche Normen zu pfeifen, und einfach dazu steht.«

Und genau das ist es, was mich an diesem Buch so fasziniert. Es behandelt ein Problem, was wohl noch in einigen Jahren immer wieder Thema sein wird. Und dennoch ist es ein Problem, welches selten in Büchern thematisiert wird.

»Bei den anderen Büchern weiß man, dass die Frau und der Kerl ganz bestimmt am Ende zusammenkommen. Kann man sich zwar hier auch denken, da die meisten Bücher ein Happy End haben, aber ganz sicher ist es bis zum Schluss nicht, weil auch noch andere Probleme mit der ganzen Thematik einhergehen. Und genau das ist es, was mich so fasziniert.« Ich zucke leicht die Schultern, bevor ich mich wieder von meinem Hocker erhebe, als ein Gast mich auf sich aufmerksam macht.

Während ich eine neue Bestellung vorbereite, lasse ich mir das Gespräch durch den Kopf gehen. Wer hätte gedacht, dass Luca so interessiert daran sein könnte, was in diesem Buch passiert. Vor allem aber, warum es mich so fasziniert.

Warum er mich so fasziniert. Kerle, die lesen, sind heiß. Das ist ein Fakt. Ich wusste, bis ich ihn im Buchladen gesehen habe, nicht einmal, dass er liest. Jetzt zu sehen, wie sehr er sich für die Bücher, die ich ihm empfohlen habe, interessiert, ist sehr spannend.

Ich bringe schnell die Getränke an den Tisch in der Ecke und hoffe, dass es die letzte Bestellung für diesen Abend ist. Die Jungs sind schon mehr als betrunken, aber solange sie sich benehmen, gibt es für mich keinen Grund, sie nicht zu bedienen.

»Hey, Süße. Du könntest dich zu uns setzen. Ich gebe dir einen aus.«

So wie der Kerl lallt, nehme ich seine Worte nicht wirklich ernst und wende mich wieder ab, um zurück zu Luca zu gehen.

»Nein, danke. Ich glaube, du hast genug. Trinkt aus und seht zu, dass ihr nach Hause kommt, okay? Bitte.«

Er greift so schnell nach meinem Handgelenk, dass ich mit einem leichten Ruck wieder zu ihnen an den Tisch gezogen werde, während seine Freunde das alles zum Brüllen komisch finden. Ich aber weniger. Allerdings hält er mich so fest, dass ich mich nicht lösen kann, ohne großartig Aufsehen zu erregen.

»Lass mich los«, versuche ich es daher in Ruhe.

Er denkt aber nicht daran, sondern grinst ziemlich debil, während seine Freunde einfach nichts dagegen unternehmen.

»Ach, komm schon. Mit dem Kerl da vorn konntest du dich doch auch unterhalten, statt deiner Arbeit nachzugehen. Wieso dann also nicht mit uns?«

Weil ihr betrunken seid? Weil ich euch nicht kenne? Weil du mich festhältst ohne meine Erlaubnis?

»Lass sie sofort los.«

Zum Glück, und es ist wohl so ziemlich das erste Mal, dass ich mich darüber freue, ist Luca gerade heute hier und hilft mir. Er greift nach der Hand dieses penetranten Kerls und zieht sie mit einer Leichtigkeit von meiner Hand, als würde er einfach nur einen Fussel entfernen.

»Und das willst ausgerechnet du mir sagen?«

Der Kerl steht schwankend auf und baut sich vor Luca auf. Vermutlich denkt er, dass er damit besonders bedrohlich wirkt. Auf jeden Fall bewirkt es, dass seine Freunde sich allesamt vom Tisch erheben und Luca anfunkeln. Er wiederum zieht mich hinter sich, und ich kann nicht fassen, dass das hier ausgerechnet während meiner Schicht passiert.

»Ja, ich sage das. Und wenn du deine dreckigen Griffel noch einmal in ihre Richtung ausstreckst, werde ich dir jeden einzelnen Finger brechen.«

Oh, wow, ich wusste gar nicht, dass Luca so gewalttätig sein kann. Das würde er doch nicht wirklich tun, oder? Seinem Blick nach würde er aber genau das.

»Du willst mir die Finger brechen? Dafür musst du erst mal schnell genug sein.«

Der Kerl holt mit seiner Faust aus und zielt genau auf Lucas Gesicht. Der aber macht einfach nur einen Schritt zur Seite, zieht mich mit einer einfachen Handbewegung mit und entgeht somit dem Schlag.

»Und um mich zu schlagen, musst du erst mal wieder nüchtern sein. Ich gebe euch den guten Rat, jetzt einfach von hier zu verschwinden und euren Freund ins Bett zu stecken. Sollte ich noch einmal miterleben, dass ihr hier Ärger macht, lernt ihr mich kennen.«

Er starrt sie in Grund und Boden, während ich mit großen Augen hinter ihm stehe und versuche, an ihm vorbeizulinsen. Die vier Jungs stehen einen Moment lang noch unentschlossen vor uns, bevor sie sich einen Blick zuwerfen und den Kerl, der mich angefasst hat, unter den Armen packen, grummelnd ein paar Scheine auf den Tisch werfen und ihn, wütend vor sich hin murmelnd, aus dem Diner schleifen.

»Geht's dir gut?«

Ich habe nicht bemerkt, dass Luca sich mir bereits wieder zugewandt hat, und blinzle kurz ein wenig abwesend zu ihm hoch.

»Was? Oh. Ja, danke. Alles okay. Dank dir.« Ich blicke noch einmal kurz nach draußen, bevor ich registriere, dass auch die restlichen Gäste einen besorgten Blick auf mich werfen.

»Es tut mir wirklich leid«, sage ich leise, bevor ich Luca noch einmal kurz ansehe und wieder hinter die Theke verschwinde. Er folgt mir. Natürlich folgt er mir.

»Romy?«

»Es ist wirklich alles gut. Nichts passiert. Ich kann nur nicht fassen, warum man sich so gehen lassen muss. Danke, Luca.«

Und das meine ich ernst. Ich bin unendlich froh, dass er heute hierhergekommen ist. Und ich hoffe, dass die Kerle nicht irgendwo draußen warten, weil sie sauer sind.

»Ich muss noch eine halbe Stunde arbeiten, bevor der Laden zumacht. Willst du noch was trinken? Geht aufs Haus. Als Dankeschön.«

»Gib mir noch mal eine Cola. Und ich warte, bis du fertig bist.«

»Das musst du nicht. Wirklich. Es ist nicht weit bis zu mir nach Hause und …«

»Romy!«

»Ehrlich Luca, du musst nicht warten.«

Er setzt sich statt einer Antwort nur mit einem provokanten Gesichtsausdruck auf einen Hocker und lehnt demonstrativ seine Arme auf den Tresen. Seufzend gebe ich mich also geschlagen, bringe ihm seine Cola, kassiere die restlichen Tische ab und mache dann noch alles sauber, kaum dass der letzte Gast den Laden verlassen hat. Luca hilft mir, ohne dass ich ihn darum gebeten hätte, die Stühle auf die Tische zu stellen, damit ich wischen kann, und begleitet mich dann tatsächlich noch nach Hause.

Er verwirrt mich. Eigentlich wollte ich sauer auf ihn sein. Was heißt ich wollte. Ich war sauer auf ihn. Wegen Lexi. Aber gerade frage ich mich, ob meine Loyalität meiner Freundin gegenüber wirklich so groß sein muss, dass ich nicht einmal anerkennen darf, was er für mich gemacht hat.

»Hier wären wir. Ich warte noch, bis du drinnen bist und ich Licht in deinem Zimmer sehe. Und ich diskutiere das auch nicht mit dir aus. Also rein mit dir. Gute Nacht, Romy.«

Da jeder Widerstand zwecklos ist und ich auch zu müde bin, um wirklich noch eine Diskussion zu starten, bedanke ich mich noch einmal knapp bei ihm.

»Danke. Gute Nacht, Luca.«

Als ich oben im Zimmer ankomme, bin ich allein. Lexi ist offensichtlich noch unterwegs, und bevor ich das Licht einschalte, gehe ich erst zum Fenster, um rauszusehen. Luca steht noch unten und starrt zum Fenster hoch. Er meint das wirklich ernst. Damit er wegen mir nicht die ganze Nacht da unten steht, und genau das würde ich ihm durchaus zutrauen, mache ich das Licht an und gehe erneut zum Fenster. Er winkt noch einmal kurz hoch, bevor er die Hände in die Hosentaschen schiebt, ein paar Schritte rückwärts geht und sich dann umdreht, um nach Hause zu gehen.

Und ich bleibe ziemlich verwirrt zurück, weil ich mich frage, ob ich Luca vielleicht die ganze Zeit zu Unrecht so abweisend behandelt habe. Ein Kerl, der einem Mädchen aus so einer Situation hilft, und dann auch noch dafür sorgt, dass sie sicher nach Hause kommt, kann gar nicht so schlecht sein, oder?

Kapitel 22 – Luca

Die Bude ist mal wieder gerammelt voll. Wie jedes Mal, wenn wir eine Party schmeißen. Noch dazu an einem Samstag. Jepp, die Party findet heute in unserem Haus statt. Freier Zugang zu allen Räumen, außer zu unseren Schlafzimmern. Was das betrifft, sind wir eigen. Chris wird seine Mädels sowieso mit in seines nehmen, oder Zoe, falls sie gerade aktuell ist.

George hat aktuell keinerlei Interesse an Frauen, weil ihn das Studium zu sehr einnimmt, und was Connor und mich betrifft, wir wollen Spaß haben und sind nicht zwingend darauf aus, jemanden abzuschleppen. Nicht dass wir generell was dagegen hätten. Aber ich für meinen Teil habe ohnehin nur Interesse an einer Frau, und nicht an einer schnellen Nummer, weswegen heute auch nichts in diese Richtung passieren wird.

Eigentlich schade. Ich hätte nichts gegen ein bisschen Körperkontakt mit Romy. Ich bin innerlich schon beinahe durchgedreht, als ich nur ihre Hand berühren durfte. Ihre Haut ist so weich. Und sie riecht so gut ... nach Pfirsich. Auch wenn mir lieber gewesen wäre, die betrunkenen Kerle hätten sie nicht angefasst, war ich doch irgendwie froh darüber, denn so sind wir uns wenigstens für ein paar Minuten so nahegekommen. Selbst wenn mich dieser Gedanke jetzt zu einem Arschloch macht.

»Hey.«

Ich blicke verwirrt hinter mich, als ich die mir nur allzu vertraute Stimme höre.

»Lexi. Hey. Was ...« Ich schüttle kurz den Kopf und sehe sie fragend an.

»Wir müssen reden. Hast du kurz Zeit?«

Ziemlich neugierig und auch ein wenig ängstlich folge ich ihr in die Küche, wo gerade noch eher wenig los ist. Das wird sich in spätestens einer Stunde ändern, wenn die ersten anfangen, sich verschiedene Drinks zu mixen.

»Romy hat mir erzählt, was am Montag im Diner passiert ist. Danke. Dass du ihr geholfen hast.«

Ich bin mehr als überrascht, dass ausgerechnet Lexi sich dafür bedankt. Entweder hat sie nicht damit gerechnet, dass ich so etwas Nettes tun würde, was Blödsinn ist, ich kenne sie besser, oder aber sie mag Romy so gern, dass sie sich einfach dafür bedanken muss. Das passt schon eher zu ihr.

»Schon gut. Wie geht's dir?«

Es ist das erste Mal seit unserer Trennung, dass wir beide uns unterhalten. Normal unterhalten. Bisher ist sie mir immer, so gut es ging, ausgewichen, und ich kann es ihr nicht einmal verübeln. Unsere Trennung war nicht gerade schön. Na ja, wann sind Trennungen das schon? Dennoch war sie mir nie egal. Ich wollte ihr auch nie das Gefühl geben, dass sie das wäre.

»Ganz okay. Ich ... lass mich ehrlich sein, ich knabbere immer noch daran. Aber ich habe eingesehen, dass ich es akzeptieren muss. Was soll ich auch sonst tun? Auf jeden Fall danke, und ich hoffe, dass wir irgendwann wieder halbwegs normal miteinander umgehen können.«

Ich lächle sie traurig an, weil ich sehen kann, wie sehr sie darunter immer noch leidet. »Das hoffe ich auch.« Ich mein das ernst. »Es tut mir leid, Lexi. Ich wollte dir nie wehtun.«

Sie senkt einen Moment lang ihren Blick. Das macht sie immer, wenn sie verbergen möchte, wie es in ihr drinnen aussieht. Nur das dieses Mal ich der Arsch bin, der sie dazu bringt, ihre Gefühle zu verbergen. Sie nickt mir nur noch einmal zu, bevor sie wieder zurück ins Wohnzimmer geht und sich mit ihren Mädels unterhält. Darunter auch Romy. Sofort schlägt mein Herz schneller, und ich kann mich nur mit viel körperlicher Anstrengung davon abhalten, zu ihr zu gehen. Das Gespräch mit Lexi ist nicht sofort vergessen, aber ich schiebe es für den Moment in den hintersten Winkel meiner Gedanken. Gerade fokussiert sich alles in mir auf Romy.

Ich bin nicht so blöd zu glauben, dass wir auf einmal Freunde wären. Aber ich werde ihr noch beweisen, dass ich es ernst meine und nicht das Arschloch bin, für das sie mich hält. Na ja, zumindest hoffe ich das, wenn ich ihr erst einmal gebeichtet habe, dass ich Fynn bin. Verdammte Scheiße, sie wird mich töten. Und dann wird sie mich in kleine Stücke packen, und die Toilette runterspülen.

Mittlerweile ist die Partystimmung richtig ausgelassen. Die meisten sind betrunken, ich bin leicht angeheitert, Chris und George tanzen, und Connor redet wie wild auf mich ein. Ich muss dazusagen, dass er selbst auch schon ein bisschen zu tief ins Glas geschaut hat.

»Komm schon, Mann. Sag es ihr. Sie ist da. Du bist da. Wir alle sind da!«

Er macht mit seinem Arm eine ausholende Bewegung, vergisst dabei aber, dass er immer noch seinen Becher in der Hand hält. Er verschüttet einiges, doch es scheint ihn nicht besonders zu stören.

»Und sie ist auch ein biiiiisschen betrunken. Vielleicht stört es die betrunkene Romy nicht so sehr, wie die nüchterne, dass sie belogen worden ist. Von dir, dir, dir ...« Für jedes dir sticht er mir mit seinem Zeigefinger in die Brust und findet sich selbst ganz witzig. Mit meinem Zeigefinger schiebe ich ihm schnell die Brille wieder höher auf die Nase.

»Komm mal wieder runter, Connor und sprich leiser, verdammt!«

»Ich soll leiser sprechen? Mit Romy? Okay, mache ich. Gib mir nur eine Minute, und die Sache ist geritzt. Dank mir später!«

Es dauert eine Sekunde, bis ich begreife, was er vorhat. Und eine weitere, bis ich ihn am Kragen packe und mit Schwung zurückziehe.

»Spinnst du? Sei doch still. Wenn ihr das jemand sagt, dann bin ich es, verstanden?«

Connor hält sich kichernd einen Finger vor die Lippen. »Pssscht okay. Sei still. Oh, ich soll still sein. Geht klar. Kriege ich hin.«

Während er noch immer vor sich hin giggelt, gleiten meine Augen suchend durch den Raum, bis ich Romy entdecke. Und sie ist wirklich ein wenig angetrunken. Ich glaube, ich habe sie noch nie so viel lachen sehen, und es gefällt mir. Sie wirkt so viel freier, wenn sie das tut. Sie kräuselt leicht ihre Nase, und ihr ganzes Gesicht strahlt.

»Du starrst sie an.«

Ich zucke erschrocken zusammen, als Connor mir ins Ohr brüllt und ich ihm hastig den Mund zuhalte.

»Komm mit, Kumpel. Du brauchst ein wenig frische Luft!«

Ich zerre Connor durch die Küche raus in den Garten und pflanze ihn auf einen der Stühle.

»Tief durchatmen, und wenn du kotzen musst, dann bloß nicht in meine Richtung!«

»Ich muss nicht kotzen. Noch nicht. Aber du solltest mit Romy reden.«

»Sag mal, ist deine Schallplatte gesprungen, oder was ist los? Ich weiß, dass ich mit ihr reden muss. Ich weiß nur noch nicht wie.«

»Indem du deinen Mund öffnest und Buchstaben rauspurzeln lässt, die sich dann zu Worten bilden und die wiederum werden dann zu Sätzen und tadaaaa: Problem gelöst!« Er findet sich selbst so lustig, dass er sich vor Lachen beinahe an seiner eigenen Spucke verschluckt. Ich bin froh, dass in dem Moment einer seiner Studienkollegen vorbeikommt und ihn in ein Gespräch verwickelt.

Das lenkt ihn wenigstens von seinem aktuell bevorzugten Thema ab, und ich kann ihn ohne schlechtes Gewissen hier draußen allein lassen. Schnell sehe ich zu, dass ich wieder reinkomme, und sehe Romy in einer Ecke der Küche stehen, wie sie versucht, an den Kühlschrank zu kommen. So, wie sie aussieht und wie sie wankt, hat sie dringend ein Wasser nötig und ich bin ein Schwein, weil ich diese Situation ausnutze, um ein bisschen den Helden zu spielen.

Aber ich kann nicht anders.

»Hey.«

Sie stolpert, als ich mich vor sie stelle und fällt genau gegen mich. So ein verdammtes Klischee. Aber es stört mich heute nicht im Geringsten.

»Luca. Hi. Wie kommt es, dass du immer dann auftauchst, wenn ich Hilfe brauche? Das ist praktisch.« Lachend löst sie sich wieder von mir und schafft es tatsächlich bis zum Kühlschrank, den gerade jemand geöffnet hat. Sie streckt nur schnell ihre Hand aus, schnappt sich eine der Wasserflaschen und kichert so süß, dass es mich beinahe in die Knie zwingt.

»Ich glaube, ich brauche frische Luft.«

Sie streckt ihren Finger in die Luft und versucht wohl, herauszufinden, wohin sie gehen soll. Sie sieht aus wie E. T., der gerade versucht, nach Hause zu telefonieren, und in diesem Moment klopft mein Herz schneller. Weil ich Angst vor diesem Alien habe. Und weil Romy so verdammt knuffig ist.

»Im Garten gibt es viel frische Luft.«

Sie sieht mich an, als hätte ich ihr gerade offenbart, dass ich gleich mit ihr auf den Mond fliegen werde.

»Du bist so klug, Luca. Kannst du mir auch zeigen, wo euer Garten ist?«

Sie kriegt Schluckauf. Großer Gott, sie macht ich fertig.

»Komm mit.«

Romy hängt sich an meinen Arm und lässt sich von mir nach draußen ziehen. Allerdings steuere ich nicht den belebten Teil an, sondern umrunde das Haus, bis wir an einen ruhigeren Platz kommen. Hier sind nur vereinzelt ein paar Paare, die sich unterhalten und Dinge tun, für die ich beinahe mein Zimmer zur Verfügung stellen würde, damit ich das jetzt nicht hautnah miterleben muss. Romy lässt sich auf die Hollywoodschaukel fallen, die bereits beim Einzug hier war, und zieht mich mit Schwung neben sich.

»Hey. Hi.« Und wieder lacht sie und hält mir ihren Finger ins Gesicht.

»Weißt du Luca, eigentlich bist du ein Arsch, weil du dich getrennt hast.« Romy bestätigt ihre eigenen Worte mit einem Nicken. »Aber Menschen trennen sich nun mal. Ich nicht. Aber ich habe auch keine Beziehungen, von wem sollte ich mich dann also trennen.«

Sie hatte noch nie ... nein. Sie verarscht mich doch, oder?

»Du hattest noch nie eine Beziehung? Heißt das, du bist noch ...«

»Großer Gott, nein!« Sie wirft lachend ihren Kopf in den Nacken, während ich sie mit großen Augen anstarre. »Ich hatte Sex. Ich hatte oft Sex. Aber ich war nie wirklich lange mit einem Kerl zusammen, als dass ich es als Beziehung gelten lassen würde. Freiwillig. Ich bin noch jung!«

Ja, das ist sie. Sogar noch ein bisschen jünger als ich.

»Hattest du schon Sex, Luca?«

Ich verschlucke mich an meiner eigenen Spucke bei dieser Frage und ringe röchelnd nach Luft. »Natürlich. Was glaubst du denn?«

Es dauert ein bisschen, bis ich mich von ihrer direkten Frage erholt habe, aber dann ziehe ich ein Bein auf die Bank, drehe mich seitlich zu ihr und lege einen Arm auf der Rückenlehne ab.

»Weißt du Luca, eigentlich bist du ganz okay. Aber ich muss Lexi gegenüber loyal sein. Nur wo hört die Loyalität auf und wo fängt sie an. Und wie lange muss ich dich doof finden, weil du sie betrogen hast?«

Fuck, dieser Punkt wird mir immer im Weg stehen. Ja, ich weiß, ich bin selbst schuld. Und ich sollte es ihr jetzt sagen. Aber ... Ich kann nicht. Nicht, wenn sie vor mir sitzt und mir sagt, dass sie mich ganz okay findet. Nicht, wenn sie mich so herzerweichend süß ansieht, dass mein eigenes Herz schneller anfängt zu schlagen. Nicht, bevor ich Lexi gegenüber nicht gebeichtet habe.

Ich weiß nicht genau, wie es passiert ist, aber irgendwie sind wir uns jetzt näher als noch vor ein paar Sekunden. Und der Drang, sie zu küssen, ist übermächtig. Aber das geht nicht. Ich kann das nicht tun. Sie ist betrunken und würde mir das nie verzeihen. Ich selbst würde mir das nie verziehen. Aber ich kann meinen Kopf auch nicht wegdrehen und meine Augen nicht von ihr nehmen. Sie ist so bezaubernd. Sagt man das noch? Bezaubernd? Ach, keine Ahnung. Es ist auf jeden Fall das erste Wort, was mir bei ihrem Anblick in den Sinn kommt. Und sie sieht auch nicht weg, also bin ich ja wohl nicht allein schuld, nicht wahr? Doch. Doch, genau das wird es sein. Am Ende bin ich wieder der Arsch, der es ausgenutzt hat. Finde ich scheiße.

»Gerade will ich dich nicht doof finden.« Ihre Finger zupfen an den Schnüren meines schwarzen Hoddies und ziehen mich daran näher.

Blöde Idee. Ganz blöde Idee. Wo ist ein betrunkener Connor, wenn man ihn mal braucht.

»Romy ...«

Unsere Nasenspitzen berühren sich, und unser Atem vermischt sich. Ich bin ihr so nahe, wie ich immer sein wollte. Und doch sollte ich es jetzt genau nicht sein. Ich rieche den süßen Alkohol, den sie zu Genüge intus hat. Und auch ihr Parfüm steigt mir in die Nase zusammen mit ihrer ganz persönlichen Note. Keine Ahnung, wer von uns näher gerutscht ist. Noch weniger Ahnung habe ich davon, wie meine Finger in ihre Haare gekommen sind. Aber ich streife ihr ein paar Strähnen hinter das Ohr, bevor ich meine Finger in ihrem Nacken ruhen lasse. Sanft streifen meine Fingerkuppen über ihre Haut, und ich könnte das hier stundenlang machen. Und dann bleibt meine Welt einen kurzen Augenblick lang stehen, als ihre Lippen sich auf meine legen. Sie ist betrunken. Und ihre Lippen sind so weich. Sie ist betrunken. Und doch schmecken ihre Lippen süßer als alles, was ich jemals zuvor probieren durfte. Und das nicht nur wegen des Alkohols.

Sie ist betrunken. Verdammt noch mal betrunken und nicht Herr ihrer Sinne, und dennoch öffne ich meinen Mund für sie, als ihre Zunge gegen meine Lippen stupst. Nur zu gerne lasse ich meine eigene über ihre streifen, ziehe sie am Nacken ein wenig fester an mich, während ein tiefes Grollen meine Kehle verlässt. Ich bin rettungslos verloren. Ich weiß nicht einmal, warum sie mich küsst. Wie wir in dieser Situation gelandet sind. Aber ich weiß, dass ich am liebsten immer so bleiben würde. Aber ich kann nicht. Ich habe bereits viel zu viel zugelassen. Sie wird es bereuen. Morgen früh, wenn sie mit einem Kater aufwacht, wird sie es bereuen. Und dann wird sie mir die Schuld daran geben. Wer weiß, vielleicht habe ich ja auch die Schuld. Immerhin bin nicht ich derjenige, der betrunken ist. Ich weiß noch genau, was ich hier mache. Gierig wie ich bin, sauge ich noch einmal an ihrer Unterlippe, bevor ich mich schwer atmend von Romy löse und meine Stirn sanft gegen ihre lehne.

»Es tut mir leid ...«, flüstere ich, während sie flatternd ihre Augen öffnet. Ich weiß nicht, wofür ich mich entschuldige. Dafür, dass ich diesen Kuss zugelassen habe? Dafür, dass ich mich in sie verliebt habe, was sie nebenbei bemerkt noch nicht einmal weiß? Oder dafür, dass ich diesen Kuss unterbreche? Ich habe keine Ahnung. Gerade ist es zu viel, und ich warte nur darauf, dass sie mich von sich wegschubst und anfängt, mich zu beschimpfen.

Kapitel 23 – Romy

Oh mein Gott, ich küsse Luca. Ich küsse ihn. Nicht er mich, und wir sind auch nicht ausgerutscht und unsere Lippen nicht gegeneinandergeprallt. Nein. Ich habe diesen Kuss begonnen, und ich möchte ihn noch nicht enden lassen, denn er fühlt sich erstaunlich gut an.

Es ist immerhin Luca. Der Kerl, auf den ich eigentlich die ganze Zeit wütend war. Wegen meiner Freundin. Der Kerl, der mir im Diner geholfen hat. Der mir geschrieben hat, weil er gerade »Him« gelesen hat. Der Kerl, der eigentlich echt süß ist.

Aber ich muss auch an Fynn denken. Fynn, dessen Lippen mich bei unserem Date auch aus dem Konzept gebracht haben. Fynn, der mit mir beinahe jeden Tag schreibt. Ich sollte das hier nicht machen, das ist mir bewusst. Aber ich kann auch nicht aufhören. Er schmeckt so gut. Und seine Lippen sind so weich und warm, und sie fühlen sich auch noch so vertraut an. Was komisch ist, da ich Luca definitiv noch nie geküsst habe. Seine Hand in meinem Nacken fühlt sich warm an, und meinetwegen könnten wir die ganze Nacht so verbringen. Wäre da nicht Fynn. Oder Luca selbst, der sich genau jetzt von mir löst und seine Stirn gegen meine lehnt.

»Es tut dir leid?« Ich schüttle leicht den Kopf, weil ich verwirrt bin. Ich weiß nicht, was genau mich dazu gebracht hat, das zu tun. Oder doch, ich weiß es. Der Alkohol. Das Gefühl von etwas Aufregendem, als er mir plötzlich so nahegekommen ist. Ich trinke nicht regelmäßig, aber heute wollte ich einfach mal über die Stränge schlagen. Lexi hat mich und Meghan dazu überredet, sie zu dieser Party zu begleiten. Anfangs waren wir noch skeptisch. Weil wir beide keine Partymäuse sind. Aber dann wurde es doch ganz lustig. Sogar noch, bevor wir angefangen haben, Alkohol in uns reinzuschütten und zu tanzen.

Ich löse mich von ihm, als mir dämmert, dass ich zu weit gegangen bin. Nicht weil ich Fynn oder sonst jemandem etwas versprochen habe. Auch nicht, weil ich Luca eigentlich nicht mögen sollte. Aber weil ich nicht einfach den Ex-Freund meiner Freundin küssen kann. Weil ich getrunken habe, und nicht dafür garantieren könnte zu stoppen, hätte Luca selbst den Kuss nicht unterbrochen.

»Oh mein Gott. Ich sollte gehen.« Ich rapple mich hoch, während mein Kopf ein wenig zu hektisch von links nach rechts zuckt auf der Suche nach einem Ausgang. Bis mir dann einfällt, dass ich ja bereits draußen bin. Und das mir gerade furchtbar schwindelig und schlecht wird. »Ich glaube, ich ...« Würgend renne ich einfach los und stolpere durch den Garten, auf der Suche nach einem Baum oder einem Busch. Mir wäre sogar ein Loch im Boden recht, Hauptsache dieses Würgen geht endlich weg.

»Romy, warte!«

Es überrascht mich nicht, dass Luca mir nachrennt. Aber gerade kann ich darauf keine Rücksicht nehmen, sondern stürze auf eine Rosenhecke am Ende des Gartens zu, gehe in die Knie und kotze mir die Seele aus dem Leib.

Ich merke nur am Rande, wie mir die Haare aus dem Gesicht gehalten werden. Oder dass mir jemand sanft über den Rücken streichelt und mir beruhigende Worte ins Ohr murmelt.

»Was machst du mit Romy?«

Das ist Meghan. Glaube ich. Oder? Doch, ich bin mir ziemlich sicher.

»Ich mache gar nichts mit ihr. Ihr ist schlecht geworden, und jetzt kotzt sie. Siehst du doch!«

»Sei nicht so patzig zu ihr …«, murmle ich, bevor ich wieder würgen muss. Ich höre nur wie durch Watte, wie Meghan und Luca miteinander reden. Wo Lexi ist, weiß ich nicht. Und da ist noch jemand. Ich tippe mal auf Connor, Lucas besten Freund.

»Ich bin nicht patzig. Ich will dir helfen. Geht`s wieder?«

Nicht wirklich, aber wenigsten muss ich nicht mehr würgen. Langsam richte ich mich auf und blicke in drei besorgte Gesichter.

»Es geht mir gut. Glaube ich. Keine Sorge. Ich habe nur ein bisschen zu viel getrunken.«

»Ich gehe Lexi suchen, und dann gehen wir nach Hause.« Meghan sieht mich besorgt an während Connor, mit dem ich nie wirklich viel gesprochen habe, wie mir auffällt, sich die Brille höher schiebt, sich suchend umblickt und dabei ein wenig wankt. Aber vielleicht bilde ich mir das auch nur ein, weil ich mich selbst gerade so fühle, als würde ich auf einem Schiff während eines Sturms versuchen, gerade zu gehen.

»Ich helfe dir suchen. Luca passt auf Romy auf.«

Ich kann den Blick, den die beiden Jungs miteinander wechseln, nicht einschätzen.

Meghan selbst sieht mich noch einmal forschend an, bevor sie nickt und dann mit Connor verschwindet, um unserer Freundin zu sagen, dass die Party gelaufen ist. Ich habe ein schlechtes Gewissen. Es tut mir leid, dass sie wegen mir nach Hause müssen.

Am liebsten würde ich allein gehen, um ihnen den Spaß nicht zu verderben. Aber erstens fühle ich mich ziemlich wacklig auf den Beinen, und zweitens ist das so ein ungeschriebenes Gesetz zwischen uns Mädels. Wir kommen zusammen und gehen auch wieder gemeinsam.

Als wir allein sind, hilft Luca mir hoch und bringt mich zum vorderen Eingang des Hauses. Lexi und Meghan kommen gerade mit meiner Handtasche raus, und Lexi sieht kurz zweifelnd zwischen Luca und mir hin und her. Ich hoffe so sehr, dass man mir nicht ansieht, was wir eben noch gemacht haben.

»Meghan sagt, wir gehen nach Hause?« Lexi schiebt sich zwischen Luca und mich und legt mir einen Arm um die Hüften. »Dann komm mit. Bye, Jungs.«

Sie lässt mir nicht einmal die Gelegenheit, mich richtig zu verabschieden. Aber das ist vielleicht auch besser so. Ich wüsste nicht, was ich ihm noch sagen sollte. Ich drehe Luca nur mein Gesicht zu, als Lexi auf der einen und Meghan auf der anderen Seite dafür sorgen, dass ich langsam, aber sicher vorankomme. Sein Blick trifft meinen, und mein Herz rast wie verrückt, in einer Mischung aus schlechtem Gewissen und noch etwas anderem, was ich jedoch noch nicht so recht greifen kann.

Wir brauchen beinahe eine Stunde bis zu uns nach Hause. Nicht, weil wir so weit weg wohnen. Aber einmal muss Meghan dringend aufs Klo und kann es nicht zurückhalten, bis wir zu Hause sind. Deswegen mussten wir uns als schützende Wand vor sie stellen, damit sie hinter einer Hecke pinkeln kann.

Dann musste Lexi ihre Schuhe ausziehen, weil einer ihrer Absätze abgebrochen ist. Etwa zwanzig Minuten lang schimpft sie darüber, dass sie nie mehr Schuhe im Ausverkauf holen wird.

Und dann bin ich natürlich diejenige gewesen, die ziemlich langsam nach Hause geschlichen ist. Mir wurde immer mal wieder übel, auch wenn ich mich nicht mehr übergeben musste. Ein paar Mal musste ich stehen bleiben, weil ich geschwankt habe, und zwischendurch plötzlich anfangen musste zu lachen. Dafür gab es keinen Grund. Es platzte einfach aus mir heraus und machte es schwer, mich dazu zu bewegen, weiterzugehen. Aber dann ist es endlich geschafft. Meghan übernachtet heute bei uns und verschwindet zuerst unter die Dusche, während ich mir die Schminke aus dem Gesicht wische und viel Wasser trinke.

»Geht es dir besser?« Lexi wirkt gleichzeitig besorgt und skeptisch. Etwas, was nur sie gleichzeitig zum Ausdruck bringen kann.

»Ich denke schon. Jetzt weiß ich wieder, warum ich nur so selten was trinke.«

»Warum warst du mit Luca allein?«

Da ist sie, die Frage, vor der ich mich gefürchtet habe. Ich kann ihr nicht sagen, was ich getan habe. Das ist doch scheiße, oder? Ich muss es ihr sagen. Freundinnen lügen sich gegenseitig nicht an, also ...

»Ich habe ihn geküsst!« Jetzt ist es raus und ich schlage mir erschrocken die Hand vor den Mund.

»Du hast was?« Lexi sieht aus, als würde sie gleich zusammenklappen, und ich weiß nicht, wie ich das jemals wieder gut machen kann.

»Es tut mir leid, Lexi. Ich habe getrunken, er wollte mir helfen, und dann habe ich ihn geküsst. Einfach so. Ich habe nicht weiter darüber nachgedacht.«

»Das hast du nicht, nein. Du küsst den Kerl, der sich vor Kurzem noch von mir getrennt hat. Dem ich so lange nachgeweint habe. Erst heute habe ich mit ihm gesprochen und ihm gesagt, wie dankbar ich ihm bin, dass er dir im Diner geholfen hat. Und dass ich immer noch nicht ganz darüber hinweg bin. Und dann gehst du hin und küsst ihn? Und er lässt es einfach so zu?«

»Er hat den Kuss abgebrochen.«

»Das ist mir scheißegal. Romy, ich ...« Sie schüttelt nur noch den Kopf.

»Was ist hier los?« Meghan steht nur in ein Handtuch gewickelt im Raum und sieht fragend zwischen uns hin und her.

»Das kann Romy dir erklären. Ich muss hier weg.«

»Lexi, warte. Bitte.«

»Nein. Ich hab dich echt lieb, Romy, aber das hätte ich niemals von dir erwartet. Ausgerechnet Luca? Was ist mit Fynn? Hast du nicht vor Kurzem noch so sehr von dem lesenden Kerl geschwärmt, der dich ja so fasziniert? Der dich sogar bei eurem Date geküsst hat?«

Ihre Stimme trieft nur so vor Sarkasmus, während sie ihre Sachen nachlässig in eine Tasche stopft und dabei immer wieder den Kopf schüttelt.

»Es war keine Absicht!« Ach nein? Also doch ausgerutscht? Verdammt, ich kann es mir schönreden so viel, wie ich möchte, ich war diejenige, die den Kuss initiiert hat. Ich war diejenige, die ihn nicht unterbrochen hat. »Es tut mir leid, Lexi, ich weiß nicht, was los war.« Selbst Alkohol ist nicht immer die Antwort für jedes Problem.

»Du hast meinen Ex-Freund geküsst, das war mit dir los. Ich verschwinde hier.« Sie stürmt an einer ziemlich erschrocken dreinschauenden Meghan vorbei. Doch, bevor sie das Zimmer verlässt, dreht sie sich, die Hand bereits am Türgriff, noch einmal in meine Richtung.

»Man kann nicht einen Kerl süß finden und einen anderen betrunken küssen. Schon gar nicht, wenn man einen davon noch nie gesehen hat und der andere der Ex der besten Freundin ist.«

Ohne ein weiteres Wort verlässt sie das Zimmer, während ich wie angewurzelt stehen bleibe und auf die Türe starre.

»Okay, du gehst duschen, und dann erzählst du mir, was zum Teufel hier los ist.«

Wie in Zeitlupe drehe ich Meghan mein Gesicht zu und nicke abwesend. Duschen. Ja, das ist eine gute Idee. Wie betäubt schnappe ich mir frische Klamotten und mein Duschgel, bevor ich genau das tue, was ich schon vor dieser Auseinandersetzung hätte tun sollen. Duschen. Und zwar kalt. Dann wäre mein Kopf vielleicht wieder so klar gewesen und hätte mich davon abgehalten, Lexi alles zu beichten. Andererseits bereue ich es nicht so sehr, wie ich vielleicht sollte, denn ich war wenigstens ehrlich. Auch wenn das nur ein schwacher Trost ist. Lexi ist zu Recht wütend auf mich. Und ich muss das irgendwie wieder geradebiegen.

Luca. Fynn. Lexi. Ich habe richtig Scheiße gebaut, und egal, wie ich es drehe und wende, es ist alles nur meine Schuld.

Nachdem ich mich abgetrocknet habe, werfe ich mich in bequeme Klamotten, setze mich auf mein Bett und erzähle Meghan, die sich einfach wortlos und abwartend zu mir setzt, alles. Ich lasse nichts aus und bin erleichtert, endlich darüber sprechen zu können.

Kapitel 24 – Luca

»Ich fass es nicht, wie dumm ich bin. Und noch weniger fasse ich, dass du an diesem Abend zu betrunken warst, um mir den Scheiß auszureden.«

Seit einer halben Stunde renne ich wie ein wildgewordener Hahn in Connors Zimmer auf und ab und raufe mir die Haare.

»Erst küsse ich sie als Fynn. Und jetzt auch noch als Luca. Zwar ist der Kuss nicht von mir ausgegangen, aber ich habe ihn auch nicht sofort unterbrochen. Nein natürlich nicht.«

Ich werfe die Arme hoch in die Luft.

»Luca musste den Kuss noch erwidern. Und genossen hat er ihn auch noch. So wie Fynn damals. Großartig. Jetzt spreche ich schon von mir in der dritten Person. Würdest du mich bitte davon abhalten?« Mein verzweifelter Blick trifft auf den belustigten von Connor, und gerade würde ich ihn nur zu gern erwürgen.

»Warum zur Hölle lachst du? Na los. Sag es, bevor du daran erstickst.«

Ich stemme genervt meine Fäuste in meine Hüften und lege den Kopf in den Nacken.

»Ich habe es dir ja gesagt. Ich, Connor, habe dir, Fynn Luca, gesagt, dass es eine blöde Idee ist. Genau genommen war es eine der beschissensten Ideen, die ich jemals gehört habe.«

Diese Erkenntnis hält ihn nur nicht davon ab, sich kaputtzulachen. Und er macht mich damit wahnsinnig.

»Ich weiß, dass es eine Drecksidee war. Aber ich dachte halt auch, dass ich ganz leicht wieder aus der Sache rauskommen würde. Immerhin geht es hier um Romy. Wie hätte ich sie denn sonst dazu bringen sollen, normal mit mir zu reden?«

Wütend über mich selbst kicke ich seinen Papierkorb mit dem Fuß quer durch sein Zimmer, was mir einen bösen Blick von ihm einbringt.

»Tut mir leid«, murmle ich und stelle den Korb wieder dahin, wo er hingehört.

»Ich weiß nicht, was ich tun soll. Mir hat der Kuss gefallen. Mir haben beide Küsse gefallen. Das Gefühl, das ich dabei empfunden habe, will ich wieder haben.«

Ich setze mich neben Connor aufs Bett, verschränke meine Hände zwischen meinen Knien und lasse den Kopf hängen.

»Jetzt hast du keine andere Wahl mehr. Spätestens jetzt musst du es ihr sagen. Oder das Land verlassen. Kanada soll schön sein.«

»Blödmann.«

»Du weißt, ich bin auf deiner Seite, Luca. Aber jetzt gibt es keinen anderen Ausweg mehr. Du kannst sie nicht einfach mit zwei Identitäten küssen und blickficken und dann auch noch erwarten, dass es ihr niemals auffallen wird. Außerdem ist es einfach nur schäbig.«

Er hat recht. Natürlich hat er recht.

»Sie hat mich überrumpelt. Und wäre sie nicht betrunken gewesen, ich hätte den Kuss vermutlich nicht abgebrochen.«

»Ich weiß. Aber bevor du weiter darüber nachdenkst, was gewesen wäre, wenn sie nichts getrunken hätte, solltest du dir jetzt Gedanken darüber machen, wie du das Ganze wieder auf die Reihe bekommst.«

Ich wende Connor mein Gesicht zu und zucke mit den Schultern. »Ich weiß echt nicht wie. Aber eines weiß ich. Sollte ich jemals Kinder bekommen, und auch nur ansatzweise mitbekommen, dass mein Sohn so eine dermaßen bescheuerte Idee hat, kriegt er Hausarrest bis an sein Lebensende.«

Das bringt Connor nur noch mehr zum Lachen, während ich nur mehr ein müdes Lächeln zustande bringe.

»Du nimmst jetzt dein Handy in die Hand und schreibst ihr. Du möchtest dich mit ihr treffen, weil du ihr etwas zu sagen hast. Ganz zwanglos in einem Campuscafé. Dort hast du genug Zeugen, falls sie dich doch noch kastrieren möchte.«

Er ist eindeutig eine Null darin, mich aufzumuntern. Aber ich weiß, dass ich es nicht anders verdient habe.

»Okay. Das mache ich. Das machen wir!«

»Whoa, Kumpel. Du! Lass mich da raus, das musst du ihr schon selbst sagen!«

Ich lache leise, während ich mein Handy aus meiner Hose ziehe. »Mit wir, meine ich Fynn und mich!« Ich wackle mit den Augenbrauen, während Connor die Augen verdreht. Ich weiß nicht, wie ich so dumm sein konnte zu denken, ich würde diese Sache mit Leichtigkeit aus der Welt schaffen können. So was kann nicht gut ausgehen. Das hätte mir von Anfang an bewusst sein müssen. Vielleicht war es das auch auf die ein oder andere Art und Weise, und ich wollte es mir nur nicht eingestehen. Vielleicht hätte ich auch einfach auf meinen besten Freund hören sollen. Sind beste Freunde nicht genau dafür da? Um die Stimme der Vernunft zu sein? Wenn das aber so ist, warum zur Hölle habe ich dann all seine Warnungen ignoriert? Es ist echt ätzend, und ich mag das Gefühl nicht, was sich durch meinen Körper schlängelt. Dieses schlechte Gewissen gepaart mit dieser Angst davor aufzufliegen. Es gefällt mir nicht, und ich möchte nicht weiter so sein oder mich so verhalten.

»Okay. Ich schreibe ihr jetzt. Ich werde mich mit ihr treffen. Ihr alles erklären, und dann werden wir darüber lachen, wie witzig das doch alles ist und ... sie wird nie wieder ein Wort mit mir sprechen.«

»Schreib ihr, Luca. Jetzt, oder ich werde es tun.«

Seufzend entsperre ich das Display, denn ich traue Connor durchaus zu, dass er seine Drohung in die Tat umsetzt.

The Bookhero: Hey Romy. Ich würde dich gern sehen. Hast du Zeit? Heute Nachmittag in dem Café am Campus?

Nervös halte ich das Handy in der Hand und wippe mit dem Fuß auf und ab. Ich hoffe, sie kommt gleich dazu, es zu lesen, und gleichzeitig hoffe ich genau das nicht. Denn das würde mir noch ein bisschen mehr Zeit geben. Wobei ich dann vermutlich wieder den Schwanz einziehen würde. Als mein Handy dann eine Nachricht ankündigt, lasse ich es vor lauter Aufregung beinahe fallen.

Romy: Nachmittags bedeutet, es ist hell draußen.

The Bookhero: Ja, das ist mir bewusst. Also, kommst du?

Romy: Ich werde dich also das erste Mal sehen?

The Bookhero: Ich denke, darauf wird es hinauslaufen.

Romy: Okay. Fünfzehn Uhr?

The Bookhero: Geht klar. Bis dann.

Seufzend lasse ich mein Handy auf das Bett fallen und lege mich zurück, während Connor, der alles mitgelesen hat, mich mit einem undefinierbaren Ausdruck im Gesicht mustert.

»Was ist? Warum guckst du so?«

»Ich versuche, mir dein Gesicht einzuprägen. Wenn Romy erst mal mit dir fertig ist, wird es wohl nicht mehr so hübsch sein.«

Lachend und fluchend zugleich schnappe ich mir eines seiner Kissen vom Bett und werfe es ihm ins Gesicht.

»Arschloch. Als würde mich die ganze Sache nicht ohnehin schon nervös genug machen. Deine blöden Sprüche helfen mir gerade nicht im Geringsten weiter.«

Ich rapple mich vom Bett hoch, und nach einem kurzen Blick auf die Uhr stelle ich fest, dass noch eine Menge Zeit ist bis zu diesem Treffen. Und ich nicht weiß, wie ich diese Zeit rumbringen soll, ohne durchzudrehen.

»Weißt du schon, was du ihr sagen wirst? Oder wie?«

Kopfschüttelnd sehe ich ihn an. »Wir üben das jetzt.«

»Ach, tun wir das?«

»Oh ja, und wie wir das tun.«

»Na gut. Aber ich werde dich nicht verschonen. Luca. Oder heißt du Fynn? Oh mein Gott, du hast mich die ganze Zeit belogen?« Connor ist bereits in seiner Rolle als Romy angekommen, und hält sich theatralisch eine Hand an die Brust.

»Du bist so ein …«

»Bleib in deiner Rolle, Luca. Ich bin nicht Connor. Und ich bin kein Idiot. Das wolltest du doch gerade sagen, oder? Ich bin Romy. Also los. Versuch, mich zu überzeugen.«

Dafür dass er erst nicht begeistert von meiner Idee war, nimmt er sie jetzt ein wenig zu ernst. Aber was soll`s. Er hilft mir schließlich damit. Und das ist das Einzige, was zählt.

»Okay. Moment. Also … Es tut mir leid, Romy. Ich wollte dich nicht anlügen.«

War Connor eben noch voll dabei, kringelt er sich jetzt wieder vor lauter Lachen auf dem Bett. »Fuck. Wenn du so anfängst, wird sie dich mit einem Tritt hinausbefördern.«

»Arschloch. Ich dachte, du willst mir helfen.« Genervt setze ich mich vor dem Bett auf den Boden und fahre mir mit der Hand durch die Haare.

»Ich versuche seit Wochen, dir zu helfen. Meine Hilfe bestand darin, dich von dem Schwachsinn abhalten zu wollen. Aber du wolltest ja nicht auf mich hören.«

Ein wenig ratlos sehen wir uns beide an, bevor ich mich seufzend geschlagen gebe. Er hat recht. Ich dachte nur, wenn wir das üben, wird es mir dann ein wenig leichter fallen, mit ihr zu sprechen. Aber was ist, wenn sie wirklich ganz anders reagiert, als ich es mir erhoffe?

»Drück mir die Daumen, Connor.«

»Ich besorge dir sogar Eis für deine Weichteile.«

Ich schnappe mir eines seiner Kissen und werfe es ihm ins Gesicht. Ich habe ein scheiß Gefühl im Magen. Das wird nicht gut ausgehen.

Kapitel 25 – Romy

Die Sache mit Lexi liegt mir immer noch schwer im Magen. Ich habe seither mehrmals versucht, mit ihr zu reden, aber sie hat alles abgeblockt. Wir streiten nicht, reden aktuell aber auch kaum miteinander, wenn wir zur gleichen Zeit zu Hause sind.

Ich vermisse sie. Und ich hätte ihr gern von Fynns Nachricht erzählt und sie um einen Rat gebeten. Es tut weh, dass es so zwischen uns ist, aber ich weiß auch, dass es meine Schuld ist. Und ich schwöre, ich werde das wieder gut machen. Auch wenn ich noch nicht weiß wie.

Da Meghan auch noch in einer Vorlesung ist, beschließe ich, ihr danach von diesem Treffen zu erzählen. Gerade bin ich zu nervös, um mich mit jemandem darüber zu erhalten.

Ich werde das erste Mal Fynn sehen. Echt und in Farbe, denn heute kann er sich nicht in der Dunkelheit verstecken. Die Angst, dass er mir noch absagt, ist dennoch groß. Ständig wandert mein Blick zu meinem Handy, um zu sehen, ob doch noch eine Nachricht von ihm kommt. Aber bisher bleibt es still, was mich nur bedingt erleichtert.

Ich bin nervös, und das nicht gerade wenig, als ich mich in meine Klamotten werfe. Eine schlichte Jeans mit Rissen an den Knien, ein Tanktop in Grün und ein Hoodie, den ich mir locker um die Hüften binde. Meine Haare flechte ich mir zu einem Zopf, während ich komplett auf Schminke verzichte. Wir gehen nur einen Kaffee trinken. Noch immer habe ich genug Zeit bis zu diesem Treffen, beschließe aber, bereits jetzt loszugehen.

Ein Knoten bildet sich in meinem Magen. Es ist die Art von Gefühl, das man bekommt, wenn etwas Blödes passiert, und dein Bauchgefühl es schon merkt, bevor du überhaupt nur dran denkst. Ich schiebe es auf die Nervosität und hoffe einfach, dass Fynn wirklich auftaucht. Dass die Gefühle der letzten Wochen, diese Verwirrtheit, weil ich ständig an Fynn und an Luca denken muss, weil ich Streit mit Lexi hatte, und all das, sich nach und nach in Luft auflösen und ich für all das eine Lösung finden werde. Auch wenn noch ein ganzes Stück Arbeit vor mir liegt. Ich kriege das hin. Ich muss es einfach.

Als ich am Café ankomme, weiß ich nicht, ob ich draußen warten oder schon mal einen Tisch suchen soll, entschließe mich dann aber dazu, schon mal reinzugehen. Ich habe keine sonderlich große Lust darauf, hier wie bestellt und nicht abgeholt zu stehen. Ich suche mir einen Tisch am Fenster, von dem aus ich auch gut zum Eingang sehen kann. Ich habe keine Ahnung, wonach ich Ausschau halte. Hoffentlich taucht er auf.

Als die Kellnerin an den Tisch kommt, um zu fragen, was ich möchte, bestelle ich kurzerhand zwei Kaffee und hoffe, dass es die richtige Wahl ist. Aber er wollte ja auch einen Kaffee trinken gehen mit mir. Ich warte etwa zehn Minuten, der Kaffee wurde eben gebracht, als die Tür sich öffnet und ich meinen Blick hebe.

Aber es ist nicht Fynn, der gerade reinkommt, sondern Luca. Großartig. Ich wusste, etwas Blödes würde heute passieren. Mein Bauch hatte recht, und ich hätte auf ihn hören sollen. Gleich sind genau die beiden Kerle hier, an die ich die letzte Zeit ständig denken musste, und das macht das Chaos in meinem Kopf nicht besser. Ich sage nicht, dass ich in einen der beiden verknallt bin. Aber ich empfinde definitiv für beide etwas, auch wenn ich noch nicht weiß, was. Es ist aufregend, es ist neu. Und es ist ziemlich ungünstig, dass es sich um zwei Kerle handelt.

Sofort rutsche ich in meinem Stuhl ein bisschen tiefer und hoffe, dass Luca mich nicht sieht. Ich will ihm gerade nicht gegenübertreten und ihm erklären müssen, dass ich ihn zwar geküsst habe, mich jetzt aber mit einem anderen Kerl treffe, dessen Gesicht ich nicht kenne. Nur leider werden meine Gebete nicht erhört und Luca sieht mich. Natürlich sieht er mich. Immerhin hat er Augen im Kopf. Und auch keine Manieren, denn er setzt sich einfach zu mir. Warum setzt er sich zu mir?

»Hi, Romy, ich ...«

»Luca! Ähm, hi! Ich habe eigentlich gerade eine Verabredung!« Es ist mir unangenehm, dass er jetzt vor mir sitzt, wo Fynn doch jeden Moment das Café betreten könnte. Ausgerechnet Luca jetzt vor mir sitzen zu haben, den Mann, an den ich ebenfalls eben noch gedacht habe, bringt mich ganz schön durcheinander. Das und diese Lippen. Die Lippen, die gerade so verstörende Worte sagen, dass ich ein wenig die Augenbrauen zusammenziehe.

»Ja, ich weiß.«

Woher zum Teufel weiß er das?

»Luca, woher ...« Bevor ich meinen Gedanken laut aussprechen kann, werden wir von Chris unterbrochen, der Luca kumpelhaft auf die Schultern klopft und dann mich erblickt. Sofort fängt sein attraktives Gesicht an zu strahlen, und seine Augen heften sich nun an seinen Freund.

»Mensch Alter, du sagst es Romy endlich? Wurde ja auch Zeit.«

Während ich noch immer darüber grüble, was genau er damit meinen könnte, sieht Chris wieder mich an und klopft erneut ein paar Mal auf die Schulter von Luca. »Sei nicht so streng mit meinem Freund, okay? Er meinte es nicht böse! Und wenn wir ehrlich sind, ist die Idee doch ziemlich genial. Ich bin immer noch sauer, dass ich da nicht selbst draufgekommen bin.«

Nickend, als sei alles gesagt, verlässt er das Café, und nun habe ich wirklich viele Fragen. Luca hingegen sieht aus, als habe er ein Gespenst gesehen, so weiß ist sein Gesicht.

»Luca? Was meinte er damit? Was sollst du mir endlich gesagt haben?«

Unbehaglich rutscht er etwas auf dem Stuhl herum, sieht überallhin hin nur nicht mir ins Gesicht.

»Romy ... bitte versprich mir, dass du nicht ausflippen wirst!«

Und genau wegen dieser Bitte flippe ich aus. Zwar nur innerlich, aber das bedeutet nicht, dass ich diese ganzen Emotionen nicht bald quer über den Tisch spucke.

»Ich verspreche dir, deine Eier zu zerquetschen, wenn du mir nicht sofort sagst, was das hier soll!«

Er umfasst krampfhaft die Tasse vor sich mit beiden Händen und räuspert sich leise. »Die Sache ist die ... Also ... dein Date heute ...«

Er druckst vor sich herum und weicht immer wieder meinem Blick aus, was mich nur noch wütender und nervöser macht.

»Ich bin Fynn!«, platzt es völlig unvermittelt aus ihm heraus.

Er ist ... Ich lache schallend los, denn das kann nur ein Scherz sein. Ein ziemlich blöder zwar, aber dennoch ein Witz. Nur leider sieht er ganz und gar nicht danach aus, als würde er das lustig finden. Schlagartig bleibt mir das Lachen im Hals stecken.

»Du bist Fynn? Willst du mich verarschen? Ist das irgendeine blöde Wette, die du mit einem deiner Freunde am Laufen hast? Und woher weißt du überhaupt von Fynn?«

Ruhig sieht Luca mich an und seine Augen sagen so viel. ZU viel.

»Ich weiß, das war nicht fair dir gegenüber, aber ...«

»Nicht fair? Ich sag dir mal, was nicht fair ist. Nicht fair ist es, wenn man unbedingt den letzten Donut haben möchte, ihn dir aber ein anderer vor deiner Nase wegschnappt. Und es ist auch nicht fair, dass wir Frauen monatlich aus unserer Vagina bluten, während ihr Männer noch nicht einmal wisst, was richtige Schmerzen sind. DAS ist nicht fair. Aber du willst mir gerade erklären, dass du der Kerl bist, mit dem ich wochenlang gechattet habe? Das ist ... mir fehlen die Worte.«

Luca schluckt nach meinem Ausbruch deutlich sichtbar, und hektische rote Flecken erscheinen auf seinen Wangen, wie ich sie vorher noch nie an ihm gesehen habe.

»Bitte, Romy, als Lexi dir erzählt hat, ich hätte sie betrogen, wusste ich nicht, wie ich anders mit dir reden sollte! Du wolltest nichts von mir wissen!« Aufgebracht verschränkt er die muskulösen Arme vor der Brust und sieht mich mit einer Spur Trotz in seinem gehetzten Blick an. Im Ernst jetzt? Er gibt MIR jetzt die Schuld daran, dass ER Mist gebaut hat? »Weil ich es verabscheue, wenn Kerle denken, ihre Freundinnen betrügen zu müssen!«

»Ich habe sie nicht betrogen, so was würde ich nie tun!«

Sein Blick ist so ernst, dass ich es ihm wirklich glaube. Fast.

»Wieso sollte Lexi dann so was behaupten?«

»Sie hat automatisch angenommen, dass ich es getan habe. Und als sie mir das an den Kopf geworfen hat, habe ich es nicht abgestritten. Weil ich ihr die Wahrheit nicht sagen konnte.«

»Ach was. Ausgerechnet DU hast ein Problem mit der Wahrheit? Ist nicht wahr, Luca! Und was ist die Wahrheit? Die scheinst du ja nie sonderlich oft zu verwenden.«

»Die Wahrheit ist, dass ich dich mag. Sehr. Und das war Lexi gegenüber nicht fair.«

Ich weiß nicht, was ich dazu sagen soll. Ehrlich gesagt bin ich ziemlich verwirrt. Er mag mich, und hat sich deswegen von Lexi getrennt?

»Was?«

Ich sehe bestimmt nicht sehr intelligent aus im Moment, aber es könnte mir auch nicht egaler sein. Keine Ahnung, was er für ein Spiel spielt und gerade weiß ich auch nicht, ob ich es wirklich so genau wissen möchte.

»Du magst mich, und deswegen belügst du mich? Klar, ganz logisch. Mache ich auch immer bei Menschen, die ich mag.«

Sofort habe ich Lexis Gesicht vor Augen, und wie sehr ich sie damit verletzt habe, Luca zu küssen. Aber ich habe es ihr wenigstens sofort gesagt und es nicht wochenlang geheim gehalten.

Unbehaglich reibt er sich mit der rechten Hand den Hinterkopf und hat wenigstens so viel Anstand, schuldbewusst auszusehen.

»Ja, ich weiß, das war nicht ideal, aber ...«

»Nicht ideal?« Ich lache laut und ungläubig auf.

»Verdammt, Romy, jetzt hör mir doch mal zu! Ich weiß, dass ich Mist gebaut habe, aber ich dachte wirklich, ich könnte so Kontakt zu dir aufnehmen und dich wirklich richtig kennenlernen, so wie du mich auch. Bitte, das musst du mir glauben!«

Ich schüttle den Kopf, schiebe den Kaffee von mir und überlege einen kurzen Moment lang, ob er noch heiß genug ist, um ihm ins Gesicht zu kippen. Allerdings verwerfe ich den Gedanken gleich wieder.

»Ich muss dir glauben? Nein, muss ich nicht. Hast du eine Ahnung, was du gemacht hast? Was du mir damit angetan hast?«

Großer Gott, ich habe so viel mit Fynn gesprochen. Er hat mich geküsst. Und es war die ganze Zeit Luca?

Verwirrt runzelt er die Stirn und versucht, über den Tisch hinweg nach meinen Fingern zu greifen, doch ich ziehe sie hektisch weg.

»Es tut mir leid, ich wollte dich nicht verletzen. Aber hey, ich bin der gleiche Kerl wie vorher. Den, mit dem du über

Bücher reden kannst und der, der dir mit aufdringlichen Typen hilft! Es hat sich nichts geändert!«

»Doch. Es hat sich gerade alles geändert. Ich habe gerade erst angefangen, dich ein wenig zu mögen. Ich war bereit, in dir nicht mehr das Arschloch zu sehen, das meine Freundin betrogen hat. Ich war dir dankbar dafür, dass du mir im Diner geholfen hast. Oh, mein Gott. Ich muss hier weg.« Schneller als ich es je für möglich gehalten habe, schnappe ich mir meine Tasche und stehe so hastig auf, dass der Stuhl scheppernd nach hinten fällt, doch das kümmert mich nicht im Geringsten. Mein Fokus liegt einzig und allein darauf, diesen Ort zu verlassen. Und genau das tue ich auch, denn ich ertrage es keine weitere Sekunde, in seiner Nähe zu sein.

Kapitel 26 – Luca

Fuck! Das lief ganz und gar nicht so, wie ich es mir vorgestellt habe. Klar habe ich damit gerechnet, dass sie es nicht ganz so gut finden würde, wenn sie von meiner doppelten Identität erfährt, aber mit diesem Ausbruch habe ich nicht gerechnet. Schneller als ich gucken kann, schnappt sie sich ihre Habseligkeiten und rennt aus dem Café, als wäre der Leibhaftige hinter ihr her. Kurz überlege ich, sie einfach gehen zu lassen, ertrage den Gedanken jedoch nicht und eile ihr fluchend hinterher. Mann, ist sie schnell! Noch immer rennt sie, doch ich habe sie zügig wieder eingeholt und umfasse ihren Ellbogen mit meiner Hand.

»Romy, warte!«

Sie denkt aber nicht daran, zu warten. Natürlich nicht, dieser kleine Dickkopf. Sie reißt sich von mir los und geht stur einfach weiter. Ohne auch nur ein Wort zu sagen oder mich auch nur eines Blickes zu würdigen. Ich überlege kurz, ob ich mich ihr einfach in den Weg werfen sollte, aber ich befürchte, sie würde sich davon nicht abhalten lassen.

»Auf wen? Auf Fynn? Oder Luca? Wer ist denn gerade anwesend?«

Verzweifelt reibe ich mir das Gesicht und seufze laut auf. »Mein Name ist Luca Fynn Mason. Also wenn du es genau wissen willst!«

»Will ich nicht, nein. Jetzt nicht mehr. Jetzt will ich, dass du verschwindest und mir nie wieder unter die Augen trittst.«

Sie kann mir nicht mal mehr in die Augen sehen. Es ist nicht so, dass ich das nicht verstehen könnte. Ich weiß, welche Scheiße ich gebaut habe, das aber so zu hören, lässt mich fest schlucken. Stur geht sie einfach weiter, und es ist ihr dabei egal, ob uns Menschen entgegenkommen oder nicht. Vor allem aber ist es ihr egal, ob ich ihr hinterherkomme.

Wie kann es sein, dass ich diese Eigenschaft einerseits so sehr an ihr liebe und sie gleichzeitig mein Verderben bedeutet. Mir reicht es jedoch allmählich, ihr nachlaufen zu müssen. Gefühlt mache ich seit Wochen nichts anders. Aber ich habe die Nase voll, werde schneller, bis ich sie überholt habe, und drehe mich dann um. Jetzt laufe ich rückwärts vor ihr her und grinse ihr grimmig ins Gesicht.

»Für jemanden, der so sehr darauf besteht, dass man sich korrekt verhält, hast du ziemlich wenig Verständnis für andere. Ich will es dir erklären, aber du hörst mir einfach nicht zu. Weil du dir deine Meinung schon zurechtgebogen hast, und ich kann sagen, was ich will, du wirst es mir nicht glauben. War es scheiße von mir, mich als jemand anderen auszugeben? Ja. Würde ich es wieder tun, um dir so nahe sein zu können und bis in die Nacht zu chatten? Ja. Wegen dir lese ich Bücher! Bücher! Und ich finde sie sogar wirklich nicht schlecht. Ich habe die Romy kennengelernt, die du hier nicht zeigst, und du hast den Luca kennengelernt, der hier drinsteckt.«

Mit der Faust schlage ich mir auf den Brustkorb. Ich habe nichts mehr zu verlieren und kann ihr nun endgültig alles sagen.

»Als ich dich beim Dinner geküsst habe, war ICH das. Ebenso bei der Party. Das bin ICH gewesen, Romy. ICH und sonst keiner.«

»Nur dass ich nicht wusste, dass DU es bist. Und das ist genau der Punkt. Du willst, dass ich dir vertraue? Wie soll ich das tun, wenn du mich von Anfang an belogen hast?«

»In der Liebe und im Krieg ist alles erlaubt!« Tief hole ich Luft und sehe sie an. »Alles, was ich gesagt habe, egal ob in der Uni oder im Chat, jedes Wort war wahr.«

Sie stutzt kurz, und ich schöpfe schon Hoffnung, aber sie zerschlägt sie innerhalb von Sekunden, indem sie einfach weitergeht und den Blickkontakt meidet. »Nein, das ist nicht wahr. Du hast mir verheimlicht, wer du bist. Ich dachte, es sind zwei verschiedene Menschen und habe Fynn, also dir, Dinge erzählt, die ich einem Luca vermutlich nicht so schnell erzählt hätte. Ich hasse Lügen, Luca. Ehrlich.«

Nach diesen Worten lässt sie mich stehen und geht weiter. Erst nach drei Schritten erhebe ich die Stimme, mir egal, wer uns hören könnte oder nicht. »Und für jemanden, den man so küsst, wie du es getan hast, wirfst du ganz schön schnell die Flinte ins Korn!«

Kurz versteift sich ihr Rücken, doch sie geht unbeirrt weiter ... und ich? Ich stehe immer noch wie ein verliebter Trottel auf dem Campus, und alles, was noch fehlt, ist die einzelne Regenwolke über meinem Kopf, um den Tag perfekt zu machen.

Ich stürme in mein Zimmer, kaum dass ich zu Hause angekommen bin, vergesse aber leider, die Türe abzuschließen. Connor steht keine Sekunde später auch bei mir, und ihm steht die Neugier förmlich ins Gesicht geschrieben.

»Und? Wie ist es gelaufen? Chris meinte, es sah ganz zivilisiert aus.«

Schnaubend werfe ich mein Handy auf den Nachttisch, nur um doch wieder danach zu greifen, in der Hoffnung, sie hätte mir geschrieben.

»Bis Chris aufgetaucht ist, war auch noch so weit alles okay, weil ich gerade im Begriff war, etwas zu sagen. Nur leider kam er mir zuvor, und das Gespräch ist total schiefgelaufen.«

»Warte. Chris hat die Bombe platzen lassen? Und sie hat es nicht gut aufgenommen? Fuck. Und jetzt? Warum bist du zu Hause? Solltest du nicht vor ihrer Haustür sein und um Gnade winseln?«

Ich werfe den erstbesten Gegenstand nach ihm, den ich zwischen die Finger bekomme.

»Kein Grund, gleich Stifte nach mir zu werfen, Kumpel. Benutz den Stift lieber und ... schreib einen Song für sie? Ein Gedicht? Ja, okay. Blöde Idee.« Er lässt sich seufzend auf mein Bett fallen und runzelt nachdenklich die Stirn, als sich auch meine beiden anderen Mitbewohner ins Zimmer schieben. Und einen davon, würde ich gerade lieber aus dem Fenster werfen.

»Duuuuu ...« Ich gehe auf Chris zu, aber George stellt sich mir mit einem pikierten Gesichtsausdruck in den Weg.

»Gewalt ist keine Lösung, Luca. Wir beruhigen uns jetzt erst mal, und dann reden wir darüber, was genau hier los ist, und wieso du Chris an die Gurgel willst.«

Um sich zu beruhigen, müsste er sich erst einmal aufregen. Aber ich glaube, dass George dazu gar nicht in der Lage ist.

Chris hingegen will immer sofort wissen, was Sache ist, drängt sich an George vorbei und kommt auf mich zu. »Was zur Hölle ist denn hier los?«

»Was hier los ist? Ich wollte Romy gerade die Sache mit Fynn beichten, als du an den Tisch gekommen bist und alles nur schlimmer gemacht hast.« Und ich weiß, wie unfair es ist, jetzt deswegen auf ihn sauer zu sein. Ich drehe mich um und lasse mich resigniert auf mein Bett fallen. »Sie ist stinksauer und spricht kein Wort mit mir. Ich konnte ihr noch nicht einmal alles erklären. Und genau das muss ich ändern. Also, Männer ...« Ich setze mich im Schneidersitz auf mein Bett und sehe sie alle der Reihe nach an, bevor ich erzähle, wie dieses Treffen gelaufen ist. »Und jetzt muss ich mich entschuldigen und das irgendwie wieder auf die Kette bekommen. Ich will Romy. Und ich werde nicht eher aufgeben, bis sie offiziell meine Freundin ist. Also brauchen wir einen Plan. Und ich habe nicht den blassesten Schimmer, wie genau der aussehen soll.«

Die nächsten Minuten denken offenbar alle genauso angestrengt darüber nach, wie ich es tue. Und dann prasseln die wildesten Ideen auf mich ein, von denen ich gern wissen würde, wie man nur auf so etwas kommt.

»Setz dich auf sie drauf, bis sie dir verzeiht!«, wirft Chris nicht gerade hilfreich ein, wofür ihm George auch einen leichten Klaps auf den Hinterkopf gibt.

»Dann kann er sie auch gleich entführen und in einen Keller einsperren, das wäre genauso bescheuert«, entgegnet er.

»Oh, gute Idee. Dann entführ sie und setz dich auf sie drauf. Irgendwann muss sie Ja sagen.« Chris lacht über seinen eigenen Witz, und ich glaub einfach nicht, wie wenig ernst er diese Sache nimmt. Wie wenig ernst er generell Beziehungen nimmt. Irgendwann wird ihm das noch gehörig um die Ohren fliegen. Und dann werden wir auch so dasitzen wie gerade eben.

»Romy liest gern.« Sagt Connor ruhig, während er George ansieht, dessen Gesicht sich ein wenig aufhellt.

»Und ihr habt gechattet. Auch wenn sie gerade alles vergessen hat, was ihr in diesen Chats besprochen habt, oder was du ihr gesagt hat, musst du dafür sorgen, dass sie wieder daran denkt. Sie muss die Worte noch einmal lesen. Oder sie hören. Und zwar dieses Mal von dir.«

Klingt irgendwie logisch. Ich bin nur ein wenig überfordert, wie ich das Ganze in die Tat umsetzen soll. »An sich eine gute Idee. Da gibt es nur ein Problem. Romy will nicht mit mir sprechen. Was soll ich also machen? Die Chatverläufe ausdrucken und am Campus verteilen? Oder in den Briefkästen der Studentenwohnheime verteilen und hoffen, dass jeder sie postet, weil er wissen will, was das sein soll und hoffen, dass Romy das sieht?«

Ich lasse den Kopf hängen und war noch nie so mutlos wie gerade jetzt. Selbst Chris scheint zu merken, dass er mit seinen blöden Witzen nicht weiterkommt, und wird wieder ernster.

»Hey, Mann. Du hast über ihren Blog Kontakt zu ihr aufgenommen. Und das könntest du jetzt wieder machen. Du hast wegen ihr Bücher gelesen. Da muss doch in einem irgendetwas Nützliches drinstehen, oder? Geht es da nicht auch ständig um Kerle, die ihre Liebe zurückerobern wollen?«

Ja, das tut es. Ich habe nur nicht annähernd so viele Bücher gelesen wie Romy, und ich weiß auch nicht, ob ich sie wirklich alle lesen will.

»Was wäre, wenn du einfach ein paar Beiträge vorbereitest. Mit Büchern, die sie mag, und daraus einfach ein paar passende Stellen markierst?«

Connor sollte das machen. Immerhin ist das seine Idee, und er hat offensichtlich mehr Durchblick als ich. Denn die Idee finde ich gut.

»Was ist, wenn sie mich, also Fynn, blockiert?«

»Sie wird es dennoch sehen. Notfalls eröffnen wir alle einen Blog und teilen das in unseren Storys. Machen wir doch auch ständig mit unseren privaten Accounts. So schwer kann das nicht sein.«

Das ausgerechnet von Chris zu hören, überrascht mich so sehr, dass mir kurz sogar die Gesichtszüge entgleisen. »Das würdest du ernsthaft tun?«

»Ihr seid meine besten Freunde. Natürlich würde ich!«

Drei Augenpaare heften sich auf ihn, weil wohl niemand fassen kann, so etwas jemals aus seinem Mund zu hören. Wir wissen, dass wir alle füreinander da sind, wenn es hart auf hart kommt. Aber Chris ist normalerweise niemand, der solche Dinge auch ausspricht.

»Jetzt seht mich nicht so an. Wir müssen ein Mädchen zurückgewinnen.«

Und schon ist er wieder der Alte, der mit Ideen um sich wirft. Nur dieses Mal nehmen die Ideen Gestalt an. Während wir uns Pizza bestellen, ich immer wieder verstohlen auf mein Handy blicke, weil ich nach wie vor hoffe, dass Romy sich meldet, fassen wir einen Plan, der uns hoffentlich dabei hilft, ihr zu zeigen, wie ich bin. Wie Luca ist. Dass ich es ernst mit ihr meine und bereit bin, meine Worte in die ganze Welt hinauszuschreien.

Kapitel 27 – Romy

Als ich unser Zimmer betrete, merkt Lexi sofort, dass etwas nicht stimmt. Und auch wenn ich sie eigentlich kenne, überrascht es mich in diesem Fall dennoch, dass sie mich fragt, was los ist. Wir haben seit Tagen, genau genommen seit ich ihr erzählt habe, dass ich Luca geküsst habe, nicht mehr miteinander gesprochen. Und ich kann es ihr nicht übelnehmen.

»Romy? Was ist …«

Ich ignoriere sie und lege mich in mein Bett unter die Decke. Bemitleide mich selbst dafür, dass ich so dumm war, das alles zu glauben. Ich so naiv war und mir nichts aufgefallen ist.

Eine Weile hat Lexi mich in Ruhe gelassen, auch wenn ich ihren besorgten Blick selbst durch die Decke hindurch gefühlt habe. Aber dann hat sie sich kurzerhand zu mir gelegt und mich einfach in den Arm genommen und weinen lassen. Und ich habe geweint, so viel und so heftig wie schon lange nicht mehr.

»Möchtest du mir sagen, was genau passiert ist?«, flüstert sie mir ins Ohr, und ich schüttle erst den Kopf, nicke dann jedoch zaghaft. Ich kann nicht die nächsten Wochen damit verbringen, alles in mich reinzufressen. Und ebenso wenig halte ich es aus, noch länger kaum ein Wort mit Lexi zu reden. Wir sind Freundinnen. Und wir wohnen zusammen. Außerdem sind wir alt genug, um solche Dinge regeln zu können.

»Fynn ist Luca!«, platzt es leise aus mir raus, bevor ich die Decke von unseren Köpfen ziehe, um ein wenig mehr Luft zu bekommen.

»Ich befürchte, du musst genauer werden. Fynn ist Luca? Was? Wie darf ich das verstehen?« Ihr verdatterter Gesichtsausdruck wäre richtig zum Lachen, wäre die Situation nicht so verzwickt.

»Luca hat sich als Fynn ausgegeben, um mit mir in Kontakt zu kommen. Er hat mich die ganze Zeit belogen.«

»Er hat was? Okay, ich hole die Kekse, und du erzählst mir die Geschichte von Anfang an.«

Minuten später sitzen wir in meinem Bett, stopfen uns mit Keksen voll und ich versuche, die Gedanken in meinem Kopf zu sortieren.

»Fynn hat mich doch damals angeschrieben auf Insta. Anfangs war es noch nichts Besonderes. Aber dann haben wir uns eine Weile unterhalten, und irgendwann war es schön. Ich bekam Herzklopfen, jedes Mal wenn ich eine Nachricht von ihm bekommen habe. Wir haben so viel geredet. Mit der Zeit sogar private Dinge.«

Ich Nachhinein komme ich mir so blöd vor dabei. Wenn ich nur daran denke, was ich Fynn, oder besser gesagt Luca, alles erzählt habe, wird mir ein wenig übel. Ich blicke kurz zu Lexi, die mich einfach nur ansieht und mir Zeit lässt.

»Auch Luca habe ich öfter getroffen als sonst üblich. Ich war so wütend auf ihn, dass er dich verlassen hat. Und dann hat sich herausgestellt, dass Luca gar nicht so ein Arsch ist, wie ich immer dachte.«

Das ist der Moment, indem ich Schmerz in Lexis Augen aufflackern sehe. Es tut mir leid, dass ich diese Dinge heute anspreche. Aber ich muss es ihr sagen.

»Ich weiß, dass ich ihn so genannt habe nach der Trennung!«, murmelt Lexi ein wenig bedrückt. »Aber ich war wütend. Ich bin es noch.«

Ich weiß das alles. Umso schwerer ist es, ihr nun alles andere zu beichten.

»Du weißt, dass ich Luca geküsst habe.«

»Ja, das weiß ich.«

»Ich war betrunken. Und als er da war, fühlte es sich so vertraut zwischen uns an. Jetzt weiß ich, dass es daran lag, weil er eben auch Fynn ist, mit dem ich so viel Kontakt hatte wie mit sonst niemandem. Aber auf der Party war ich neugierig und wollte wissen, warum mein Herz plötzlich schneller geschlagen hat bei dem Gedanken an Luca. Es tut mir so leid.«

Ich wische mir über die tränennassen Wangen.

»Irgendwann mochte ich sie beide. Fynn und Luca, und das hat mich so durcheinandergebracht. Ich dachte, Fynn ist der, für den mein Herz schneller schlägt, obwohl ich ihn nicht kenne, während ich neugierig wurde auf Luca, den ich kannte. Nur anders. Zumindest dachte ich das.«

Lexi seufzt tief, lehnt sich zurück an die Wand und stellt die Beine auf. Und immer noch lässt sie mich sprechen. Hört sich alles an, ohne auch nur einmal den Blick von mir abzuwenden.

»Er hat dich nicht betrogen, Lexi. Auch wenn er derjenige sein sollte, der dir das sagt, will ich nicht, dass du noch länger mit diesem Gedanken durch die Gegend läufst.«

Ich bin mir nicht sicher, ob es richtig war, es ihr zu sagen, oder ob ich lieber hätte warten sollen.

»Romy? Warum genau hat Luca sich als Fynn ausgegeben?« Lexi setzt sich ein wenig aufrechter hin und beobachtet jede meiner Gefühlsregungen.

»Weil er Kontakt zu mir aufnehmen wollte, und sich als Fynn nicht ganz so schäbig vorgekommen wäre, als wenn er mich als Luca angesprochen hätte. So kurz nach der Trennung.«

Unsicher beiße ich mir auf die Unterlippe, denn laut ausgesprochen klingt es irgendwie noch schlimmer, als es ohnehin schon ist. »Es tut mir leid, Lexi. Ich wollte nie, dass so was passiert.«

Lexi stößt ein so herzergreifendes Seufzen aus, als würde gerade die Last der ganzen Welt von ihr abfallen. »Ich war am Boden zerstört, als Luca mich verlassen hat. Und es war besonders hart zu wissen, dass er mich betrogen hat. Wobei ... er hat nie gesagt, dass er das getan hat. Jetzt, wo ich so darüber nachdenke, hat er das nie auch nur mit einem Wort erwähnt. Ich habe es nur einfach angenommen. Ich rechne ihm hoch an, dass er mich vorher verlassen hat, bevor er sich nach dir umgesehen hat.«

Wir schweigen eine Weile, kuscheln uns aneinander und hängen jeder unseren Gedanken nach. Es tut gut, endlich über alles zu reden und die Sache von allen Seiten zu beleuchten. Wirklich gut.

»Ich liebe Luca immer noch. Auf eine Art und Weise liebe ich den Kerl, und ich denke, das wird auch noch eine Weile so sein!«, flüstert Lexi traurig, sieht mich aber mit einem Lächeln an. »Aber so, wie das für mich klingt, gehört sein Herz einer anderen. Dir. Und ich denke, du bist zwar wütend, aber wenn du erst einmal Zeit hast, genauer darüber nachzudenken, wird dir auffallen, wie sehr Fynn Luca ähnelt. Dass er dich zwar hinters Licht geführt, sich aber auch ziemlich ins Zeug gelegt hat für dich. Luca hat noch nie ein Buch gelesen. Nicht während unserer Beziehung.« Sie lacht leise und lehnt ihren Kopf zurück an die Wand. »Für dich hat er sogar einen Blog eröffnet. Und irgendwann, wenn sich alles ein wenig beruhigt hat, werde ich ihn sicher dafür auslachen.«

Das bringt auch mich zum Lachen, bevor ich doch wieder in Tränen ausbreche und Lexi in die Arme falle. Es ist alles ein wenig zu viel. Und es wird sicher noch eine Weile dauern, bis ich damit in meinem Kopf klarkomme, aber wenigstens bin ich nicht allein.

Wir reden noch eine ganze Weile. Über alles Mögliche. Jedes Gefühl wird angesprochen, und wir weinen. Ich bin froh, dass wenigstens zwischen uns beiden alles wieder gut ist. Wenn man nicht allein ist, sind manche Sachen leichter zu ertragen. So lange, bis wir irgendwann eingeschlafen sind.

Kapitel 28 – Luca

Fast eine Woche ist vergangen, seitdem Romy mich auf dem Campus hat stehen lassen. Vor einer Woche habe ich mit meinen Jungs zusammen einen Plan geschmiedet, wie ich sie wieder für mich gewinnen kann. Und jetzt befinde ich mich in meinem Zimmer und setze einen Teil dieses Planes in die Tat um.

»Hast du einen Buchladen leergekauft?« Connor dreht sich fassungslos ein paar Mal im Kreis, als er mein Zimmer betritt. So unrecht hat er nicht. Ich habe den halben Tag damit verbracht, Bücher zu kaufen, in denen es um die große Liebe geht. Natürlich hatte ich keinen Schimmer, welche das werden sollen und habe die Verkäuferin ziemlich auf Trab gehalten.

»Es sind nur ein paar Bücher.«

»Nur ein paar? Wenn die alle für Romy sein sollen, und davon gehe ich aus, muss sie sich ein Jahr lang keine mehr selbst kaufen.«

Wäre nicht das Schlimmste, wie ich finde. Freut sich nicht jede Leseratte über ein bisschen Lesestoff? Connor nimmt ein Buch nach dem anderen in die Hand, liest die Klappentexte, um die ich wegen Romy immer noch einen großen Bogen mache, und legt sie dann alle fein säuberlich auf einen Stapel.

»Was genau hast du damit vor, Luca?«

Das ist Teil unseres Planes, in den Connor ebenso involviert ist wie die anderen.

»Schon vergessen, dass …«

»Ich mach nur Witze, Luca. Komm wieder runter.« Connor schiebt sich die Brille wieder ein wenig höher und setzt sich auf meinen Schreibtischstuhl. Der Plan hat noch einige Lücken, beinhaltet aber im Großen und Ganzen, dass Romy irgendwie in den Besitz dieser Bücher kommen muss. Und in jedem steckt ein Zettel von mir, mit einer persönlichen Nachricht. Ich kann nur hoffen, dass sie die Nachrichten nicht ungelesen in den nächsten Mülleimer wirft. Ich bin nicht gut mit Worten. Zumindest nicht mit der Sorte, die etwas mehr in einem Mädchen bewirken sollen als nur die Frage, wann ich sie in mein Bett einlade. Romy muss die Worte fühlen. Sie muss merken, dass ich es ernst meine. Und das noch, bevor jemand kommt, der sie mir wegnehmen könnte.

»Was ist, wenn all die Chancen, die ich mir gerade erhoffe, gar nicht vorhanden sind?« murmle ich leise und starre dabei auf den Bücherstapel. »Wenn Romy es die letzten Tage geschafft hat, mich zu vergessen und sich anderweitig umsieht?«

Wortlos rutscht Connor zu mir auf den Boden, nimmt ein Buch in die Hand und liest mir den ersten Satz daraus vor. »Es ist eine allgemein anerkannte Wahrheit, dass ein alleinstehender Mann, der ein beträchtliches Vermögen besitzt, einer Frau bedarf. Jane Austen, Stolz und Vorurteil.«

»Ich bin alleinstehend. Irgendwann habe ich vielleicht auch ein beträchtliches Vermögen, welches ich nicht mehr nur von meinen Eltern beziehe. Und ich bedarf einer Frau.« Augenbrauenwackelnd drehe ich ihm mein Gesicht zu und seufze dann tief auf. »Nur dass Romy mich nehmen soll. Mit oder ohne Geld ist mir dabei egal.« Ich nehme mir einen der Zettel, die ich mir extra für dieses Vorhaben gekauft habe, und fange an, draufloszuschreiben. Sie sind blau. Wie mein Feed. Vielleicht sieht sie sich die Notizen an und denkt dabei an Fynn. An mich. Connor hilft mir, währenddessen die einzelnen Briefe in den Büchern zu verstauen und diese dann zu verpacken. Natürlich auch mit blauem Geschenkpapier. Mit Schwung schreibt er überall ihren Namen drauf, damit sie auch in die richtigen Hände gelangen.

»Sollte ich jemals so sehr bei einer Frau zu Kreuze kriechen müssen, bist du mir was schuldig Kumpel.« Das muss er nicht extra erwähnen. Natürlich werde ich ihm dann genau so helfen, wie er mir. Selbst Chris und George werden mir helfen. Die beiden werden dafür sorgen, die Bücher an die jeweiligen Orte zu bringen. Alles genau nach Plan.

»Ich bin sicher, du wirst mich immer wieder daran erinnern.« Gott ich hoffe, dass er das tut. Denn dann erinnert er mich auch gleichzeitig an den Mist, den ich verzapft habe, um überhaupt erst in so eine Situation zu kommen. Die nächste Stunde arbeiten wir schweigend. Ich muss mich echt konzentrieren, um bei jedem Buch einen passenden Text zu verfassen. An mir ist bestimmt kein Autor verloren gegangen. Das überlasse ich lieber denen, die Ahnung davon haben, was sie da machen.

»Ich mag nicht mehr.« Entnervt setze ich einen Punkt hinter meinen letzten Text und werfe den Stift dann von mir. »Es ist genug. Dann kriegt sie eben ein paar Bücher, in denen keine Botschaft von mir ist. Es sind Bücher. Mit Buchstaben bedruckte Bäume. Da steht genug drin.«

Connor lacht nur, als er den letzten, kurzen Brief in das Buch in seinen Händen schiebt und es verpackt. »Am Ende kommt es ohnehin nur darauf an, ob sie dir zuhört. Auf das, was aus deinem Mund kommt. Und da gebe ich dir einen wirklich wichtigen Rat, mein Freund.« Er legt das Buch auf den Stapel und wendet sich mir dann zu. »Sei absolut ehrlich zu ihr, aber verbieg dich nicht. Fang nicht an zu heulen, nur weil du denkst, das wäre etwas, worauf sie wartet. Wir sind nicht in einem eurer Bücher. Du musst keinen Bergtroll für sie erledigen oder zwanzig Berge überqueren, nur um ihr deine Liebe zu beweisen. Du musst dieses Mal nur Luca sein.

Sei echt. Und wenn auch nur ein kleiner Teil von ihr dich mag, wird sie dir zuhören.«

In Situationen wie jetzt frage ich mich, warum er bisher noch keine feste Beziehung auch nur in Erwägung gezogen hat.

»Was ist aber, wenn sie den echten Luca nicht mag? Und das nicht nur, weil er ihrer Freundin wehgetan hat? Was ist, wenn sie mich wirklich für das Arschloch hält, das ich nun mal bin?«

Seufzend legt Connor eine Hand auf meine Schulter und drückt leicht zu. »Das sind viel zu viele Wenns für jemanden, der ein Mädchen für sich gewinnen will. Wo ist dein Kampfgeist geblieben, Luca? Wo ist der Kerl, der angefangen hat, Bücher zu lesen und sogar einen Blog zu eröffnen, nur um ein Mädchen für sich zu gewinnen? Ganz egal, wie schäbig diese Aktion war, ich weiß zumindest, dass du ihr nicht absichtlich wehtun wolltest. Und wenn du es schaffst, dass sie dir lange genug zuhört, wird sie es ebenso sehen. Da bin ich mir sicher.«

Ich nicke vorsichtig bei seinen Worten. Es wäre leicht, ihm einfach zu glauben und darauf zu vertrauen, dass alles wieder gut werden wird. Aber nach allem, was ich falsch gemacht habe, habe ich den leichten Weg nicht verdient. »Gut. Dann lass uns weitermachen. Immerhin soll sie morgen ihr erstes Geschenk vorfinden.«

»Ob Chris es schafft, bis zu ihrer Haustür durchzukommen, ohne dass ihn ein anderes Mädchen aus dem Wohnheim ablenkt?«

»Du bist manchmal echt ein mieser bester Freund. Bewirb dich bitte nie für eine Stelle als Motivationscoach«, murmle ich grummelnd und verdrehe dabei die Augen.

»Tut mir leid. Er hat ein richtig schlechtes Gewissen, weil er dir die Sache versaut hat.«

Versaut habe ich mir das ganz allein. Mir ist richtig schlecht, wenn ich daran denke, dass Romy trotz meiner Bemühungen nicht mehr mit mir sprechen will. Wenn ich könnte, würde ich die Zeit zurückdrehen und diesen verdammten Blog löschen. Ich würde mich nicht in Romy verlieben und mit Lexi glücklich sein. Fuck. Wem mache ich hier eigentlich etwas vor. All diese Möglichkeiten hatte ich bereits. Nur war mein Herz leider der Meinung, sofort auf Romy anspringen zu müssen. Es hat lange gedauert, bis ich mir eingestehen konnte, dass ich sie will. Wochenlang habe ich mich mit diesem Gedanken herumgeschlagen und Romy so gut es geht gemieden. Selbst die Gedanken an meine Eltern, die gern die Tochter eines Geschäftspartners an meiner Seite sehen würden, haben mich nicht davon abgehalten, immer mehr an Romy zu denken.

Lexi hat sich oft gewundert, warum wir nichts zu dritt unternehmen. Oder nur sehr selten. Anfangs lag es tatsächlich daran, dass ich mit Lexi allein sein wollte. Ich war verliebt und wollte sie nicht teilen. Danach wurde ich wütend, wenn Romy auch nur in meiner Nähe war. Wütend auf mich selbst. Weil ich weder mein Herz noch meinen Schwanz unter Kontrolle hatte, sobald es um sie ging. Warum ich mich dann tatsächlich von Lexi getrennt habe, hatte einen einfachen Grund. Ich fing an, beim Sex mit ihr an Romy zu denken. Kaum dass Lexi mich geküsst hat, habe ich mir gewünscht, es wären Romys Lippen gewesen, die meine berührten. Kaum dass sie sich aufreizend aufs Bett hat sinken lassen, war es Romy, die ich vor meinen Augen gesehen habe. Das war der Moment, an dem ich Lexi das erste Mal den Sex verweigerte. Ich konnte nicht mit ihr schlafen, wenn eine andere Frau in meinem Kopf herumgeisterte. Von da an ging es mit mir den Bach runter, bis ich schlussendlich die Entscheidung getroffen habe, mich zu trennen. Und zu diesem Zeitpunkt wusste ich noch nicht einmal, dass es wirklich Liebe ist, was ich anfange zu empfinden. Das wurde mir erst bewusst, als Fynn eine Rolle in meinem Leben spielte.

»Weißt du was?« Ich sehe Connor an und fange an, die Bücher auf meinem Schreibtisch und daneben auf dem Boden zu stapeln. »Lass uns was trinken gehen. Ich muss hier raus und brauche dringend Ablenkung. Bist du dabei?«

Als müsste ich Connor lange darum bitten. Der Kerl ist Gold wert, und ich bin mir nicht sicher, ob ich ihm das alles, was er für mich bereits getan hat, jemals zurückgeben kann.

Kapitel 29 – Romy

Etwa eine Woche, nachdem ich mich mit Lexi ausgesprochen habe und die Sache mit Luca ans Licht kam, liegt ein Päckchen vor meiner Zimmertür, und als ich es öffne, fällt mir ein Zettel entgegen mit einer handgeschriebenen Nachricht.

Ich wäre gerne einer der Helden aus deinem Buch. Stark und zielstrebig bei dem Bemühen, mein Mädchen wieder für mich zu gewinnen. Aber ich bin nur Luca. Und du nicht mein Mädchen. Noch nicht. Ich werde um dich kämpfen. Sieh das Buch als ein Geschenk an. Als Entschuldigung … Luca.

Es ist eine Ausgabe von Stolz und Vorurteil. Ich liebe dieses Buch. Ob Luca es gelesen hat? Ich vermute eher nicht. Diese Worte, die er geschrieben hat, klingen zu schön, um wahr zu sein. Die letzten Tage habe ich viel nachgedacht. Und geweint. Lexi hatte recht. Sie meinte, mir wird auffallen, wie sehr Fynn Luca ähnelt. Mittlerweile habe ich mich damit abgefunden, dass es diesen Fynn, mit dem ich nur über Social Media Kontakt hatte, gar nicht gibt. Zumindest nicht so, wie ich ihn mir in meinem Kopf zurechtgebogen habe. Luca hingegen muss ich mir gar nicht vorstellen. Ich muss mir nicht ausmalen, wie wohl seine Augen aussehen. Wie er spricht oder geht, oder wie sein Gesicht sich verändert, wenn er lacht. Nein, das muss ich nicht. Luca kann ich im realen Leben betrachten, wann immer ich es darauf anlege. Was ich natürlich nicht mache, denn ich bin immer noch sauer. Und verletzt. Es war leichter, als ich noch wütend auf ihn war. Ich lege das Buch zusammen mit der Botschaft in meine Nachttischschublade.

Noch bin ich nicht bereit, ihm zu schreiben oder gar zu verzeihen. Ich kann nicht. Er hat wochenlang gelogen. Ganz egal, ob ich seine Beweggründe verstehe oder nicht, ich kann das alles nicht so schnell hinter mir lassen, wie wir es wohl beide gern täten. Lexi ist überraschenderweise zu seiner größten Befürworterin mutiert. Es vergeht kein Tag, an dem sie mich nicht fragt, ob ich ihm nicht doch wenigstens einmal zuhören will. Nein, will ich nicht. Als ich erfahren habe, was er getan hat, habe ich umgehend seinen Buchblog und seinen privaten Account blockiert, um nichts mehr von ihm lesen zu müssen. Manchmal, vor allem wenn ich zu viel allein bin, ist der Drang, das rückgängig zu machen, groß. Aber bisher konnte ich mich noch jedes Mal davon abhalten, indem ich mich mit den Mädels getroffen habe. Oder mich wie eine Verrückte in Unikram gestürzt habe. Sein Verrat sitzt viel zu tief. Und ich bin mir nicht sicher, ob ich irgendwann bereit sein werde, ihm das zu verzeihen.

Eine weitere Woche danach, liegt eines der Bücher im Hörsaal auf dem Tisch, an dem ich immer sitze. Romeo und Julia. Es ist der gleiche Kurs, den ich mir mit Luca teile. Ich kann ihn nicht sehen, was kein Wunder ist, wenn man bedenkt, wie voll die Vorlesung ist. Aber ich bilde mir ein, seinen Blick auf mir zu spüren, als ich auch hier wieder eine Nachricht finde.

Die Kerle in den Büchern sind immer hin und weg von ihren Mädchen. Liebe auf den ersten Blick und so. Bei mir war es keine Liebe auf den ersten Blick. Auch nicht auf den zweiten. Dafür aber auf den tausendsten Klick. Denn genauso viele Zeichen musste ich tippen, bis ich herausge-

funden habe, dass ich dabei bin, mich in das Mädchen mit der süßen Nase zu verlieben.

Diese Worte lassen mich schlucken und bringen mich dazu, rot zu werden. Ich drehe mich nicht um und suche nach ihm. Nicht hier. Nicht jetzt. Nicht, solange ich mir nicht sicher bin, was genau ich eigentlich will. Vor allem aber, wen. Fynn, weil ich mich in den Kerl verliebt habe, der er im Netz ist? Oder Luca, von dem ich weiß, wie er wirklich ist und der noch dazu der Kerl ist, auf den ich in der Anonymität des Internets so abfahre? Meine Gedanken sind genauso wirr wie ich. Und solange die nicht klar sind, werde ich keine Entscheidung treffen können. Zumal ich immer noch wahnsinnig wütend und enttäuscht bin wegen dieser Lüge.

Genervt stopfe ich das Buch in meine Tasche, auch wenn diese Art der Behandlung meinem inneren Booknerd total gegen den Strich geht. Seufzend lasse ich mich auf meinen Stuhl fallen und spüre deutlich Lucas Blick auf mir. Würde ich mich jetzt umdrehen, um nach ihm zu suchen, könnte ich nicht dafür garantieren, dass ich nicht wild um mich schlage und ihn anschreie. Seine unfreiwillige Beichte im Diner ist noch zu präsent, als dass ich das alles einfach so vergessen könnte. Ich habe ihm gesagt, dass ich ihn nicht mehr sehen möchte, und das meinte ich auch genauso. Zumindest in diesem Moment. Und auch jetzt sträubt sich ein großer Teil in mir immer noch dagegen, auch nur in seiner Nähe zu sein.

Ich habe die letzten Tage lange nachgedacht. Darüber, was passiert ist. Und auch Lexis Worte gehen mir nicht mehr aus dem Kopf, und sie hatte recht. Mittlerweile habe ich gemerkt, wie sehr Fynn Luca ähnelt. Dass der Kerl, mit dem ich mich nur auf Social Media unterhalten habe, genauso charmant war, wie Luca es ist. Genauso frech. Und gleichzeitig witzig. Nicht dass ich besonders viel gelacht habe mit Luca, aber ich habe ihn mit seinen Freunden beobachtet.

Nicht absichtlich. Aber wenn man an der gleichen Uni studiert, kann man sich nicht die ganze Zeit aus dem Weg gehen. Selbst die Optik, die ich Fynn in meinem Kopf angedichtet habe, verschwimmt immer mehr und sieht am Ende aus wie Luca. Seine Bilder, auf denen man nie sein Gesicht gesehen hat, waren nach genauer Betrachtung eigentlich ziemlich eindeutig. Nur dass ich zu diesem Zeitpunkt nicht auch nur einmal einen Gedanken daran verschwendet habe, dass Fynn gar nicht wirklich existiert. Lexi hat sich seine Bilder nie angesehen. Ihr wäre sonst sicher gleich aufgefallen, dass ich die ganze Zeit ihren Ex-Freund anhimmle.

Es ist eigenartig, dass ausgerechnet sie im Moment Lucas größte Befürworterin geworden ist. Trotzdem wechselt sie wortlos die Richtung mit mir, wenn Luca uns auf dem Campus direkt entgegenkommt. Und Meghan füttert mich mit Fakten über liebende Männer. Ein liebender Mann meldet sich von sich aus. Irgendwie hat sie recht damit. Luca hat sich von sich aus gemeldet. Wenn auch nicht mit seinem Namen. Aber er war es, der den Kontakt zu mir gesucht hat.

Ich bin durcheinander. Einerseits wünschte ich, er hätte mich nie belogen und einfach in Ruhe gelassen. Andererseits hätte ich mich nie auf ihn eingelassen, wenn er direkt nach seiner Trennung von Lexi zu mir gekommen wäre. Wäre ich jetzt allein zu Hause, würde ich meine Stirn einmal mit Schwung gegen die Tischplatte krachen lassen. Vielleicht würde es das Chaos in meinem Kopf ein wenig zurechtbiegen. Als ich eine Bewegung rechts von mir wahrnehme und mir gleich darauf Lucas Geruch in die Nase steigt, versteife ich mich auf der Stelle und starre stur geradeaus. Ich will nicht mit ihm sprechen. Eigentlich möchte ich nicht einmal mit ihm in einem Raum sein.

»Romy …«

Ich schüttle wortlos den Kopf und sehe ihn nicht einmal an.

»Bitte rede mit mir. Oder lass mich reden, und hör mir einfach nur zu.«

Er klingt niedergeschlagen. Kratzt wohl ziemlich an seinem Ego, von einer Frau abgewiesen zu werden. Mein Körper ist durch und durch auf Abwehr, mein Herz allerdings schlägt plötzlich rasend schnell. Verräterisches Miststück – dich hat niemand nach deiner Meinung gefragt, verdammt noch mal. Nur leider spielt mein Herz schon seit einiger Zeit verrückt. Nämlich seit es angefangen hat, sich für Fynn mehr als nur buchtechnisch zu interessieren. Was wohl bedeutet, dass es sich auch für Luca interessiert. Als ich wütend aus dem Diner gestürmt bin, hat er noch versucht zu erklären, dass alles, was Fynn jemals gesagt hat, er war. Luca hat mir Komplimente zu meiner Nase gemacht. Luca hat mich gefragt, wie mein Tag war, wenn wir abends noch stundenlang geschrieben haben. Und Luca war es auch, der mich zu diesem Date eingeladen und dann geküsst hat. Ich war wütend, als mir bewusst wurde, dass er nur früher abgehauen ist, damit ich ihm nicht auf die Schliche komme. Gleichzeitig musste ich mir auch eingestehen, dass er sich ganz schön ins Zeug gelegt hat, um uns beiden einen schönen Abend zu bescheren und er die ganze Zeit über echt charmant war. Genauso charmant wie bei unserem Kuss auf der Party. Auf der wohlgemerkt ich ihn geküsst habe. Weil ich ihn anziehend finde. Weil er so süß war und sich um mich gekümmert hat. Weil er so gut riecht und ich …

»Ich flehe dich an, Romy. Lass es mich erklären.«

Weil ich meinen eigenen Gefühlen gerade nicht besonders traue, springe ich wortlos auf, schnappe mir meine Sachen und stürme aus dem Hörsaal, ohne auf meine Umgebung zu achten. Luca folgt mir. Es wäre auch zu einfach gewesen, wenn er mich jetzt einfach in Ruhe lassen würde.

»Bleib stehen!«

»Nein!« Wütend wirble ich zu ihm herum, und es fehlt nicht viel, und er wäre beinahe in mich reingerannt. Ich mache schnell einen Schritt zurück und funkle wütend zu ihm hoch. »Du sollst mich in Ruhe lassen, Luca.«

»Das kann ich aber nicht. Nicht, bevor du mir nicht zugehört hast.«

»Oh, ich habe dir zugehört. Ich habe mir wochenlang deine Lügen anhören müssen, und damit ist jetzt Schluss. Ich möchte nicht mit dir sprechen oder dich sehen.

Luca sieht aus, als hätte ich ihn geschlagen. Vermutlich hätte ihm eine Ohrfeige von mir weniger wehgetan als meine Worte. Aber darauf kann ich keine Rücksicht nehmen, denn das hat er die letzten Wochen auch nicht getan, wenn es um meine Gefühle ging. Er weicht zurück und sieht mich betroffen an, bevor er eine Hand hebt, sich mit den Fingern durch die Haare fährt und leicht den Kopf schüttelt. Sein Mund schließt und öffnet sich immer wieder, und es ist wohl das erste Mal, dass ich Luca sprachlos erlebe.

»Ich habe selten jemanden erlebt, der so stur ist wie du.«

»Muss ja eine ganz neue Erfahrung für dich sein, dass nicht sofort jeder vor dir niederkniet, oder?«

Er macht einen Schritt auf mich zu und funkelt mich wütend und gleichzeitig frustriert an. »Ich weiß, ich habe einen Fehler gemacht. Einen großen Fehler. Und ich versuche die ganze Zeit, ihn wiedergutzumachen. Nur musste ich das bisher noch nie. Also wäre es verdammt nett, wenn du mir einfach ein wenig entgegenkommen würdest.«

Seine Stimme wurde ein wenig lauter, doch ihm scheint wieder einzufallen, wo wir uns befinden, als er seinen Blick durch den Gang schweifen lässt. Wir sind allein. Die anderen sind alle in ihren Vorlesungen.

»Romy. Ich musste noch nie ein Mädchen anbetteln, mit mir zu reden!«

Dann wird es Zeit, wie ich finde, auch wenn mich diese Erkenntnis nicht überrascht.

»Und schon gar nicht weiß ich, wie man das Herz eines Mädchens gewinnen kann.«

»Ein Anfang wäre es, dieses Mädchen nicht anzulügen«, falle ich ihm ins Wort, auch wenn mein Herz bei seinen

Worten wieder schneller schlägt. Und es wird nicht langsamer, als Luca noch einen weiteren Schritt auf mich zumacht. Wir sind uns jetzt so nahe, dass ich meinen Kopf ziemlich in den Nacken legen muss, um zu ihm hochzusehen. Mir fällt wieder auf, wie gut er riecht. Wie warm er ist. Es juckt mich in den Händen, mit meinen Fingern durch seine Haare zu streichen. Aber ich halte mich gerade noch so davon ab.

»Ich weiß das. Aber ich habe es dennoch gemacht, weil das für mich die einzige Chance war, mit dir reden zu dürfen.«

Ich schüttle meinen Kopf, was ihn dazu bringt, die Augen leicht zusammenzukneifen. »Du hättest es einfach versuchen sollen Luca. Du hättest ...«

»Der Frau, dessen beste Freundin ich verlassen habe, sagen, dass ich sie will? Dass da mehr ist als bloße Lust auf Sex? Ernsthaft? Du hättest mir keine zwei Sekunden zugehört, wie man bereits feststellen durfte.«

Er hat recht. Ich hätte ihm nicht zugehört. Aber trotzdem kann ich ihm diese Lüge nicht verzeihen. Wenn ich nur daran denke, was ich Fynn, und somit ihm, alles erzählt habe im Laufe der Zeit. Luca macht noch einen Schritt auf mich zu. Und noch einen. Noch einen. Bringt mich dazu, zurückzugehen, bis ich die Wand in meinem Rücken spüre. Luca stützt seine Hände links und rechts neben meinem Kopf an die Wand, und schlagartig fühle ich mich wie in einem meiner Liebesromane. Luca geht es scheinbar nicht anders.

»Als ich angefangen habe, diese Romane zu lesen, die du mir empfohlen hast, habe ich in jedem zweiten Buch bemerkt, dass der Kerl genau das macht, was ich jetzt mache, Romy. Erstaunlich, dass es wirklich zu funktionieren scheint. Dein Herz klopft schneller. Ich sehe, wie die Ader an deinem Hals schneller pocht«, raunt er mir ins Ohr.

Das tut es wirklich. Mieser Verräter. Ich will etwas sagen. Eigentlich muss ich sogar etwas sagen. Doch scheinbar will Luca gerade so einiges loswerden und lässt mich gar nicht zu Wort kommen. Seine Lippen noch immer an meinem Ohr, spricht er leise weiter und beschert mir eine Gänsehaut an der Stelle, an der sein Atem auf meine Haut trifft.

»Ein Fehler. Ich habe einen verdammten Fehler gemacht. Wobei, nein. Der erste war es, mich in dich zu verlieben. Der zweite, dich zu belügen.«

Es war ein Fehler, sich in mich zu verlieben? Das schmerzt.

»Ich habe mich noch nie für eine Frau so sehr ins Zeug gelegt wie für dich. Und du zeigst mir weiterhin die kalte Schulter. Du verurteilst mich für einen Fehler. Ein Fehler, der nie darauf abzielte, dich zu verletzen. Gerade du müsstest es aus deinen Büchern kennen. Dass die Kerle immer bescheuerte Fehler machen und zu kindischen Idioten mutieren, sobald Gefühle ins Spiel kommen.« Seine Finger gleiten vorsichtig über meine Wange und streifen mir eine Haarsträhne hinter mein Ohr. Seine Hand verweilt gleich dort in meinem Nacken und drückt leicht zu. »Du hast mich geküsst. Betrunken zwar, aber du hast es getan. Ohne mich vorher um Erlaubnis zu bitten. Nicht dass es mich gestört hätte, aber wäre es umgekehrt gewesen, und ich hätte dich einfach so geküsst, wäre ich das Arschloch, das dich gezwungen hat. Auch das würdest du mir nicht verzeihen. Soll ich dir das jetzt vielleicht auch ewig vorhalten? Diesen Kuss …« Seine Lippen legen sich federleicht auf die Stelle unter meinem Ohr, und ich kneife meine Augen zusammen. »Wenn man es genau nimmt, Romy, dann belügst du mich auch die ganze Zeit. Du belügst vor allem dich selbst. Du willst nichts mit mir zu tun haben? Dein Körper sagt etwas anderes.«

Oh mein Körper sagt es nicht nur, er schreit es in die Welt hinaus. Vor allem mein Herz ist so laut, dass man es bestimmt bis zu mir nach Hause hören kann.

Ruckartig richtet Luca sich wieder auf, und ich presse die Lippen zusammen. Wir sehen uns wortlos ein paar Sekunden in die Augen, und ich würde gern etwas sagen. Aber alle Gedanken, die gerade durch meinen Kopf rauschen, lassen sich nicht zu Worten formen. Das ist auch gar nicht mehr nötig, denn Luca macht wieder einen Schritt von mir zurück.

»Ich weiß nicht, was ich noch machen soll.« Er zuckt überfordert die Schultern, sieht mich noch einmal an, schüttelt leicht den Kopf und verschwindet dann ohne ein weiteres Wort. Genau pünktlich. Die Vorlesungen sind zu Ende.

Kapitel 30 – Luca

Eine Woche ist das Gespräch mit Romy jetzt her. Eine Woche, in der ich ihr nach wie vor die Bücher und meine Botschaften habe zukommen lassen, ihr aber sonst weitestgehend aus dem Weg gegangen bin. Chris und George waren großartig und haben dafür gesorgt, dass die Bücher auch bei ihr landen. Sie haben sogar versucht, mit ihr zu sprechen. Aber Romy ist stur. Sie hat die beiden einfach wortlos stehen lassen. Chris konnte nicht fassen, dass es tatsächlich eine Frau gibt, die seinem Charme widerstehen kann. Es wäre witzig, würde es nicht um die Frau gehen, die auch gegen meinen Charme immun zu sein scheint. Ich habe ihr mehrmals gesagt, was ich will. Sie. Jetzt ist sie an der Reihe. Wenn sie irgendetwas für mich empfindet, wird sie irgendwann mit mir reden. Wenn es tatsächlich nur die Version von Fynn ist, die sie will, dann war es das. Ja, ich bin Fynn. Ja, er war echt. Aber nein, ich bin kein Bücherjunkie, der seine komplette Freizeit mit dem Lesen von Büchern verbringt. Das wäre mal eine Idee für einen Roman. Der Held, der keiner sein durfte, weil er nicht jede freie Sekunde mit Lesen verbracht hat.

Selten bin ich mir so verloren vorgekommen wie jetzt. Ich habe keine Lust mehr auf Partys, denn es könnte sein, dass ich Romy über den Weg laufe und sie mich dann wieder zum Teufel jagt. Während der Vorlesungen zwinge ich meinen Blick weg von ihr. Es klappt nicht die ganze Zeit, aber ich versuche, mich nicht zu sehr auf sie zu konzentrieren. Und die Buchhandlung meide ich komplett. Mal abgesehen davon, dass ich mir sowieso keine Bücher kaufen möchte, ist die Gefahr, ihr dort über den Weg zu laufen, einfach zu groß. Und ich bin im Moment feige, was sie betrifft. Ich will nicht hören, dass ich meine Bücher behalten soll. Oder dass ich ihr keine Nachrichten mehr schreiben soll. Dass ich mich von ihr fernhalten soll. Das hat sie bereits gesagt, und ich bin gerade dabei, mich von ihr fernzuhalten, in der Hoffnung, dass der Abstand sie ein wenig wachrüttelt. Vielleicht will sie mich, wenn sie mich nicht sieht, weil sie merkt, dass ich ihr fehle? Ich habe keine Ahnung.

Vielleicht ist es dann aber nicht gerade förderlich, so wie jetzt, auf dem Campus auf einer Bank zu hocken. Ein eisiger Wind weht, und ich habe meine Jacke bis obenhin zugemacht. Meine Mütze dient mehr zur Deko, nicht weil ich so sehr drauf stehe, sie zu tragen. Aber wenn man öfter hört, dass sie einen gut aussehen lässt, gewöhnt man sich irgendwann daran, sie immer zu tragen. Ja, in der Hinsicht bin ich eitel. Ich kann den nahenden Winter bereits riechen, auch wenn meine Nase taub vor Kälte ist. Aufzustehen und nach Hause zu gehen ist keine Option. Mir fällt die Decke auf den Kopf, und ich bin so frustriert, dass ich nicht weiß, wie lange ich mich noch zurückhalten kann. Manchmal frage ich mich, ob ich nicht doch präsenter in Romys leben sein sollte. Aber dann verwerfe ich den Gedanken schnell wieder. Sie hat mich blockiert. Auf allen Kanälen. Wieso nicht gleich auswandern und einfach vergessen, dass es sie gibt. Jedes Mal wenn ich zu viel darüber nachdenke, werde ich wütend. Seufzend beuge ich mich vor, stütze meine Ellbogen auf meinen Oberschenkeln ab, und meine Gedanken kreisen unablässig darum, dass ich damals auf Connor hätte hören sollen. Er hat mich von Anfang an gewarnt.

»Hey, Luca.«

Als ich den Kopf hebe, stehen Lexi und Meghan vor mir. Sie sehen sich beide unsicher an, bevor ihr Blick über den

Campus und dann wieder zu mir wandert. Schnaubend senke ich den Kopf wieder.

»Hat sie euch verboten, mit mir zu sprechen?«

Lexi flüstert Meghan etwas zu, diese nickt, sieht mich aufmunternd an und geht dann weiter, während Lexi sich rechts von mir auf die Bank setzt.

»Nicht direkt. Aber ich glaube nicht, dass sie es geil finden würde, wenn sie uns zusammen sieht.« Das ausgerechnet von Lexi zu hören, schmerzt. Immerhin waren wir ein Paar, und das nicht nur zwei Wochen lang. Ich wende ihr mein Gesicht zu und sehe sie traurig an. Sie ist immer noch schön, und ich kann mich noch erinnern, wie gut ich mich in der Beziehung mit ihr gefühlt habe. Und wie dann alles den Bach runtergegangen ist.

»Warum setzt du dich dann zum Feind?«, frage ich sie leise und wende meinen Blick wieder ab.

Lexi schweigt einige Minuten. Aber es ist nicht unangenehm. Wir haben uns immer gut verstanden, und, so hart es auch klingt, wäre mir Romy nicht über den Weg gelaufen, wären wir zwei immer noch ein Paar.

»Du bist nicht mein Feind. Und auch nicht der von Romy. Sie braucht einfach Zeit.«

»Wie viel denn noch? Wie lange soll ich mich noch so zum Affen machen? Wie oft soll ich noch versuchen, sie dazu zu bringen, mit mir zu sprechen?«

Lexi lächelt mich traurig an und stupst leicht ihre Schulter gegen meine. »Solange es eben dauert. Aber vielleicht geht es schneller, wenn du ein wenig Hilfe bekommst.«

»Die Jungs helfen mir bereits, wo sie können. Was sollen wir denn noch tun?«

Lexi lacht los und schüttelt den Kopf. »Prinzessin, Banker und Charmeur? Ernsthaft, Luca. Ich mag die Jungs, und ich liebe Connor, aber in Sachen Beziehung haben sie einfach keine Ahnung. Ich rede von mir und Meghan. Wir wollen euch beiden helfen. Aber da Romy ein bisschen stur ist …«

»Ach was? Romy und stur? Ist nicht wahr«, falle ich ihr sarkastisch ins Wort und lehne mich mit dem Rücken gegen die Banklehne. Ich drehe ihr nur meinen Kopf zu, verschränke die Arme vor der Brust und sehe sie abwartend an.

»... da sie zu stur ist, um sich helfen zu lassen, und es war nicht nett, dass du mich unterbrochen hast, haben wir beschlossen, stattdessen dir ein wenig auf die Sprünge zu helfen. Denn am Ende hilft es euch beiden.«

Sie wollen mir ernsthaft helfen. Mittlerweile bin ich bereit, nach jedem Strohhalm zu greifen. »Weißt du, was Romy sagen wird, wenn sie das herausfindet?« Lexi legt den Kopf fragend schief. »Dass ich ein Arschloch bin, weil ich ausgerechnet dich in die Sache mit reinziehe. Arschloch ist ihr Lieblingswort für mich. Sie kann dieses Wort sogar lächeln.«

Lexi lacht leise. »Dann soll sie wütend sein. Sie wird schon noch merken, dass wir nur ihr Bestes wollen. Und auch wenn ich es nicht gern zugeben, das Beste für sie bist du.«

Sie wirkt so traurig, und ich weiß, dass ich schuld daran bin. Seufzend lege ich einen Arm um ihre Schulter und drücke sie kurz an mich. »Danke.« Für alles. Deine Hilfe. Die Zeit mit dir. Dass du da bist. »Was genau denkst du, soll ich tun?« Ich lasse sie wieder los, lehne mich wieder zurück und sehe, wie sie sich schnell eine Träne von der Wange wischt. »Hey.«

»Alles gut. Es wird noch ein wenig dauern, aber ich bin froh, dass wir beide wenigstens normal miteinander umgehen können. Also. Meghan und ich haben einen Plan. Du hast sie über deinen Blog kennengelernt. Versuch, damit ihr Herz zu gewinnen. «

»Sie hat mich blockiert.«

»Ich weiß. Aber Meghan und ich werden sie dazu bringen, irgendwann wieder einen Blick auf deine Seite zu werfen. Kümmere du dich um die Posts. Sei ehrlich, und sei Luca. Nicht Fynn. Fynn hat hier nichts mehr zu suchen. Wenn sie sieht, wie Luca darüber denkt und wie sehr Luca kämpft, hast du vielleicht eine Chance.«

Nachdenklich starre ich auf den Boden vor mir. Was habe ich schon zu verlieren? Nichts. Wenn es nur ein paar Posts braucht, um sie vielleicht an meine Seite zu bringen, dann ist das nur ein kleiner Beitrag, den ich leisten kann. Ich bin gern bereit, das zu tun. »Gut. Versuchen wir es. Irgendwelche Tipps, was ich schreiben könnte?« Ich sehe Lexi ein wenig verzweifelt an, und sie klopft mir kumpelhaft auf den Rücken.

»Wir beide gehen jetzt einen Kaffee trinken. Meghan holen wir nach ihrer Vorlesung auch noch dazu, und dann schmieden wir einen Plan. Aber hier ist es mir zu kalt. Ich werde erfrieren, und das wollen wir beide nicht.«

Nein, das wollen wir nicht. Also stehe ich auf und lege ihr, als sie neben mir steht, einen Arm um die Schulter und drücke ihr einen kurzen Kuss auf die Schläfe. »Ich bin froh, dass du da bist«, flüstere ich, bevor ich sie wieder loslasse und wir zusammen losgehen, um die Welt zu retten. Zumindest meine kleine Welt, in der Romy erst noch ihren Platz finden muss.

Kapitel 31 – Romy

Zwei Wochen, nachdem ich vor Luca aus dem Hörsaal geflohen bin, befinde ich mich zusammen mit Lexi und Meghan auf dem Weg zu einer Verbindungsparty. Eigentlich wollte ich zu Hause bleiben. Aber die beiden wollten nichts mehr davon hören. Ihrer Meinung nach muss ich mich Luca früher oder später ohnehin stellen. Warum also nicht gleich heute. Ich habe mich breitschlagen lassen und werde förmlich von den beiden auf die Party eskortiert. Als hätten sie Angst, ich könnte ihnen auf dem Weg dorthin davonlaufen.

Ich habe beide Profile von Luca blockiert, und ja ich schwänze mittlerweile auch die gemeinsamen Vorlesungen. Tagsüber komme ich damit gut klar. Aber da bin ich auch abgelenkt. Nachts macht es mich immer noch wütend. Auch meinen Blog meide ich. Vorerst habe ich ihn auf Eis gelegt, und auch auf meine Bücher habe ich aktuell keine Lust. Dass mir das einmal passiert, hätte ich auch nie gedacht. Lucas Bücher und die kleinen Botschaften liegen alle gesammelt in einer Kiste unter meinem Bett. Manchmal schlägt mein Herz schneller, wenn ich daran denke. Manchmal werde ich wütend. Aktuell bin ich wütend.

»Ich weiß, er hat dich verletzt. Aber irgendwann solltest du ihm verzeihen.« Meghan ist in den letzten Tagen ebenso wie Lexi zu Lucas Cheerleaderin mutiert. Bei jeder sich bietenden Gelegenheit versucht sie, sich für ihn einzusetzen und bei mir ein gutes Wort für ihn einzulegen. »Ich weiß, du hasst es, wenn man lügt. Kann ich verstehen. Aber er wollte damit niemandem schaden. Und er ist ein Kerl, die denken selten, bevor sie handeln.«

Kann schon sein, aber ich bin so sauer auf ihn, dass ich nicht weiß, ob ich ihn so schnell wieder sehen will.

»Meghan hat recht. Auch wenn ich das ungern zugebe. Der arme Kerl hat genug gelitten. Seit eurem Streit sehe ich ihn nur noch gehetzt durch die Gegend rennen. Und er ist auch auf keiner der Partys erschienen, auf denen man ihn sonst so findet. Hör dir doch wenigstens an, was er dir zu sagen hat.«

Ich will nicht. Und irgendwie will ich doch. »Ich überleg es mir, wenn ihr mich jetzt damit in Ruhe lasst. «

Vermutlich sollte ich ihm eine Chance geben, sich zu erklären. Seit Wochen kriege ich ihn nicht mehr aus meinem Kopf. Mittlerweile ist es Luca, der durch meinen Kopf geistert und nicht Fynn. Mein Hirn hat akzeptiert, dass es sich um ein und dieselbe Person handelt. Lexi war mir bei dieser Erkenntnis eine große Hilfe. Ich habe sie einen Teil der Chats lesen lassen. Und manchmal wurde sie traurig und sagte, das klingt ganz nach Luca. Irgendwann war ich dann so weit zu akzeptieren, dass es eine Person ist, die all das mit mir besprochen hat. Und ich muss ihm zugutehalten, dass er von sich aus das Gespräch gesucht, und mir die Wahrheit gesagt hat. Wenn auch erst spät.

»Er hat dir geschrieben, Romy. Und dir Bücher geschenkt. Und die kleinen Botschaften lassen dich doch auch nicht kalt, oder? Also wenn das nicht zeigt, wie wichtig es ihm ist, dann weiß ich es auch nicht.«

Lexi hat recht, und Meghan, der ich natürlich auch davon erzählt habe, nickt zustimmend. Schweigend gehen wir weiter, bis wir schon gar nicht mehr so weit von uns entfernt Musik und lautes Gelächter hören. Ohne zu zögern, betreten wir das Haus und machen uns gleich auf die Suche nach etwas zu trinken. Bevor ich jedoch auch nur einen Becher in die Hand nehmen kann, finde ich etwas ganz anderes. Luca.

Allerdings scheint er mich nicht zu bemerken. Konzentriert starrt er auf sein Handy und drückt wild auf dem Display herum. Flankiert von seinen drei Kumpels. Ich weiß nicht, was sie da machen, ich will es auch gar nicht herausfinden. Zwar musste ich damit rechnen, ihm heute zu begegnen, aber vorbereitet war ich darauf offenbar ganz und gar nicht.

Ich will mich gerade abwenden und von hier verschwinden, als Luca seinen Kopf ruckartig hebt und genau in meine Augen sieht.

»Romy!«

Selbst über den Lärm der anwesenden Partywütigen hinweg kann ich ihn klar und deutlich hören. Allerdings will ich nicht hören, was er zu sagen hat. Nur dass Luca anscheinend beschlossen hat, dass nun Schluss ist mit weglaufen. Er springt so schnell von dem Hocker hoch, auf dem er eben noch gesessen hat, dass er scheppernd zu Boden geht.

»Lass mich in Ruhe.«

»Nein. Du wirst mir jetzt verdammt noch mal zuhören.«

Er ist so laut, dass nun einige Augenpaare auf uns geheftet sind und wohl gespannt auf ein Drama warten. Allerdings habe ich nicht vor, hier drinnen eines zu starten. Ich durchquere das Haus und stürme raus in den Vorgarten. Ich bin mir sicher, dass Lexi und Meghan dicht hinter mir sind. Ebenso wie Luca und seine Freunde. Ich will nach Hause. Es war ein Fehler, hierherzukommen. Wie konnte ich auch glauben, dass es mir nichts ausmacht, ihn zu sehen?

»ROMINA!«

Ruckartig bleibe ich stehen, als er so laut brüllt, dass einigen um uns herum ein erschrockenes Keuchen entkommt. Ich sehe bereits vor mir, wie sie an der Uni über uns sprechen werden. Der Mädchenschwarm und die kleine Bücherratte. Alle werden sich fragen, was er von mir will. Das frage ich mich doch selbst auch die ganze Zeit. Warum ich? Warum behauptet er, mich zu wollen? Warum musste er ausgerechnet mich belügen? Warum bin ich schuld daran, dass er sich von Lexi getrennt hat. Ich habe mich sogar eine ganze Weile gefragt, ob er eine Wette am Laufen hatte mit einem seiner Freunde. Aber je länger ich darüber nachgedacht habe, umso schneller habe ich die Idee auch wieder verworfen. Wäre das der Fall gewesen, hätte er schon längst aufgegeben. Kein Gewinn der Welt kann rechtfertigen, welche Mühe er sich für sein Spielchen gegeben hat. Langsam, die Hände an den Seiten zu Fäusten geballt, drehe ich mich zu ihm um und sehe ihn mit vorgerecktem Kinn an.

»Was willst du noch von mir?«

»Immer noch das, was ich schon die ganze Zeit will. Dich.«

Ich kann förmlich hören, wie alle anwesenden Frauen um uns herum entzückt seufzen oder enttäuscht schnauben. Ich kann meinen Blick allerdings nicht von Luca nehmen. Er sieht müde aus. Seine Haare stehen ihm wild vom Kopf, was nicht ungewöhnlich ist. Aber heute wirken sie, als wäre er sich vor lauter Nervosität ständig mit den Händen durchgefahren.

»Du hast mich blockiert, wo es nur ging. Es wundert mich, dass du noch nicht ausgewandert bist, nur um mir nicht mehr über den Weg zu laufen. Du musst mich wirklich hassen, Romy. Und ich kann es sogar verstehen.«

Mit jedem Wort kommt er näher und näher, bis er nur noch zwei Schritte von mir entfernt ist. Ich hasse ihn nicht. Nicht mehr. Wenn er wüsste, dass ich mich selbst dafür hasse, Gefühle für ihn entwickelt zu haben, würde er vielleicht gar nicht mehr so traurig aussehen wie jetzt gerade.

»Ich habe in letzter Zeit unzählige Posts veröffentlicht. Nur langsam frage ich mich, wozu. Wenn du sie doch gar nicht liest. Aber wenn du sie nicht lesen willst, werde ich sie dir eben vorlesen!«

Als hätten sie es einstudiert, steht plötzlich Connor neben ihm und drückt ihm mehrere Karteikarten in die Hand. Okay, die haben das geübt. Lexi und Meghan sehen mit großen Augen zwischen den beiden und mir hin und her, halten aber ansonsten Abstand. Lucas Freunde stehen hinter ihm. Die Arme vor der Brust verschränkt, so, als müssten sie Luca vor irgendetwas beschützen, oder mich einfangen, sollte ich doch noch den Entschluss fassen zu verschwinden.

»Oh, warte. Bevor ich vorlese, sollte ich dir vielleicht sagen, dass ich dieses Mal ein Foto von mir gepostet habe. Mit meinem Gesicht. Meinem eigenen. Du darfst ruhig stolz auf mich sein!«

Ich schnaube nicht gerade damenhaft, funkle ihn aber nicht mehr ganz so wütend an wie zuvor. Ich bin müde. Die letzten Wochen haben auch mir zugesetzt. Noch weiß ich nicht, ob ich wirklich hören will, was er zu sagen hat. Aber irgendwann muss man auch mal einen Strich unter die Sache setzen.

Luca räuspert sich, und inzwischen haben alle die Party nach draußen verlegt, um das hier zu verfolgen. Ich stehe nicht so gern im Mittelpunkt. Lexi weiß das und steht mittlerweile neben mir, einen Arm um meine Hüfte gelegt, um mich zu unterstützen.

»Hör ihm zu. Er meint es ernst.«

Ich nicke nur knapp, sehe dabei aber immer noch Luca an.

»Vor einer Weile habe ich ein Foto gepostet, weil ich ein Mädchen beeindrucken wollte. Jepp, genau das Bild mit dem Handstand auf den Büchern. Ich konnte das Mädchen beeindrucken, aber leider dachte sie zu diesem Zeitpunkt, dass ich jemand anderer bin. Und das war falsch. Ich habe dieses Profil gestartet und nur meinen Zweitnamen angegeben, weil ich Angst hatte, dieses Mädchen mit meiner richtigen Identität nicht beeindrucken zu können. Heute hoffe ich, sie damit zu beeindrucken, dass ich endlich ehrlich zu ihr bin. Ich bin Luca Fynn Mason und habe mich hier als Fynn ausgegeben und nie auch nur im Ansatz gezeigt, wer ich im echten Leben bin. Ich habe nach einer Möglichkeit gesucht, Romy für mich zu gewinnen. Und ich habe verkackt. Ab sofort kein

Verstecken mehr. Das auf dem Foto bin ich. Ein Kerl, der einen Blog erstellt hat, weil das Mädchen, in das er sich verknallt hat, auch einen hat. Und ich hoffe, sie kann mir das irgendwann verzeihen.«

Ich muss ein bisschen schlucken, während Luca einen Post nach dem anderen vorliest und auch die dazu passenden Fotos in meine Richtung streckt. In einem erzählt er von unserem Dinner in the Dark. Davon, wie sehr er es genossen hat, mich für sich allein zu haben. Wie sehr er da bereits mit seinem schlechten Gewissen zu kämpfen hatte. Dann finde ich einen Beitrag, wie wir uns im Buchladen begegnet sind und er auf meinen Rat hin »Him« gekauft hat. Er erzählt auch, wie er das Buch gelesen hat und wie sehr es ihm gefallen hat, mit mir darüber reden zu dürfen. Dass diese Buchrichtung vermutlich nie seine bevorzugte werden wird, er es aber dennoch richtig gut fand und die Freundschaft der beiden Jungs sehr gern mochte. Er berichtet von Beiträgen über Bücher, die er wegen mir gelesen hat. Es gibt Beiträge zu seinen Gedanken über mich.

»Sie hat die hübscheste Nase, die ich jemals gesehen habe. Und das erste Mal richtig nahe war sie mir auf einer Party. Sie hatte etwas getrunken. Sie war selbst angeheitert noch bezaubernd und … sie hat mich geküsst. Na gut, danach hat sie gekotzt. Aber das lag nicht an meinen Kuss-Qualitäten, ich schwöre es.«

Der Beitrag bringt nicht nur mich zum Lachen. Alle Anwesenden stimmen mit ein, und Luca selbst schenkt mir ein unsicheres Lächeln und kräuselt ein wenig die Nase. Scheinbar ist er aber noch nicht fertig. Er hat nicht zu viel versprochen und Unmengen an Beiträgen gepostet, die er jetzt scheinbar alle endlich vor mir loswerden will. Luca gibt Connor sein Handy, der wiederum auf mich zugeht und es mir in die Hand drückt. Verdattert schließe ich meine Finger darum und senke langsam meinen Blick, um daraufzublicken. Luca zeigt ein Buch in die Kamera, welches auf meiner

Wunschliste steht. Vor einiger Zeit habe ich selbst dazu noch einen Post verfasst, unter dem ich darüber berichtet habe, welche Bücher bald schon bei mir einziehen müssen. Das ist eines davon. Dieses Mal hält er den kleinen Zettel mit der Botschaft gleich mit ins Bild.

Ich würde jedes Buch auf dieser gottverdammten Erde lesen, wenn es mich wieder ein bisschen näher zu dir bringen würde. Und ich fange heute damit an. Ich lese nicht besonders schnell. Wenn du mir also entgegenkommen willst ... bitte, Romy.

Irgendwie herzerweichend. Seine Augen sagen auf diesem Bild so viel aus, und für eine Sekunde vergesse ich, warum ich nicht sofort zu ihm gehe. Warum ich nicht einfach vergesse, was war ... Kurz schüttle ich den Kopf, nehme meine Augen einen Moment vom Display und lasse meinen Blick gedankenverloren schweifen. Noch immer werden wir von allen beobachtet, während Lexi wie ein Fels neben mir steht und mir aufmunternd zulächelt. Es ist kalt. Doch die Kälte dringt noch gar nicht so sehr zu mir durch, wie es im Herbst eigentlich üblich wäre.

»Romy, es tut mir leid. Ich weiß, ich habe Scheiße gebaut, und es fällt mir alles andere als leicht, das zuzugeben. Ich weiß, dass wir beide uns kaum kennen und ich es vielleicht gerade völlig übertreibe, aber ich will es versuchen. Ich möchte herausfinden, ob Luca sich genauso gut mit dir versteht, wie Fynn es getan hat. Denk daran, ich bin beide. Und ich glaube, das könnte richtig gut werden. Also wärst du jetzt endlich so freundlich und würdest deinen Hintern zu mir bewegen?«

Kapitel 32 – Luca

Mein Herz schlägt mir bis zum Hals, als ich wie ein Volltrottel hier stehe und darauf warte, ob dieses sture Mädchen endlich Mitleid mit mir hat. Es würde mich nicht einmal überraschen, wenn sie sich einfach abwendet und geht. Noch nie, wirklich noch nie, habe ich mich so sehr ins Zeug gelegt wie für sie. Auch wenn es mich erneut zum Arschloch macht, früher hat es gereicht, wenn ich ein Abendessen spendiert habe. Oder einen Abend im Kino. Bei Romy aber nicht. Bei ihr habe ich es richtig verkackt, und sie hat mich das auch die ganze Zeit spüren lassen. Was gut war. Denn andernfalls hätte ich mir vermutlich nicht einmal annähernd so viel Mühe gegeben. Lexi und Meghan haben mir geholfen, indem sie Romy hierhergebracht haben. Connor hat mit mir zusammen alle Posts ausgedruckt, und er hat sie sogar laminiert. Das würde einen besseren Eindruck machen, meinte er. Chris und George haben dafür gesorgt, dass Romy die Pakete auch bekommt. Alles war bis ins Detail geplant, nur konnte keiner von uns auch nur annähernd sagen, wie Romy auf das Ganze reagieren würde. Und einen Plan B gibt es nicht.

Und endlich gibt sie sich einen Ruck und setzt sich in Bewegung. Wie erstarrt bleibe ich stehen, aus Angst, sie mit der kleinsten Bewegung doch noch in die Flucht zu schlagen. Und da soll noch einmal jemand sagen, Frauen hätten keine Macht über die Männer.

Sie wirkt unsicher. So kenne ich sie gar nicht. Aber ich kenne sie ja auch so nicht besonders gut. Oder doch? Fynn kennt sie. Und Fynn bin ich, und ich bin verwirrt. Und dann bin ich erleichtert, als Romy leicht nickt und mich nicht zum Teufel jagt. Ich bin extra hergekommen, um zu reden und diese Sache ein für alle Mal aus der Welt zu schaffen, und erleichtert, dass sie mir die Chance dazu gibt.

»Es tut mir leid. Damals kam mir die Idee richtig toll vor, und ich wusste nicht, wie ich sonst dafür sorgen kann, dich näher kennenzulernen. Aber Lexi zuliebe hättest du dich nie auf ein Date mit mir eingelassen. Es war ein Fehler. Nein, eigentlich war es kein Fehler. Dadurch durfte ich dich besser kennenlernen. Ich kann leider nicht nur das Negative sehen.«

Sie wirkt nicht so abwehrend, wie es nach unserem Gespräch im Café der Fall war. Das verbuche ich mal als Fortschritt. Auch wenn vermutlich noch ein langer Weg vor mir liegt.

»Ich mag es nicht, belogen zu werden. Egal, wie klein die Lüge ist.«

»Ich weiß.«

»Es wird dauern, bis ich dir vertrauen kann.«

»Das ist okay. Ich werde hier sein und warten.« Ich zucke die Schultern und sehe sie nervös an.

»Was? Hier auf dieser Party?«

Mein nervöser Blick wechselt schlagartig in einen verdatterten Ausdruck, bevor ich anfange zu lachen. Und da bin ich nicht der Einzige. Gott, ist dieses Mädchen süß. »Du machst mich fertig. Okay, ich versuche einen Neustart.« Ich strecke ihr die Hand entgegen und schlucke kräftig, als sie sie nach kurzem Zögern ergreift. »Hi, ich bin Luca. Und ich würde dich gern näher kennenlernen.« Ich lächle sie unsicher an, verstärke den Druck meiner Hand und ziehe sie ein bisschen näher zu mir. »Und ich würde dich zu gern noch einmal küssen. Dieses Mal nüchtern. Und ohne, dass du danach kotzen musst!«, flüstere ich.

»Und dann?«, flüstert Romy zurück und sieht zu mir hoch.

Wie gern ich dieses hübsche Gesicht jetzt mit Küssen bedecken würde. »Und dann sorge ich dafür, dass du mich kennenlernst. Ohne Filter. Ohne Verstecken.« Meine Lippen kommen ihren langsam näher. Aber bevor sie meine berühren, stoppt sie mich, indem sie ihren Kopf ein wenig zurückzieht.

»Woher wusstest du, wo ich bin?«

Das ist mein Mädchen. Alles hinterfragen und nichts einfach so hinnehmen. Ich grinse schief, bevor ich einen kurzen Blick hinter sie werfe und meine Augen dann wieder auf sie fixiere. »Ich hatte Hilfe. Deine Freundinnen hatten mehr Mitleid mit mir als du.«

»Meine Freundinnen wurden von dir ja auch nicht so belogen wie ich.«

»Ich weiß. Es tut mir leid.«

Sie kommt mir wieder ein bisschen näher, wirkt aber immer noch nicht so, als wüsste sie, was sie von dieser Sache halten soll. Ich weiß nicht, wie das mit uns werden wird. Das muss ich aber auch noch gar nicht. Alles, was ich wissen muss, ist, dass mein Herz wieder leichter wird, jetzt, wo sie wieder da ist.

»Mir auch. Luca. Oder Fynn? Oder hast du noch einen dritten Na…«

Ich unterbreche ihren Redefluss, indem ich sie einfach mit einem Ruck meiner Hand an mich ziehe und meine Lippen auf ihre drücke.

Irgendjemand hinter uns johlt, und andere lachen. Ich kann mir vorstellen, dass es meine Jungs und Romys Freunde sind. Und vermutlich auch der Rest der Party. Ich lege meine Arme um sie und hebe sie leicht an, als sie sich auf die Zehenspitzen stellt. Ich genieße diesen Kuss so sehr und hoffe inständig, dass es nicht der letzte sein wird. Und ich habe nicht das Gefühl, dass sie danach das Bedürfnis hat zu kotzen.

»Halt deine freche Klappe, Romy!«, murmle ich kurz an ihren Lippen, bevor ich sie erneut auf ihre presse. Dieses Mal ein wenig forscher als zuvor.

»Träum weiter, Fynn Luca …«

Ich lache leise, unterbreche den Kuss und lege meine Stirn sanft gegen ihre. »Es tut mir alles so leid. Bitte. Lass es uns versuchen. Du kriegst alle Zeit der Welt.«

Bei Romy weiß man nie, was sie als Nächstes macht. Das macht es auch so spannend mit ihr. Aber damit, dass sie sich jetzt umdreht und geht, habe ich nicht gerechnet. Im ersten Moment setzt mein Herz aus, und ich starre ihr mit offenem Mund hinterher. Mein Hirn verweigert seinen Dienst, und ich würde ihr gern nachlaufen, kann mich gleichzeitig aber nicht bewegen.

Und dann sieht sie über ihre Schulter hinweg wieder zu mir. »Du schuldest mir ein Date, Luca. Eines, wo ich dich sehe, also vergiss das mit dem Dinner in the Dark vorerst.« Sie geht einfach weiter, während ich nur laut lachen kann.

»Kriegst du, Romy. Wann?«, rufe ich ihr nach.

»Dann, wenn ich offiziell ja zu deiner Frage nach einem Date sage!«

Dieses Mädchen ist unglaublich. Mein Grinsen wird breiter, während sie sich ihre Mädels schnappt und geht. Sie geht einfach. Auch wenn ich sie gerade nur noch weiter küssen wollen würde, ist es okay. Vermutlich ihre Art, mir zu zeigen, dass sie mir noch immer nicht ganz verziehen hat. Aber ich habe Chancen. Das weiß ich nun sicher.

»Was war das, Luca?« Connor beobachtet die drei stirnrunzelnd bei ihrem Abgang.

»Eine zweite Chance, Connor. Ich habe sie nicht verloren …«

Und ich werde diese Chance nutzen und ihr zeigen, wie wichtig sie mir ist.

»Das freut mich, Kumpel. Ich würde sagen, wir beide haben ein Date zu planen, oder?«

Ich lächle meinen besten Freund dankbar an. Dankbar dafür, dass er bis jetzt immer an meiner Seite war. Dass er automatisch meine Probleme zu seinen macht und mich auch bei seinen helfen lässt. Ohne ihn und seinen Zuspruch wäre ich die letzten Wochen wohl durchgedreht.

»Jepp, haben wir. Aber lass mich ihr erst noch ein bisschen hinterherstarren, okay?« Wie ein Trottel verschränke ich die Arme vor der Brust, grinse breit und sehe dabei zu, wie das Mädchen, das ich will, nach Hause geht. Aber es ist das erste Mal, dass sie nicht wütend ist, nachdem sie mit mir gesprochen hat. Plötzlich fühle ich mich leichter. Befreit von dieser Schuld. Und auch wenn jede Faser meines Körpers danach schreit, ihr nachzurennen ich bleibe genau hier stehen und ... ach, fuck wem mache ich was vor. Natürlich renne ich ihr nach.

»Romina!« Grinsend laufe ich auf sie zu. Sie dreht sich zu mir um, ebenfalls ein freches Grinsen im Gesicht, und bleibt stehen. Ich aber nicht. Ohne zu zögern, schlinge ich meinen Arm um ihre Hüfte und hebe sie hoch, bevor ich meine Lippen auf ihre drücke und mit der freien Hand ihren Kopf bei mir halte.

»Wir gehen dann mal«, versucht Meghan, unsere Aufmerksamkeit zu bekommen.

Ich brumme nur als Zustimmung. Ja, bitte geht nach Hause und lasst sie bei mir.

»Du begleitest sie dann wohl heim, oder Luca?« Lexi klingt streng, aber auch sie kriegt nicht mehr als ein Brummen zur Antwort. Aber scheinbar reicht ihnen das, denn sie verschwinden endlich und lassen mich mit meinem Mädchen allein. Ich möchte gar nicht mehr aufhören damit, sie zu küssen. Und sie offenbar auch nicht. Denn ihre Finger krallen sich in meine Haare und sorgen dafür, dass ich mich mehr als nur gut fühle.

»Hast du es eilig nach Hause zu kommen?«, frage ich sie.

»Weniger reden, mehr küssen, Luca. Oder Fynn oder…«

Breit grinsend drücke ich ihr einfach wieder einen Kuss auf die Lippen, um ihr freches Mundwerk für den Moment zum Schweigen zu bringen, und genieße, sie jetzt endlich hier bei mir zu haben. Hoffentlich für eine lange Zeit.

Aber leider habe ich nicht bedacht, wie kalt es im Herbst abends werden kann. Früher oder später muss ich sie also nach Hause bringen. Ob es möglich ist, sie einfach während dem Gehen weiter zu küssen? Wohl kaum. Also küsse ich sie noch ein letztes Mal sanft, bevor ich sie runterlasse und meine Stirn gegen ihre lehne.

»Ich bringe dich jetzt nach Hause.« Auch wenn ich sie gern zu mir nach Hause bringen würde.

»Okay.«

Und irgendwie ist es plötzlich ganz leicht mit uns beiden. Ich halte ihr meine Hand hin, und sie verschränkt ohne ein weiteres Wort ihre Finger mit meinen und lässt mich sie nach Hause begleiten.

Epilog – Luca

Wer hätte gedacht, dass ich vier Wochen brauchen würde, bis ich Romy endlich in mein Bett bekomme? Vor zwei Wochen habe ich sie endlich zu unserem Date ausgeführt. Ich war mit ihr Essen und danach im Kino. Als wir dann vor ihrer Haustür standen, durfte ich sie zwar küssen, mit rein hat sie mich jedoch nicht genommen. Es war frustrierend. Aber ich habe ihr natürlich die Zeit gelassen, die sie eingefordert hat.

Jeden Tag, seit sie mich auf der Party endlich erlöst hat. Aber jetzt kann ich meine Lippen nicht einfach so von ihr lösen. Gerade waren wir auf einer Party. Das erste Mal zusammen als Paar. Wir haben getanzt. Uns unterhalten und etwas getrunken. Leicht angeheitert habe ich Romy nach und nach von der Entstehung meines damaligen Blog-Planes erzählt. Den Blog habe ich immer noch. Allerdings sind meine Bilder nun schwarz-weiß, und ich lese keine Romance, sondern habe eine Vorliebe für Thriller entdeckt. Aber das ist mir gerade herzlich egal, als ich Romy endlich bei mir zu Hause in mein Zimmer schiebe, die Tür mit dem Fuß zustoße und sie gegen die Wand daneben drücke.

Die Stimmung zwischen uns ist seit Stunden aufgeheizt, und ich konnte kaum noch meine Finger bei mir behalten. Ich war unendlich erleichtert, als sie endlich selbst genug von der Party hatte und nach Hause wollte. Dass sie dabei an uns beide in meinem Zuhause dachte, hat mich wohl am meisten überrascht.

Sie riecht so gut. Sanft gleite ich mit meinen Lippen über ihren Hals, hebe sie hoch und drücke sie immer noch gegen die Wand, während sie ihre Beine um meine Hüften schlingt. Aufgeregt zupft sie an meinem Shirt, welches ich mit einem Griff in den Nacken über meinen Kopf ziehe und achtlos hinter mich werfe. Sofort lege ich meine Hand an ihre Hüften und schiebe ihr Oberteil langsam nach oben, über ihren Kopf und werfe es ebenfalls zu meinem auf den Boden. Seit wir wissen, wie der andere schmeckt, ist Küssen ein neuer Sport für uns geworden. Auch jetzt suchen meine Lippen wieder den Weg zu ihrem Mund, und ich stöhne leise auf, als sie den Kuss intensiviert. Sie reibt sich an mir, und ich kann schon lange nicht mehr verbergen, wie sehr mir das gefällt. Unser beider Atem vermischt sich, unsere Lippen berühren sich leicht, als wir uns in die Augen sehen und unsere Hände den Körper des anderen erkunden.

»Sag mal ...« Romy stöhnt leise auf, als ich ihr mein Becken entgegendränge und sie frech angrinse. »Welchen Namen soll ich eigentlich stöhnen, wenn wir ...« Sie stöhnt erneut auf, als ich mich heftiger gegen sie dränge, lacht dann aber.

Auch ich lache leise. Dieses freche Biest. »Du wirst gleich jede Gottheit anflehen, dich zu erlösen. Namen sind also unwichtig.«

Schnell stoße ich mich mit ihr von der Wand ab und trage sie zu meinem Bett, wo ich sie nicht gerade sanft ablege, und anfange, ihre Hose zu öffnen. Wir sind beide keine Jungfrau mehr, und sie hat im Moment genauso wenig Geduld für ein langes Vorspiel, wie ich es habe. Wenn ich nicht wieder irgendeine Scheiße baue, die dafür sorgt, dass sie böse auf mich ist, habe ich noch lange Zeit, um mich um das Vorspiel zu kümmern. Ruckartig ziehe ich ihr die Hose von den Beinen und betrachte sie ausgiebig in ihrer schwarzen Unterwäsche.

»Heiß. Aber du musst es leider loswerden.« Während ich aufstehe und mich ungeduldig ausziehe, entledigt sie sich ihrer Dessous, und der Anblick von ihr, nackt in meinem Bett, raubt mir beinahe den Verstand.

»Luca? Atme.« Schnell schnappe ich nach Luft und sehe ihr in die Augen. »Ich wäre dir sehr dankbar, wenn du mich nicht länger warten lassen würdest.«

Darum muss sie mich nicht zweimal bitten. Schnell schiebe ich mich über sie, greife mit einer Hand in die Schublade meines Nachttisches und hole ein Kondom raus.

»Mal sehen, ob du gleich noch immer so frech bist.« Mit den Zähnen reiße ich die Folie auf, ziehe mir das Kondom über und positioniere mich an ihrem Eingang.

»Ich kann leider nicht länger warten, aber ich schwöre, das holen wir alles nach.« Harsch presse ich meine Lippen auf ihre, knurre leise, als sie ihre Finger in meinen Nacken krallt, und dringe mit einer einzigen fließenden Bewegung in sie ein. Fuck, das ist es. Wir stöhnen beide auf. Sehen uns erstaunt in die Augen, und als mir bewusst wird, dass ich sie beinahe verloren hätte, noch bevor sie mein Mädchen wurde, gibt es für mich kein Halten mehr.

Danksagung

Meiner Familie:

Meinen Söhnen Noah und Elias und meinem Mann David, dass ihr mich trotz Schreiblaunen nicht vor die Tür gesetzt habt. Danke, dass ihr euch meinen Frust angehört und dafür gesorgt habt, dass ich nicht verhungere. Ich liebe euch.

Meinen Geschwistern, meiner Oma, allen voran aber meiner Mama. Du hast ziemlich viel aufgegeben, um mir meinen Weg zu ebnen. Euch liebe ich auch!

Meinen Freunden:

Meiner besten Freundin Lisa, weil du dafür gesorgt hast, dass ich ab und an das Haus verlasse und auch meine Kinder versorgt hast, wenn ich mich in meiner Schreibhöhle eingesperrt habe.

Meinem liebsten Nerd Jacki. Danke, dass du von Anfang an dabei warst. Dass du Test gelesen und mich zusammengefaltet hast, wenn ich mal ganz extrem an mir gezweifelt habe. Ich hab dich lieb, Hasi.

Meinem liebsten Kiwi. Danke, dass du nicht einfach Ja und Amen zu allem sagst, sondern mich auch mal gegen eine Wand knallen lässt, wenn ich mich zu sehr auf eine Sache versteife. Ich hab dich lieb, du Einhorn. Kiwi und Jacki, bei euch beiden habe ich mich wohl am meisten ausgekotzt, und ich bin froh, dass ihr mich immer noch lieb habt.

Meinen Bookaholiker-Mädels danke ich ebenso. Dafür, dass ihr mein Buch testgelesen habt. Mir eure Meinung immer ehrlich gesagt und mich alle unterstützt habt. Ich bin happy, ein Teil unserer Gruppe zu sein, Mädels.

Dem Verlag:

Piper.digital dafür, dass sie meinen Büchern ein Zuhause geben.

Diana Napolitano, die mein Buchbaby dieses Mal betreut und lektoriert hat. Danke für deine Geduld und dafür, dass du immer ein offenes Ohr für mich hattest.

Elke Hittinger, die mich vom ersten Buch an begleitet hat. Danke, dass du nach wie vor meine Ansprechperson bist, wenn ich mal wieder unzählige Fragen, aber keine Antworten habe.

Der Bookbubble:

Meinem Bloggerteam, ohne die eine Autorin einfach mal nicht weit kommt. Danke für euren Einsatz, für die Zusammenarbeit und die tolle Zeit zusammen.

Und natürlich den Lesern, die mein Buch kaufen. Ich hoffe, Rominas und Lucas Geschichte macht euch genauso viel Spaß beim Lesen, wie mir beim Schreiben!

Und Danke auch an mich selbst, dass ich mich hingesetzt und das Buch geschrieben habe! ☺

Ein frecher Liebesroman mit viel Gefühl

*Cover- und Preisänderungen vorbehalten

Liebe ist ein Miststück

Roman

Piper Taschenbuch, 312 Seiten
€ 16,00 [D], € 16,50 [A]*
ISBN 978-3-492-50345-7

Was sich neckt, das liebt sich – allerdings ist es in diesem Fall keine Liebe mit romantischen Gefühlen. Hannah und Nevio sind beste Freunde seit Kindertagen. Sie sind unzertrennlich, lieben sich heiß und innig und necken sich auf Teufel komm raus. Je älter sie werden, desto einfallsreicher werden die Streiche. Doch was ist, wenn aus diesen Gefühlen plötzlich mehr wird? Soll man eine derart enge Freundschaft wirklich für etwas so Kompliziertes wie Liebe aufs Spiel setzen?

Leseproben, E-Books und mehr unter www.piper.de

New Yorks einziges unsterbliches Arschloch

*Cover- und Preisänderungen vorbehalten

Jack Carter ist unsterblich

Roman

Piper Taschenbuch, 448 Seiten
€ 13,00 [D], € 13,40 [A]*
ISBN 978-3-492-50531-4

Wer sich vom Hochhaus stürzt, stirbt. Jack aber nicht. Stattdessen muss er zur Therapie und dort in 48 Sitzungen erklären, was eigentlich sein Problem mit dem Leben ist. Und warum er versucht, seine Unsterblichkeit, das Verhältnis zu seiner Ex-Freundin und die geheime Militärorganisation, die ihn zum Superhelden ausbilden möchte, zu ignorieren.

Leseproben, E-Books und mehr unter www.piper.de